AO ANOITECER

MICHAEL CUNNINGHAM

Ao anoitecer

Tradução
José Rubens Siqueira

COMPANHIA DAS LETRAS

Grafia atualizada segundo o Acordo Ortográfico da Língua Portuguesa de 1990, que entrou em vigor no Brasil em 2009.

Título original
By nightfall

Capa
Elisa v. Randow

Foto de capa
Stephen Shepherd/ Getty Images

Preparação
Cláudia Cantarin

Revisão
Isabel Jorge Cury
Marise Leal

Dados Internacionais de Catalogação na Publicação (CIP)
(Câmara Brasileira do Livro, SP, Brasil)

Cunningham, Michael
Ao anoitecer / Michael Cunningham ; tradução José Rubens Siqueira. — São Paulo : Companhia das Letras, 2011.

Título original: By nightfall
ISBN 978-85-359-1913-4

1. Ficção norte-americana I. Título.

11-05948 CDD 813

Índice para catálogo sistemático:
1. Ficção : Literatura norte-americana 813

Todos os direitos desta edição reservados à
EDITORA SCHWARCZ S.A.
Rua Bandeira Paulista, 702, cj. 32
04532-002 — São Paulo — SP
Telefone: (11) 3707-3500
www.companhiadasletras.com.br
www.blogdacompanhia.com.br
facebook.com/companhiadasletras
instagram.com/companhiadasletras
twitter.com/cialetras

Este livro é para Gail Hochman e Jonathan Galassi

A beleza não é nada mais que o começo do terror.

Rainer Maria Rilke

Uma festa

Mistake, o Erro, vem para ficar algum tempo.

"Está zangado por causa do Mizzy?", Rebecca pergunta.

"Claro que não", Peter responde.

Um daqueles inescrutáveis cavalos velhos que puxam carruagens de turistas foi atingido por um carro em algum ponto da Broadway, o que interrompeu o trânsito até a Port Authority, e isso está atrasando Peter e Rebecca.

"Talvez esteja na hora de começar a chamar Mizzy de Ethan", diz Rebecca. "Aposto que ninguém mais chama Ethan de Mizzy além de nós."

Mizzy é abreviação de Mistake.

Fora do táxi, os pombos se agitam em frente a um anúncio da Sony que pisca, azul. Um velho barbudo com sobretudo comprido e imundo, elegante à sua maneira (imponente, gorducho Buck Mulligan?), empurra um carrinho de supermercado cheio de várias coisas dentro de vários sacos de lixo, seguindo mais depressa do que qualquer carro.

Dentro do táxi, o ar está tomado pelo cheiro de um potente

aromatizador de ambiente entontecedor, vagamente floral, mas não realmente parecido com nada além de um composto químico que tem de ser considerado "doce".

"Ele disse quanto tempo quer ficar?", Peter pergunta.

"Não tenho certeza."

Os olhos dela se abrandam. Preocupar-se demais com Mizzy (*Ethan*) é um hábito que ela não consegue romper.

Peter não insiste. Quem quer chegar a uma festa no meio de uma discussão?

Ele está com o estômago revirado e uma canção não sai de sua cabeça. *I'm sailing away, set an open course for the virgin sea...** De onde vinha aquilo? Não escutava Styx desde a faculdade.

"Devíamos estabelecer um limite", ele disse.

Ela suspira, apoia de leve a mão em seu joelho, olha a Oitava Avenida pela janela, na qual eles não estão avançando nada. Rebecca é uma mulher de traços fortes, muitas vezes considerada bonita, mas nunca linda. Ela pode ou não notar esses seus pequenos gestos, com os quais consola Peter por sua própria mesquinharia.

A gathering of angels appeared above my head.

Peter se volta para olhar pela janela. Os carros na pista ao lado avançam centímetros. Um que parece um Toyota azul, ligeiramente danificado, prossegue, cheio de rapazes; moleques ruidosos de vinte e poucos anos tocando música tão alto que Peter sente o tum-tum entrar na estrutura do táxi quando se aproximam. São seis, não, sete garotos apertados no carro, todos gritando ou cantando inaudivelmente; rapazes musculosos arrumados para a noite de sábado, cabelos espetados com gel, lampejos de

* Versos iniciais de "Sail away" (1978), sucesso da banda de rock norte-americana Styx, famosa nos anos 1970 e 80. Os próximos três versos citados também pertencem à mesma música. (N. T.)

tachas prateadas ou correntes aqui e ali quando eles se agitam e se estapeiam. O trânsito na pista deles ganha velocidade, e quando passam adiante Peter vê, ou acha que vê, que um deles, um dos quatro que se agitam no banco de trás, é, na verdade, um velho, usando o que deve ser uma peruca preta espetada, gritando e empurrando como os outros, mas de lábios finos e rosto encovado. Encosta a cabeça no rapaz a seu lado, grita no ouvido dele (relâmpagos de obturações de um branco nuclear?) e passam, rodando com o tráfego. Um momento depois, a auréola de som que produzem é levada embora. Agora é a massa marrom de um caminhão de entregas que oferece, em ouro brilhante, o deus de asas nos pés da FTD Flores. Alguém vai receber flores.

Peter se volta para Rebecca. Um velho fantasiado de jovem é algo para se observar *juntos*; não é realmente uma história para contar a ela, é? Além disso, não estão no meio de uma pré-discussão espinhosa? Num casamento de muito tempo, a pessoa aprende a identificar uma porção de diferentes climas e atmosferas.

Rebecca sentiu a atenção de Peter voltar para dentro do táxi. Olha para ele, neutra, como se não esperasse realmente vê-lo ali.

Se ele morrer antes dela, será que ela vai ser capaz de sentir sua presença desencarnada na sala?

"Não se preocupe", ele diz. "Não vamos jogar Mizzy na rua."

Ela encolhe os lábios afetadamente. "Não, realmente, temos de estabelecer *algum* limite para ele", ela diz. "Não é uma boa ideia dar sempre tudo o que ele pensa que quer."

O que é isso? De repente, *ela* está ralhando com *ele* por causa de seu irmãozinho perdido?

"Quanto seria um tempo razoável?", ele pergunta e fica perplexo de ela não parecer notar a exasperação em sua voz. Como podem se conhecer tão pouco depois de todo esse tempo?

Ela faz uma pausa, refletindo, e então, como se tivesse esquecido de fazer alguma coisa, inclina-se com urgência para a frente e pergunta ao motorista: "Como o senhor sabe que é um acidente com um cavalo?".

Mesmo em seu espasmo de irritação, Peter é capaz de se maravilhar com a capacidade de as mulheres fazerem perguntas diretas a homens sem parecer que estão procurando uma briga.

"Chamado da central", diz o motorista, apontando o fone de ouvido. Sua cabeça calva repousa solenemente na coluna marrom do pescoço. Ele, é claro, tem sua própria história, e essa história não tem nada a ver com o casal de meia-idade, bem vestido, no banco de trás de seu táxi. Seu nome, segundo a placa nas costas do banco dianteiro, é Rana Saleem. Índia? Irã? Ele podia ser um médico lá em sua terra. Ou um trabalhador. Ou um ladrão. Não há como saber.

Rebecca assente com a cabeça, acomoda-se no banco. "Estou pensando mais em outros tipos de limite", diz ela.

"De que tipo?"

"Ele não pode simplesmente depender dos outros para sempre. E você sabe. Nós todos ainda nos preocupamos com aquela outra coisa."

"Acha que nisso a irmã mais velha pode ajudar?"

Ela fecha os olhos, ofendida agora, *agora*, quando ele tinha a intenção de ser compassivo.

"O que eu quero dizer", Peter fala, "é, bom. Talvez você não consiga ajudar seu irmão a mudar de vida se ele próprio não quiser. Quer dizer, um dependente químico é uma espécie de poço sem fundo."

Ela mantém os olhos fechados. "Faz um ano que ele não usa droga nenhuma. Quando vamos parar de dizer que ele é dependente?"

"Não sei, não, se vamos parar."

Ele está ficando moralista? Será que só está vomitando alguma verdade em doze passos que pegou sabe Deus onde?

O problema com a verdade é ela ser com frequência morna e convencional.

Ela diz: "Talvez ele esteja pronto para alguma estabilidade de verdade".

É, talvez. Mizzy informou a eles, por e-mail, que decidiu que quer fazer alguma coisa nas artes. Isso seria Alguma Coisa nas Artes, uma profissão com relação à qual ele não parece ter nenhuma intenção convincente. Não importa. As pessoas (algumas pessoas) gostam quando Mizzy expressa alguma tendência positiva.

Peter diz: "Então vamos fazer todo o possível para *dar* alguma estabilidade a ele".

Rebecca aperta o joelho dele, carinhosamente. Ele tem sido bom.

Atrás deles, alguém buzina. O que exatamente a pessoa acha que vai conseguir fazendo *isso*?

"Talvez fosse melhor a gente descer aqui e pegar o metrô", ela diz.

"Temos uma desculpa perfeita para chegar atrasados."

"Acha que isso quer dizer que vamos ter de demorar para ir embora também?"

"Absolutamente. Prometo tirar você de lá antes de Mike ficar bêbado o suficiente para começar a te atacar."

"Isso seria ótimo."

Finalmente, chegam à esquina da Oitava Avenida com Central Park South, onde ocorreu o acidente que ainda não foi inteiramente desimpedido. Ali, atrás de luzes e de balaústres portáteis, atrás de dois policiais que redirecionam o tráfego para Columbus Circle, está o carro acidentado, um Mercedes branco virado num ângulo com a 59, rosa lívido à luz da polícia. Ali está o que deve ser o corpo do cavalo, coberto com um encerado preto. O encerado, pesado como piche, revela o volume do lombo do animal. O resto do corpo poderia ser qualquer coisa.

"Meu Deus", Rebecca sussurra.

Peter sabe: qualquer acidente, qualquer lembrança da capacidade do mundo de causar mal, faz com que Rebecca, faz com que ambos entrem brevemente em pânico por causa de Bea. Será que ela voltou a Nova York sem contar para eles? Será que estaria andando de carruagem a cavalo, mesmo sendo o tipo de coisa que nunca faria?

A paternidade, parece, deixa a pessoa nervosa para o resto da vida. Mesmo quando a filha já tem vinte anos, está cheia de uma raiva alegre e impenetrável e indo nada bem em Boston, a quase quatrocentos quilômetros de distância. Principalmente nesse caso.

Ele diz: "A gente nunca pensa na possibilidade de um carro pegar um cavalo desses. A gente nunca pensa nesses bichos".

"Tem uma... campanha toda. Sobre a maneira como tratam esses cavalos."

Claro que sim. Rana Saleem dirige um táxi no turno da noite aqui. Homens e mulheres carentes andam pelas ruas com trapos amarrados nos pés. Os cavalos de carruagem devem levar vidas tristes, os cascos provavelmente rachados e abertos pelo concreto. O que há de monstruoso, afinal, em cuidar dos próprios interesses?

"Mas isso vai ser bom para o pessoal pró-cavalo", ele diz.

Por que isso soa insensível? A intenção dele é ser rigoroso, não duro; ele próprio fica horrorizado com o modo como pode ter soado. Sente às vezes que ainda não dominou inteiramente o dialeto de sua língua: que é um falante menos que fluente do Peterês, aos quarenta e quatro anos.

Não, ele ainda está com quarenta e três. Por que fica querendo aumentar um ano?

Não, espere, ele completou quarenta e quatro no mês passado.

"Então talvez o coitado do bicho não tenha morrido em vão", diz Rebecca. Ela passa um dedo consolador pelo queixo de Peter.

Qual casamento não compreende um repertório incontável, uma linguagem de gestos, uma sensação de reconhecimento aguda como uma dor de dente? Infeliz, sem dúvida. Qual casal não é infeliz, ao menos parte do tempo? Mas como pode a taxa de divórcio estar, como dizem, disparada? A que ponto você teria de se sentir desgraçado para ser capaz de suportar a separação em si, sair e ir viver sua própria vida tão absolutamente irreconhecível?

"Que confusão", diz o motorista.

"É."

E, no entanto, claro, Peter fica fascinado pelo carro destruído e pelo corpo do cavalo. Não é esse o amargo prazer da cidade de Nova York? É uma confusão, como era a Paris de Courbet. É esquálida e malcheirosa; é nociva. Fede a mortalidade.

Ele lamenta apenas que o cavalo tenha sido coberto. Quer vê-lo: os dentes amarelos à mostra, a língua pendurada, sangue negro no pavimento. Pelas razões escatológicas tradicionais, mas também pela... prova. Pela sensação de que ele e Rebecca não só passaram pelo inconveniente da morte do animal, mas foram também, de uma pequena forma, parte daquilo; que o fim do cavalo os inclui, inclui a sua disposição de marcar isso. A gente não quer sempre ver o morto? Quando ele e Dan lavaram o corpo de Matthew (meu Deus, isso foi há quase vinte e cinco anos), ele não sentira certa trepidação que nunca mencionou a Dan, nem, diga-se de passagem, a ninguém?

O táxi entra em Columbus Circle e acelera. No alto da coluna de granito, a figura de Cristóvão Colombo (que por sinal era uma espécie de genocida, certo?) exibe um levíssimo tom de rosa das luzes que iluminam o corpo do cavalo.

I thought that they were angels, but to my surprise, we não sei quê, não sei quê, *and headed for the skies...*

A finalidade da festa é ter ido à festa. A recompensa é ir jantar depois, os dois, e então de volta para casa.

As particularidades variam. Hoje há Elena Petrova, a anfitriã (o marido está sempre em algum outro lugar, provavelmente melhor não perguntar fazendo o quê), espirituosa, ruidosa e desafiadoramente vulgar (um debate permanente entre Peter e Rebecca: ela *percebe* as joias, o batom e óculos, está *afirmando* alguma coisa, como pode ser tão rica e inteligente e *não* perceber?); há o pequeno e muito bom Artschwager e o grande e quase bom Marden e a pia de Gober, dentro da qual algum convidado não identificado uma vez esvaziou um cinzeiro; lá está Jack Johnson sentado em sua majestade de cera num sofazinho ao lado de Linda Neilson, que fala animadamente da ártica topografia do rosto de Jack; há o primeiro drinque (vodca *on the rocks*; Elena serve uma famosa marca obscura que importou de Moscou: realmente, Peter ou alguém é capaz de notar a diferença?), seguido de um segundo, mas não de um terceiro; há o insistente rumor cintilante da festa, de enorme riqueza, sempre um pouco embriagadora por mais familiar que se torne; há a rápida olhada para Rebecca (ela está bem, conversando com Mona e Amy, graças a Deus por uma esposa que é capaz de se virar sozinha com essas coisas); há a inevitável conversa com Bette Rice (pena ele ter perdido o vernissage, ouviu dizer que os Inksy são fantásticos, ele vai esta semana) e com Doug Petrie (almoço na outra segunda-feira, sem falta) e com a *outra* Linda Neilson (claro, vou falar com seus alunos, me telefone na galeria e eu dou um jeito de encontrar uma data); há o fazer xixi debaixo de um novo desenho de Kelly recém-pendurado no banheiro (Elena *não* percebe, não é?: se ela pendura aquilo no banheiro, deve usar aqueles óculos a sério também); há a decisão de tomar uma terceira vodca, afinal; há um flerte com Elena: *Ei, adorei a vodca; Meu anjo, sabe que pode vir tomar aqui a hora que quiser* (ele sabe que é conhecido, e provavelmente ridicularizado, por toda aquela coisa de "ei, eu treparia com você se tivesse a chance"); há o esquelético, histérico Mike Forth, parado com Emmet perto do Terence Koh, se embebedando o suficiente para começar a dar em cima de Rebecca (Peter simpatiza com Mike, não há como evitar, ele já viveu isso: trinta anos depois ele ainda se surpreende com o fato de Joanna Hurst *não ter gostado dele, nem um pouquinho*); há um lampejo do garçom contratado, improvável de tão bonito, conversando sub-repticiamente no celular na cozinha (namorado, namorada, sexo de aluguel: ao menos os garotos que servem nessas coisas são cercados de certo mistério); depois a volta para a sala onde, opa!, Mike consegue encurralar Rebecca afinal, está falando furiosamente com ela e ela assente com a cabeça, procurando o resgate que Peter lhe prometeu; há a rápida checagem de Peter só para garantir que ninguém foi ignorado; há uma conversa de despedida com Elena, que lamenta não ter visto os Vincent (*Me telefone, tem umas outras coisas que eu adoraria mostrar para vocês*); há a despedida estranhamente ardente de Bette Rice (alguma coisa está para acontecer); o resgate de Rebecca (*Desculpe, vou ter de roubar ela agora, até breve, espero*); o sorriso de despedida em pânico de Mike, e até logo, até logo, obrigado, nos vemos semana que vem, é, certeza, me telefone, ok, até logo.

Outro táxi, de volta ao centro da cidade. Peter pensa, às vezes, que no fim, venha quando vier, ele vai se lembrar das corridas de táxi tão vivamente como se lembra de qualquer outra coisa de sua carreira terrena. Por piores que sejam os cheiros (nenhum aromatizador desta vez, apenas uma leve aragem subjacente de bile e óleo de cárter) ou por mais agressivamente inapto que seja o motorista (um daqueles caras acelera-breca), há a sensação de flutuação encapsulada; de se deslocar sem ataques pelas ruas desta cidade improvável.

Estão atravessando o Central Park seguindo a rua 79, uma das melhores corridas de táxi noturnas, o parque mergulhado em seu sonho verde-negro sobre si mesmo, as luzinhas verde-ouro marcando círculos na grama e no pavimento de suas bases. Há, evidentemente, pessoas desesperadas lá fora, algumas refugiadas, algumas criminosas; fazemos o que podemos com essas contradições impossíveis, esses rosnados sem fim de amabilidade e assassinato.

Rebecca diz: "Você não me salvou do Mike Furacão".

"Ei, eu arranquei você do lado dele no segundo em que vi os dois juntos."

Ela está sentada para dentro, abraçando os próprios ombros embora não haja o menor sinal de frio.

Ela diz: "Eu sei que sim".

Mas mesmo assim, ele falhou com ela, não falhou?

Ele diz: "Parece que está acontecendo alguma coisa com a Bette".

"Rice?"

Quantas *outras* Bette havia na festa? Quanto de sua vida é dedicado a responder a essas perguntinhas óbvias; quanto mais perto de um eventual colapso ele chega a cada pequeno acesso de raiva pelo fato de Rebecca não estar prestando atenção, não estar *seguindo a porra do programa*?

"Ahn-hã."

"O quê, você acha?"

"Não faço ideia. Alguma coisa na hora em que se despediu. Senti alguma coisa. Vou dar uma ligada para ela amanhã."

"Bette está numa idade."

"O quê, menopausa?"

"Entre outras coisas."

Ele vibra com essas pequenas demonstrações de certeza feminina. Saídas diretamente de James e de Eliot, não são? Somos, de fato, feitos do mesmo material que Isabel Archer, que Dorothea Brooke.

O táxi chega à Quinta Avenida, vira à direita. A partir da Quinta Avenida, o parque retoma o aspecto de uma ameaça noturna adormecida, de árvores negras e de *alguma coisa* à espreita, se preparando. Será que os bilionários que moram naqueles prédios sentem isso? Quando seus motoristas os levam para casa à noite, será que alguma vez olham do outro lado da avenida e se imaginam em segurança, por pouco, por ora, diante da ferocidade que espreita com prolongada e faminta paciência de debaixo das árvores?

"Quando Mizzy chega?", ele pergunta.

"Ele disse que algum dia da semana que vem. Sabe como ele é."

"Hum."

Peter sabe, de fato, como ele é. É um daqueles jovens espertos, sem rumo, que, depois de certas deliberações, decide que quer Alguma Coisa nas Artes, mas não consegue, simplesmente, sequer pensar em um emprego de verdade; que parece imaginar que juventude, cérebro e voluntarismo simplesmente irão atrair uma ocupação, cuja natureza precisa e perfeita se revelará a seu tempo.

Essa família de mulheres realmente estragou o pobre rapaz, não é? Quem consegue sobreviver sendo tão desesperadamente amado?

Rebecca se vira para ele, os braços ainda dobrados sobre os seios. "Você não acha ridículo às vezes?"

"O quê?"

"Essas festas e jantares, toda essa gente horrenda."

"Não são todos horrendos."

"Eu sei. Só fico cansada com todas aquelas perguntas. Metade dessa gente nem sabe o que eu faço."

"Não é verdade."

Bem, talvez seja um pouquinho verdade. *Blue Light*, a revista de arte e cultura de Rebecca, não é peso-pesado no ambiente daquelas pessoas, quer dizer, não é nenhuma *Artforum* ou *Art in America*. Tem artes plásticas, claro, mas tem também poesia e ficção e, horror dos horrores, uma ocasional página dupla sobre moda.

Ela diz: "Se você preferir que o Mizzy não fique conosco, posso encontrar outro lugar para ele".

Ah, ainda o Mizzy, é? O irmãozinho, o amor da vida dela.

"Não, tudo bem. A gente não se vê faz, o quê? Cinco anos? Seis?"

"Isso mesmo. Você não foi àquela coisa na Califórnia."

De repente, um silêncio dolorido e inesperado. Ela teria ficado zangada por ele não ter ido à Califórnia? Ele teria ficado zangado por ela ficar zangada? Nenhuma lembrança. Alguma coisa ruim sobre a Califórnia, porém. O quê?

Ela se inclina e o beija, docemente, nos lábios.

"Ei", ele sussurra.

Ela aninha o rosto no pescoço dele. Ele passa os braços em torno dela.

"O mundo é cansativo às vezes, não é?", ela diz.

Pazes. E no entanto. Rebecca é capaz de lembrar de cada deslize, e de desenterrar meses dos crimes de Peter quando uma discussão esquenta. Será que ele cometeu alguma infração hoje, alguma coisa sobre a qual ouvirá falar em junho ou julho?

"Hum-hum", ele diz. "Sabe, acho que podemos definitivamente dizer que Elena leva a sério o cabelo, os óculos etc."

"Eu lhe disse isso."

"Disse nada."

"Você é que não lembra."

O táxi para no farol da rua 65.

Ali estão eles: um casal de meia-idade no banco de trás de um táxi (o nome desse motorista é Abel Hibbert, ele é jovem e agitado, silencioso, furioso). Ali estão Peter e sua esposa, casados há vinte e um (quase vinte e dois) anos, companheiros agora, tendendo a se provocar, não muito sexo mais, mas também não sexo *nenhum*, não como outros casais de longa data que poderiam mencionar, e, sim, a certa idade você é capaz de imaginar realizações maiores, uma satisfação mais potente e inextinguível, mas o que você fez para si mesmo não é mau, não é nada mau. Peter Harris, criança hostil, horrendo adolescente, vencedor de vários segundos prêmios, chegou a este momento comum, ligado, comprometido, amado, a respiração de sua esposa quente em seu pescoço, voltando para casa.

Come sail away, come sail away, come sail away with me, dup dup di dup...

Essa música de novo.

O farol abre. O motorista acelera.

A questão do sexo é...

Sexo não é uma questão.

Só que pode ficar complicado, depois de todos esses anos. Umas noites você se sente um pouco... Bom. Você não quer exatamente fazer sexo, mas não quer ser metade de um casal com uma filha adulta, uma coleção particular de preocupações e uma amizade gostosa, mesmo que ligeiramente espinhosa que parece não mais envolver sexo na noite de sábado, depois de uma festa, semiembriagado com o muito elogiado estoque particular de vodca de Elena Petrova, mais uma garrafa de vinho no jantar.

Ele tem quarenta e quatro anos. Apenas quarenta e quatro. Ela ainda não tem quarenta e um.

O estômago enjoado não ajuda a se sentir sexy. O que será isso? Quais os primeiros sintomas de uma úlcera?

Na cama, ela fica de calcinha, uma camiseta Hanes com decote em V e meias de algodão (tem os pés frios até no auge do verão). Ele fica de cueca branca. Passam dez minutos com a CNN (carro-bomba no Paquistão, trinta e sete pessoas; igreja queimada no Quênia com número indeterminado de pessoas dentro; homem que acabou de atirar seus quatro filhos ainda crianças de uma ponte de vinte e cinco metros de altura no Alabama; nada sobre o cavalo, mas isso estaria nas notícias locais, se estivesse), depois dão um *zap*, ficam um pouco com *Um corpo que cai*, a cena em que James Stewart leva Kim Novak (na versão Madeleine) até a missão para convencê-la de que ela não é a reencarnação de uma cortesã morta.

"Não podemos grudar nisso aí", diz Rebecca.

"Que horas são?"

"Passa da meia-noite."

"Faz anos que não vejo isso."

"O cavalo ainda está lá."

"O quê?"

"O cavalo."

Um momento depois, James Stewart e Kim Novak estão de fato sentados num carro da época atrás de um cavalo de plástico ou de alguma coisa em tamanho natural.

"Achei que você estava falando do cavalo de antes", Peter diz.

"Ah. Não. Engraçado como essas coisas se juntam, não é? Como é a palavra?"

"Sincronicidade. Como você sabe que o cavalo ainda está lá?"

"Eu fui lá. A essa missão. Na faculdade. Está tudo exatamente do jeito que aparece no filme."

"Se bem que, claro, o cavalo não deve mais estar lá."

"A gente não pode *mesmo* ficar grudado nesse filme."

"Por que não?"

"Estou muito cansada."

"Amanhã é domingo."

"Você sabe o que acontece."

"O que acontece como?"

"No filme."

"Claro que sei o que acontece. Sei também que Anna Karenina é atropelada por um trem."

"Assista, se quiser."

"Não, se você não quiser."

"Estou muito cansada. Amanhã vou estar quebrada. Pode ficar vendo."

"Você não consegue dormir com a televisão ligada."

"Eu tento."

"Não. Tudo bem."

Ficam assistindo ao filme até o momento em que James Stewart vê, pensa que vê, Kim Novak cair da torre. Depois desligam e apagam a luz.

"A gente devia alugar esse filme algum dia", diz Rebecca.

"Devia. É ótimo. Eu tinha esquecido como é bom."

"Melhor ainda que *Janela indiscreta*."

"Você acha?"

"Não sei, não assisto a nenhum dos dois faz tanto tempo."

Ambos hesitam. Será que ela também gostaria de ir dormir direto? Talvez. Um está sempre beijando, o outro sempre sendo beijado. Obrigado, Proust. Ele sabe que ela ficaria bem contente de deixar o sexo de lado. Por que ela está esfriando com ele? Tudo bem, ele está com uns quilos a mais na barriga, e, claro, sua bunda não está mais voltada para o norte. E se ela estiver de fato deixando de amá-lo? Seria trágico, ou liberador? Como seria se ela o libertasse?

Seria impensável. Com quem ele iria conversar, como iria fazer compras ou assistir televisão?

Esta noite, Peter será o que beija. Quando começarem, ela vai gostar. Não vai?

Ele a beija. Ela retribui o beijo de boa vontade. Parece, pelo menos.

Nessa altura, ele não consegue descrever a sensação de beijá-la, o gosto de sua boca: é contíguo demais ao gosto de dentro de sua própria boca. Ele toca o cabelo dela, agarra e puxa delicadamente. Ele era um pouco mais bruto com ela nos primeiros anos, até entender que ela não gostava mais disso, e talvez nunca tivesse gostado. Ocorrem ainda esses gestos remanescentes, tênues encenações dos antigos gestos quando a relação era mais recente, quando trepavam o tempo todo, embora Peter soubesse já então que seu desejo por ela era parte de um quadro maior; que ele tivera sexo mais intenso (embora menos maravilhoso) com exatamente três outras mulheres: uma que estava apaixonada por seu colega de quarto, uma que estava apaixonada pelos fauvistas e uma que era simplesmente ridícula. Sexo com Rebecca foi excepcionalmente certo desde o começo porque era sexo com *Rebecca*; com sua mente ávida, sua ternura consciente e as insinuações, à medida que foram se conhecendo, do que ele só podia chamar de *ser* dela.

Ela desliza a mão levemente por sua coluna, a pousa em sua bunda. Ele solta seu cabelo, envolve seus ombros na curva do braço, pois sabe que ela gosta, aquela sensação de ser segurada com força (uma das fantasias dele sobre as fantasias dela: ele a segura no alto, a cama desapareceu). Com a mão livre, com a ajuda dela, ele levanta a camiseta. Os seios dela são redondos e pequenos (quando ele pressionou aquela taça de champanhe em cima de um deles, para mostrar que cabia: foi na cabana de verão em Truro, ou no B and B em Marin?). Os mamilos dela podem ter ficado um pouco mais grossos e escuros: são agora exatamente do tamanho da ponta do dedo mínimo dele, e da cor de uma borrachinha de lápis. Seriam antes ligeiramente menores, um pouco mais rosados? Provavelmente. Ele é na verdade um dos poucos homens que não têm obsessão por mulheres mais jovens, o que ela se recusa a acreditar.

Sempre nos preocupamos com as coisas erradas, não é?

Ele põe os lábios em torno do mamilo esquerdo dela, mexe com a língua. Ela murmura. Tornou-se uma marca, sua boca no seio dela e a reação dela a isso, o murmúrio exalado, a miniatura de espasmo que ele sente em todo o corpo dela, como se não pudesse acreditar que isto, *isto*, está acontecendo outra vez. Ele tem uma ereção. Ele nem sempre sabe dizer, nem se importa de fato, quando se excita sozinho e quando fica excitado porque ela está excitada. Ela agarra as costas dele, não consegue mais alcançar sua bunda, ele adora que ela goste de sua bunda. Ele circunda o mamilo duro com a ponta da língua, bate de leve no outro com um dedo. Hoje o principal vai ser fazê-la gozar. Isso sempre acontece, é assim há anos: a forma se revela, em qualquer noite (quando eles treparam pela última vez em qualquer outro lugar senão à noite, na cama?), geralmente logo de início, por quem beija quem. Esta é para ela então. É essa a sexualidade que há na coisa.

Ela tem uma dobra de carne na barriga, um peso nas ancas. Ok, Peter, você também não é nenhum astro pornô.

Ele desce a boca pela barriga dela, ainda acariciando seu mamilo com o dedo, com um pouco mais de força agora. Ela solta um pequeno som surpreso. Ela entende; ambos entendem; ambos sabem; esse é o milagre. Ele para de fazer carícias com o dedo, começa a circundar. Morde o elástico da calcinha dela, depois desliza a língua por baixo do elástico, lambe não com força, mas também não de leve, seus pelos púbicos. O quadril dela se empina. Os dedos dela se entrelaçam no cabelo dele.

Agora é hora de quebrar a formação, e tirar a roupa. Um prazer do casamento: não precisa mais ser contínuo. O despir lento não é mais necessário. Você pode simplesmente parar, tirar o que tem de ser tirado, e continuar. Ele ergue a cueca por cima da ereção, e joga longe. Como esta noite é de Rebecca, ele volta diretamente à ação antes que ela tenha tempo de tirar as meias, o que a faz rir. Ele volta para o ponto em que estava, lambendo seus pelos púbicos, circundando o mamilo direito. É uma foto instantânea: de repente, estão nus (exceto pelas meias, velhas, de algodão, ligeiramente amareladas nas solas, ela devia comprar novas). Ela aperta a cabeça dele de ambos os lados com as coxas enquanto ele passeia beijando seu V de pelos, e ali está ele, ele sabe perfeitamente, é um perito em clitóris, e isso é sexy, sua precisão de falcão para encontrá-lo e o extático abandono dela, é demais para o momento, e então a liberação dela, nunca demais. Suas coxas relaxam, repousam mais solidamente nos ombros dele, e ela sussurra ah-ah-ah-ah-ah. Ali o cheiro é dela, aquele ligeiro aroma de camarão fresco; ali é onde ele é mais apaixonado e mais fascinado por seu corpo, talvez um pouco temeroso, ela provavelmente também sente isso pelo pau dele, embora nunca falem disso, talvez devessem, mas é tarde demais para começar agora, não é? Ele a pôs em movimento, beliscando o mamilo entre o polegar e o indicador, lambendo seu clitóris, insistente, insistente, ele sabe (ele sabe mesmo) que ser implacável é importante, a língua, os lábios e os dedos não podem parar de jeito nenhum, que vão ao encontro dela aonde quer que ela vá; é isso (e quem sabe o que mais?) que vai fazê-la gozar: algo assim como admitir que não há para onde ir, é tarde demais, não adianta discutir, *não vai parar*. Ela faz ah-ah-ah-ah-ah mais alto, não mais sussurrado, ela está chegando lá, sempre funciona. (Será que ela alguma vez finge? Melhor não saber.) Ele vai fazê-la gozar assim essa noite, estão cansados demais para trepar de fato e depois ela cuida dele, ela é perita naquilo também; os dois estão chegando lá, chegando lá, e depois podem dormir, depois será domingo.

Eles têm dois gatos, chamados Lucy e Berlin.

O quê?

Sonhando. Onde é isso? Quarto. O dele. Rebecca ao lado dele, respirando regularmente.

São três e dez da madrugada, cuidado para não acordá-la. É a hora fatal. Ele vai ficar acordado até as cinco.

Ele fecha com cuidado a porta do quarto, serve-se de uma vodca na cozinha (não, não consegue perceber a diferença entre a que guarda em seu freezer e aquela que Elena contrabandeia com grande despesa de alguma clareira numa montanha dos Urais). É um homem nu tomando vodca num copo de suco, e ele mora ali. Vai ao banheiro para tomar um dos seus comprimidos azuis, depois vaga até a sala, a parte do loft que eles chamam de sala de estar, embora seja tudo apenas uma grande sala, com dois quartos e um banheiro com paredes divisórias.

É um grande espaço, dizem as pessoas. Eles são sortudos por terem comprado antes que o mercado enlouquecesse. É o que dizem as pessoas.

Ele está com uma ereção noturna que não está cedendo. Me diga, senhor Harris, há quanto tempo a sua propriedade vem afetando o senhor dessa maneira?

A cama turca de Chris Lehrecke, a mesa de centro de Eames, a cadeira de balanço do século XIX perfeitamente austera, o lustre dos anos 1950 inspirado no *Sputnik* que impede (eles esperam) que o resto pareça solene e importante demais. Os livros, as velas, os tapetes. As obras de arte.

Neste momento, duas pinturas e uma fotografia. Um belo Bock Vincent (a exposição vendeu só metade, qual o problema com as pessoas?) embrulhado em papel e barbante. Um Lahkti, uma cena da esqualidez de Calcutá pintada com requinte (*isso* vendeu, quem consegue entender?). Uma pintura com fumaça de Howard, marcada para o próximo outono, galeria dos fundos, ajuda a ter alguma coisa que custe um pouco menos, especialmente hoje em dia. *All the money's gone, lord, where'd it go?** De qual música dos Beatles é isso?

Ele vai até a janela, sobe a persiana. Não há ninguém na rua Mercer às três e tanto da madrugada, apenas aquela pálida luz da rua alaranjada nas pedras do calçamento, parece que choveu um pouco. Essa janela, como muitas janelas em Nova York, não oferece muita coisa em termos de vista: um retalho da Mercer a meio caminho entre a Spring e a Broome, uma fachada taciturna de tijolos marrons do edifício em frente (certas noites, há uma luz acesa no quarto andar, ele imagina um sujeito de sono inconstante, espera, e se preocupa, que a pessoa venha à janela e o veja); uma pilha de sacos de lixo pretos jogada na calçada e dois vestidos brilhantes, um verde e um vermelho-sangue, na vitrine da estratosfericamente cara lojinha que é provável logo fechará as portas; a Mercer ainda é uma ruazinha de fundos para esse tipo de comércio. Como a maioria das janelas de Nova York, a de Peter é um retrato vivo. Durante o dia, podem-se ver pedestres ao longo de um trecho de uns dez metros da trajetória de suas vidas. À noite, a rua poderia ser uma foto em alta definição de si mesma. Se você olhar muito, ela pode começar a parecer um Nauman, como *Mapping the studio*: a estranha fascinação que anuncia a si mesma, aos poucos, do mesmo jei-

* Verso adaptado da canção "You never give me your money". Na letra original, "All the money's gone, nowhere to go". (N. T.)

to que se observam um gato, uma mariposa, um camundongo passar depressa por aquelas salas que deviam estar vazias à noite; a sensação cada vez mais forte de que salas nunca estão vazias, não apenas de furtiva vida animal, mas de seus próprios seres inanimados, suas pilhas de papel e xícaras de café pela metade, tudo aquilo que continuará não consciente, mas tampouco exatamente inconsciente, assombrado, se poderia dizer, se os humanos de repente desaparecessem e as salas permanecessem como estavam no momento em que todos se levantaram para sair. Se ele próprio morresse, ou se simplesmente se vestisse e saísse agora mesmo e nunca mais voltasse, esta sala reteria alguma coisa dele, alguma mistura de retrato e essência.

Não reteria? Por algum tempo, ao menos?

Não é de admirar que os vitorianos fizessem guirlandas com os cabelos de seus amantes mortos.

O que um estranho pensaria, entrando nesta sala depois que Peter se fosse? Um *marchand* pensaria que ele fez alguns hábeis investimentos. Um artista, a maioria dos artistas, acharia que ele possuía toda a arte errada. A maioria das pessoas pensaria: o que é isso, uma pintura embrulhada e amarrada, por que você simplesmente não a *desembrulha*?

Insones sabem melhor que ninguém como seria assombrar uma casa.

Abrace-me, escuridão. O que é isso? Letra de algum rock antigo ou uma sensação?

O problema é que...

Não há problema. Como ele pode, como qualquer membro do 0,00001 por cento da população próspera pode ousar ter problemas? Quem disse a Joseph McCarthy: "O senhor não tem vergonha, *sir*?". Não é preciso ser um fanático perverso de direita para levar em conta a questão.

Mesmo assim.

É a sua vida, muito possivelmente a única. Mesmo assim você se vê bebendo vodca às três da manhã, esperando o comprimido bater, com o tempo passando por você e seu próprio fantasma já vagando pela sala.

O problema é que...

Ele consegue *sentir* alguma coisa, irritando no limiar do mundo. Alguma atenção escorregadia, uma nuvem ouro-escuro salpicada de luzes vivas como peixes no fundo oceano negro; um híbrido de galáxia e tesouro de sultão e caótica, inescrutável divindade. Embora não seja religioso, ele adora aqueles ícones pré-rafaelitas, aqueles santos dourados e relicários preciosos, sem falar das leitosas madonas de Bellini e dos anjos tesudos de Michelangelo. Numa outra era, ele poderia ter sido um acólito da arte; um monge cuja obra da vida consistiria em produzir uma única página iluminada, a Fuga para o Egito, digamos, na qual duas pessoinhas e um bebê são imobilizados pela eternidade debaixo de uma abóbada lápis-lazúli cravejada de brilhantes estrelas de ouro. Ele sente às vezes, pode sentir isso esta noite, esse mundo medieval de pecadores e o santo ocasional conduzindo os viajantes debaixo da infinitude celestial. Ele é um cara da história da arte, talvez devesse se tornar... o quê?... um conservador, digamos, uma daquelas pessoas do porão do museu que passam a vida removendo o verniz e as tintas sobrepostas, lembrando a si mesmas (e, ocasionalmente, ao mundo) que o passado era berrante e colorido: o Partenon era dourado, Seurat usou cores de deixar cego, mas sua tinta barata desbotou para aquele clássico crepuscular.

Peter, porém, não quis viver nos porões. Ele quis ser um comerciante espertalhão (como alguns o chamariam), um morador do presente, embora não consiga totalmente viver no presente; não consegue deixar de lamentar algum mundo perdido, não consegue dizer *qual* mundo exatamente, mas algum lugar que não é este, sem pilhas de sacos de lixo pretos em ruazinhas e butiques frescas que abrem e fecham. É cafona, é sentimental, ele não fala disso com as pessoas, mas dá a sensação, às vezes, agora, por exemplo, de seu aspecto mais essencial: sua convicção, diante de todas as provas em contrário, de alguma terrível, ofuscante beleza que está para baixar e, como a ira de Deus, sugar tudo, nos deixar órfãos, nos despachar, nos abandonar a nos perguntarmos como exatamente iremos recomeçar tudo outra vez.

A idade do bronze

O quarto está tomado pela semiluz cinzenta característica de Nova York, uma efusão, aparentemente sem fonte; uma luminosidade sem sombra que tanto pode emanar das ruas como cair do céu. Peter e Rebecca estão na cama com café e o *Times*.

Não estão deitados perto um do outro. Rebecca está absorta nas resenhas de livros. Ali está ela, transformada de uma moça forte, inteligente, numa mulher experiente e bastante controlada, cansada de dar força a Peter em, bem, em tudo; transformou-se numa crítica severa, mesmo que cheia de afeição. Cá está a moça direta transmudada em mulher com capacidade de juízos frios, emitidos com calma.

O BlackBerry de Peter soa seu toque macio, flauteado. Ele e Rebecca trocam olhares: quem pode ligar num domingo de manhã?

"Alô."

"Peter? É Bette. Espero que não seja cedo demais para telefonar."

"Não, estamos acordados."

Ele olha para Rebecca, pronuncia "Bette" sem som.

"Você está bem?", ele pergunta.

"Estou bem. Você por algum remoto acaso estaria livre para almoçar hoje?"

Um segundo olhar para Rebecca. Domingo é o dia deles dois juntos.

"Ah, claro", diz ele. "Acho que sim."

"Eu posso ir à cidade."

"Tudo bem. Claro. O quê, perto da uma, por aí?"

"À uma está ótimo."

"Aonde você gostaria de ir?"

"Nunca consigo pensar num lugar."

"Nem eu."

"Não parece que tem sempre o restaurante perfeito, óbvio, e a gente simplesmente não consegue lembrar?", ela pergunta.

"Além disso, é domingo, não dá nem pra entrar numa porção de lugares. Como o Prune. Ou o Little Owl. Quer dizer, a gente pode tentar."

"A culpa é minha. Quem é que liga no último minuto para almoçar num domingo?"

"Não quer me contar o que está acontecendo?"

"Prefiro contar pessoalmente."

"E se eu for até aí?"

"Eu jamais pediria isso."

"Estou querendo mesmo ver o Hirst no Met."

"Eu também. Mas como é que vou olhar no espelho depois de telefonar para você no seu dia livre e, ainda por cima, fazer você se arrastar para o subúrbio?"

"Já fiz mais que isso por gente de quem gosto menos."

"O Payard vai estar lotado. Talvez eu consiga uma mesa no JoJo. Não é lá essas coisas, você sabe. Meio *brunch*."

"Tudo bem."

"Você topa o JoJo? A comida é boa, e não tem nada realmente perto do Met..."

"O JoJo está ótimo."

" Você, Peter Harris, é o máximo."

"Tem toda a razão."

"Eu ligo. Se eles não tiverem para a uma, eu ligo de novo."

"Tudo bem. Ótimo."

Ele desliga, limpa na beira do lençol uma mancha da superfície do BlackBerry.

"Era Bette", ele diz.

É traição marcar um almoço para o domingo? Ajudaria saber até que ponto é séria a... situação de Bette.

"Ela disse o que era?", Rebecca pergunta.

"Ela quer almoçar."

"Mas não falou."

"Não."

Os dois hesitam. Claro, não pode ser coisa boa. Bette está com seus sessenta e tantos anos. A mãe morreu de câncer no seio, faz o quê?, uns dez anos.

Rebecca diz: "Sabe, se a gente disser 'espero que não seja câncer', não vai afetar nada nem para um lado nem para o outro".

"Tem razão."

Nesse momento, ele a adora. A nebulosa ambivalência desaparece. Olhe para ela: o maxilar forte, os traços do rosto sensíveis, ligeiramente arcaicos (seu perfil podia estar numa moeda), por trás dos quais quantas gerações de pálidas beldades irlandesas casadas com homens ricos, apáticos?, uma mecha ficando grisalha em meio ao cabelo escuro.

Ele diz: "Fico pensando por que ela chamou a *mim*".

"Você é amigo dela."

"Mas não somos amigos *amigos*."

"Talvez ela queira praticar. Sabe, tentar contar para alguém que não é tão próximo."

"Não temos certeza de que seja isso. Talvez... ela queira confessar que está apaixonada por mim."

"Acha que ela ia ligar para você em casa se fosse isso?"

"Creio que telefones celulares tornaram essa questão irrelevante."

"Acha mesmo?"

"Claro que não."

"Elena está apaixonada por você."

"Então eu queria que ela comprasse alguma coisa, porra."

"Vai encontrar com Bette na cidade?"

"Não. No JoJo."

"Mm."

"Podemos ir ao Met depois, ver o Hirst. Fico imaginando como ele deve ficar lá."

"Bette. Ela tem o quê, sessenta e cinco?"

"Por aí. Quando foi seu último *check-up*?"

"Eu não tenho câncer no seio."

"Eu não disse isso."

"Realmente, sinceramente, não faz a menor diferença se foi ou não isso que você disse."

"Eu sei. Mas mesmo assim."

"Se eu morrer, tem minha permissão para casar de novo. Depois de um período de luto adequado."

"Idem."

"*Idem?*"

Os dois riem.

Ele diz: "Matthew deixou instruções detalhadas. Sabíamos que música, sabíamos quais flores. Sabíamos que terno botar nele".

"Ele não confiava nos pais nem no irmão hétero de dezenove anos. Não acha que tinha razão?"

"Ele não confiava nem em Dan."

"Ah. Aposto que ele confiava em Dan. Ele só queria era decidir ele mesmo. Por que não?"

Peter assente com a cabeça. Dan Weissman. Garoto de vinte e um anos, de Yonkers, trabalhava como garçom, economizando para ir passar uns meses na Europa, pensando que terminaria a faculdade na NYU quando voltasse. Ele acreditava, devia ter acreditado, ao menos brevemente, que o mundo ia despejar tesouros sobre ele. Estava ganhando um bom dinheiro num café do momento. Ele e Matthew Harris, seu novo namorado improvavelmente fabuloso, podiam passear juntos por Berlim e Amsterdam. Madonna tinha lhe deixado cinquenta e sete dólares de gorjeta numa conta de quarenta e três.

Rebecca diz: "Acho que eu quero Schubert".

"Hã?"

"No funeral. Cremação. Schubert. E, por favor, todo mundo bêbado depois. Um pouco de Schubert, um pouco de tristeza, e depois encham a cara e contem histórias engraçadas a meu respeito."

"O que de Schubert?"

"Não sei."

"Para mim, acho que Coltrane. Seria pretensioso?"

"Não mais que Schubert. Acha que Schubert é pretensioso demais?"

"É um funeral. Temos direito."

"Talvez Bette esteja bem", ela diz.

"Talvez. Quem sabe?"

"Você não devia entrar no chuveiro?"

Ela está querendo que ele vá logo?

Ele diz: "Tem certeza de que não se importa?".

"Não, tudo bem. Bette não telefonaria para você assim na última hora se não fosse alguma coisa importante."

Certo. Claro. E no entanto. Domingo é o dia deles, o único

dia, ela não devia ficar um pouco mais em conflito para liberá-lo, por mais nobre que seja a causa?

Ele olha o relógio ao lado da cama, seus belos números cor de água. "Banho daqui a vinte minutos", diz.

E então. Vinte minutos na cama com sua mulher, lendo o jornal de domingo: uma xicarazinha de tempo. Buracos negros estão se expandindo; um pedaço de gelo ártico maior que o estado de Connecticut acaba de derreter; alguém em Darfur que quer desesperadamente viver, que se permitiu acreditar que seria um dos sobreviventes, acaba de ser aberto com um facão e por um instante vê as próprias vísceras, o vermelho molhado mais escuro do que ele imaginava. Em meio a tudo isso, Peter pode decerto se permitir vinte minutos de simples conforto doméstico.

Bette Rice irradiou alguma coisa no quarto, porém. Chamemos de urgência mortal.

Quem poderia esperar heroísmo do pequeno Dan Weissman, bonito à sua maneira de olhos ávidos e rosto estreito, com algo de antílope; nenhuma paixão extravagante; Dan, que estava tão claramente destinado a ser um dos garotos com quem Matthew *costumava* sair?... Quem poderia imaginar que ele aprenderia mais do que alguns médicos sabiam, enfrentaria as enfermeiras mais apavorantes, ficaria com Matthew quando ele estava em casa, conseguindo que fosse aceito no protocolo quando disseram que estava fechado e passando no hospital aqueles últimos dias, e...? É, a lista continua... e não, Dan não mencionou seus primeiros sintomas enquanto Matthew se foi. Quem podia esperar que Matthew e esse garoto mais ou menos fortuito fossem se tornar Tristão e a porra da Isolda?

Dava para entrar em pânico diante daquilo tudo: seu irmão morto aos vinte e dois (ele teria quarenta e sete agora), junto com seu antigo namorado e todos os outros amigos que teve; matanças em outros países que assustariam até Átila, o huno; crianças matando os professores com armas que os pais deixavam por aí; e, a propósito, acha que vai ser outro prédio da próxima vez, ou vai ser um metrô ou uma ponte?

"Está com o Metro?", ele pergunta a Rebecca.

Ela estende para ele o caderno do jornal, volta à sua resenha de livros.

"A exposição de Martin Puryear vai fechar daqui a três semanas", ela diz. "Por favor, me dê um chute se eu perder."

"Mm."

Ele tem vinte minutos. Dezenove agora. Tem uma sorte impossível; uma sorte assustadora. Seus problemas, rapazinho? Pense neles como um aperitivo que não deu muito certo. Você devia cantar e dançar, devia fazer um sacrifício a qualquer deus que consiga imaginar, porque ninguém botou um pneu nos seus ombros e tocou fogo, pelo menos não hoje.

Rebecca diz: "Vamos telefonar para Bea antes de você ir?".

Que tipo de pai negaria um telefonema à sua filha?

Ninguém cortou você até a morte com um facão. Mas mesmo assim.

"Vamos ligar quando eu voltar", ele diz.

"Tudo bem."

Difícil negar: Rebecca está contente de ter algumas horas em casa sem ele. Uma daquelas coisas de um casamento prolongado, certo? Você quer ficar em casa sozinho às vezes.

É uma tarde quente de abril cheia de luminosidade cinzenta. Peter caminha os poucos quarteirões até a IRT da rua Spring. Calça botinhas de camurça batidas, jeans escuro e camisa azul-clara sem passar por baixo do paletó de couro cor de estanho. Você tenta não parecer muito calculado, mas de fato vai encontrar alguém num restaurante elegante e quer, pobre coitado, parecer nem provocadoramente "centro da cidade" (patético, um homem da sua idade), nem como se tivesse caprichado para agradar. Peter melhorou ao longo dos anos na maneira de se vestir como o homem que está fazendo o personagem que realmente é. Mesmo assim, há dias em que não consegue evitar a sensação de que se vestiu errado. E, claro, é grotesco se preocupar com a aparência, no entanto quase impossível não fazê-lo.

Mesmo assim, há sempre o mundo, que conspira constantemente para lembrar você: ninguém se importa com suas botas, peregrino. Ali está a rua Spring nesse dia de primavera, uma falsa primavera, porém? Nova York tem o costume de espremer uma última nevasca antes mesmo de os crocos brotarem: o céu tão vazio que dá para imaginar Deus formando as coisas com Suas mãos, como bolas de neve, atirando e dizendo: *Tempo, Luz, Matéria*. Ali está Nova York, uma das mais fodidas perturbações a jamais ocupar a cambiante superfície da Terra. É medieval, na verdade, toda ameias e zigurates, pontas e agulhas, inteiramente possível ver um corcunda vestido com um saco de lixo mancando ao lado de uma mulher com uma bolsa de vinte mil dólares. E ao mesmo tempo, sobrecarregada, é uma vasta cidade expandida do século XIX, roucamente viva, louca pelo futuro, mas nada emborrachada, nada acolchoada, sem nenhum silêncio hidráulico; trens fazendo tremer o pavimento, mulheres esculpidas em calcário e homens, não deuses, de aspecto potente nas cornijas, como se vindos de um céu de trabalho e prosperidade duramente conquistada, buzinas de carros berrando quando algum cidadão com roupas Dockers passa falando ao celular "é assim que eles *deviam* ser".

Peter desce a escada em direção ao rugido de um trem que chega.

Bette já está sentada quando ele chega. Peter acompanha a recepcionista em meio ao vermelho-escuro do falso estilo vitoriano do JoJo. Quando Bette vê Peter, ela acena com a cabeça e dá um sorriso irônico (Bette, uma pessoa séria, só acenaria se estivesse se afogando). Peter desconfia que o sorriso seja irônico porque, bem, ali estão eles, a pedido dela, e com certeza a comida é boa, mas há o entorno e as mesinhas de pernas tortas. É um cenário, é um *capricho*, pelo amor de Deus; mas Bette e seu marido, Jack, herdaram o apartamento de seis cômodos de antes da guerra na rua York com a 85, ele ganha um salário de professor universitário e ela ganha o dinheiro de uma *marchande* de arte de nível intermediário e arrasa com qualquer um que a esnobe por não morar no *centro*, num *loft* na *rua Mercer* num bairro em que os restaurantes são mais arejados.

Quando Peter chega à mesa, ela diz: "Não acredito que arrastei você até aqui".

É, ela está mesmo irritada com ele por... ter concordado em vir? Por ter sucesso (relativamente)?

"Tudo bem", ele diz, porque não lhe ocorre nada mais inteligente.

"Você é um homem gentil. Não um homem *bom*, as pessoas tendem a misturar as duas coisas."

Ele se senta na frente dela. Bette Rice: uma força. Cabelo grisalho muito curto, óculos de aro preto austero, perfil de Nefertiti. Nasceu para isso. Filha judia de esquerdistas do Brooklyn, pode ou não ter saído com Brian Eno, tem uma boa história para contar sobre Rauschenberg, que lhe deu a primeira Coca Diet. Quando está com Bette, Peter se sente como o atleta não muito inteligente do colegial tentando conquistar a menina inteligente e durona. O que ele pode fazer se nasceu em Milwaukee?

Ela dá um olhar de raio laser para uma garçonete, diz "Café", sem se importar com que sua voz soe mais alto do que necessário, que uma Loira Perfeita de uns sessenta anos olhe para ela da mesa vizinha.

Peter diz: "Acho que você está querendo falar dos óculos de Elena Petrova".

Ela ergue uma mão fina. Um dos três anéis de prata que usa tem garras, como um obscuro instrumento de tortura.

"Meu anjo, é um encanto da sua parte, mas não vou submeter você à conversa mole preliminar. Eu estou com câncer no seio."

Será que ele pensou que, ao prever tal coisa, ele a protegeria disso?

"Bette..."

"Não, não, já tiraram."

"Graças a Deus."

"O que eu quero realmente falar com você é que vou fechar a galeria. Imediatamente."

"Ah."

Bette faz um brinde com um fio de sorriso, consolador, maternal até, e ele se lembra de que ela tem dois filhos adultos, nenhum dos dois particularmente fodidos.

Bette diz: "Trataram desta vez e se voltar provavelmente vão tratar de novo também. Não estou morrendo, nem perto disso. Mas houve um momento. Quando eu fiquei sabendo o que era, e você sabe, minha mãe...".

"Eu sei."

Ela lhe lança um olhar firme, que impõe um limite. Não se anime a *ser bom a respeito*, ok?

Ela diz: "Não fiquei apavorada, mas sim puta da vida. A galeria tem sido a minha vida nesses últimos quarenta anos, e, francamente, estou cheia dela faz pelo menos dez. E agora que está tudo indo para o inferno e as pessoas estão sem dinheiro... Bom. Uma das primeiras coisas que eu pensei foi: se isto aqui não me matar, Jack e eu vamos mudar de vida".

"E então..."

"Vamos mudar para a Espanha. Os meninos estão bem, vamos encontrar uma casinha caiada em algum lugar e plantar tomates."

"Está brincando."

Ela ri, um som denso, grave. É uma das últimas fumantes vivas nos Estados Unidos.

"Eu sei", diz ela. "Eu *sei*. Talvez a gente enlouqueça de tédio. Aí vendemos a droga da casinha caiada e mudamos para algum outro lugar. Só não quero mais fazer *isto aqui*. Jack está cheio da universidade também."

"Abençoada seja a sua jornada então."

A garçonete traz o café de Peter, pergunta se tiveram tempo de consultar o cardápio, coisa que não fizeram. Ela diz que volta depois. É uma moça forte, de rosto doce, com sotaque da Geórgia, filha muito amada de alguém, provavelmente recém-chegada a Nova York, decidida a ser cantora, atriz, ou alguma outra coisa, superatenciosa, empenhada em parecer garçonete o máximo possível, sem falar que qualquer pessoa que tenha dinheiro para vir a um lugar como o JoJo neste momento da história é algo como uma celebridade por definição.

Bette diz: "Quero ter amor pela arte outra vez".

"Acho que entendo você."

"Quem não entende? Essa história do dinheiro..."

"Eu sei. E agora, de repente, não existe mais. Dinheiro, eu quero dizer."

"Ainda existe algum."

"Bom, claro. Quer dizer, eu espero que seja verdade..."

"E parece que *nós* todos passamos diretamente da luta pela sobrevivência para a posição de semiestabelecidos e supérfluos."

Em poucas palavras, um naufrágio íntimo. Nós todos? Para trás, venenoso anjo da morte. Eu não estou contaminado pelo fracasso.

Ela diz: "Não estou falando de você, Peter".

O que deve ter passado pela cara dele nesse momento?

"Não?"

"Estou sendo indelicada, não é? *Eu* é que sou supérflua. Você é uma das poucas pessoas decentes e sérias no meio. Os outros todos são, sabe. Ou um sujeito de dezenove anos vendendo as coisas do amigo no próprio apartamento em Bed-Stuy, ou estão fodendo com a Mobil Oil." (O que quer dizer isso?)

"Bom, é, eu sei."

"Você não está nem um pouquinho cheio disso?"

"Tem dias que sim", ele diz.

"Você ainda é moço."

"Quarenta não é moço."

Hum, economizou uns anos, não?

"Ainda não contei para ninguém", disse ela. "Que vou parar, quero dizer. Liguei para você porque achei que poderia querer ficar com Groff. E talvez um ou dois outros. Você gosta de Groff, certo?"

Rupert Groff. Não exatamente a linha de Peter, mas jovem, e no auge. Bette o encontrou por acaso dois anos antes, quando foi fazer uma palestra em Yale. Na hora em que ela anunciar que vai fechar a galeria, é atrás dele que todos irão.

"Gosto", Peter diz.

Ele até que gosta de Groff, e, realmente, é alguém que pode render dinheiro de verdade.

"Acho que você é o que melhor combina com ele", diz Bette. "Tenho medo de que ele seja arrebatado por um dos gigantes e destruído."

"Muito dramático."

"Não se faça de bobo."

"Mil perdões."

"Vão pressionar o rapaz a fazer o trabalho em ouro, vão pressionar demais e muito provavelmente ele vai estar acabado antes dos trinta anos."

"Ou fazendo uma retrospectiva na Whitney."

"Alguns desses meninos amadurecem cedo. Ele não. Ele está se desenvolvendo. Precisa de alguém que dê um empurrão, mas do jeito certo."

"E você acha que esse alguém sou eu."

"O que eu estou dizendo é: não acho você um babaca."

Não sei, Bette. Não sou tão grande como alguns outros, não sou tão rico e, se isso quer dizer que não sou babaca, ótimo.

"Gosto de pensar que não sou", diz ele. "O que faz você pensar que Groff vai querer ficar comigo?"

"Vou falar com ele. Depois você pode falar com ele."

"Como ele é?"

"Um encanto. Um pouco bobo. Não é nenhuma mente brilhante."

A garçonete volta e pergunta se tiveram tempo de olhar o cardápio. Eles prometem apologeticamente que vão olhar, vão escolher dentro de dois minutos e fazem exatamente isso. Quem não gostaria de ajudar a linda mocinha empenhada, tão longe de casa, a sentir que está conseguindo posar de garçonete de Nova York?

Uma hora depois, Peter e Bette caminham juntos pelo Grande Salão do Met, o grandioso, sonolento portal para o mundo civilizado. Por que renegar seus prazeres: sua estabilidade elefantina, sua capacidade de excitar as próprias moléculas do ar com uma sensação de reverente importância e nobre glamour dos séculos de saques a cinco continentes? O Salão recebe com uma vasta paciência. É a mãe que nunca morrerá, e bem ali em frente estão suas devotas, as mulheres do quiosque central, velhotas em sua maioria, de aspecto gentil, esperando para oferecer informações debaixo de um enorme arranjo floral (cerejeiras, agora) que engalana o ar sobre a cabeça delas com pétalas e folhas.

Peter paga os ingressos (Bette pagou o almoço). Eles prendem os circulozinhos de metal (essas coisas devem ter um nome, qual será?), ele no paletó, ela na beira do decote em U do suéter preto de algodão, o que por um momento prende a atenção de ambos à clavícula sardenta e proeminente dela, e ao grupo de rugas em miniatura, como um franzido de tecido, instalado na pele entre seus seios. Bette sabe que Peter está olhando, e lhe devolve um olhar que ele só pode qualificar como um flerte exasperado: uma furiosa sensualidade, não diretamente sexual, mas carregada com alguma qualidade feita de sexo e desafio, o tipo de olhar que Helena deve ter dado aos troianos. Bette Rice, uma rainha sequestrada pela idade e pela doença.

Ele regula a subida da escada ao ritmo de Bette, que sobe a passo de fumante. Ela acaba de fumar um Marlboro Light em frente ao museu e disse, em resposta ao olhar de ceticismo que Peter resolveu não dar: "Pode crer, o terror do câncer não é a melhor hora para parar de fumar".

No alto da escada, o Mário de Tiepolo segue em triunfo. O menino continua batendo no pandeiro.

No caminho para as galerias contemporâneas, Peter faz uma pausa na frente do Rodin da entrada do século XIX europeu. Bette segue uns passos à frente, para, se vira para trás.

"Ainda aqui", ela diz. Eles vieram ver o Hirst, por que Peter está parando? Já não viu o Rodin milhares de vezes?

Peter diz: "Sabe quando...".

"O quê?"

"Quando alguma coisa pega a gente de repente?"

"Hoje o Rodin pegou?"

"É. Não sei por quê."

Bette se acomoda ao lado de Peter com aquele ar de calma de mãe-crocodilo que ela é capaz de produzir. Ela devia ser assim com os filhos quando eram pequenos, quando ficavam fascinados com alguma coisa que a entediava: essa atitude de disponibilidade informada, mas caridosa. Isso deve ser em parte responsável por eles terem dado certo.

Ela diz: "Não há como negar seus méritos".

"Não."

Ali, como sempre, está Auguste Neyt, também conhecido como *O vencido*, também conhecido como *A idade do bronze*: um homem-menino perfeito, em bronze, em tamanho exatamente natural, corpo em forma, maleável, segurando sua lança invisível. Rodin ainda era desconhecido quando esculpiu e moldou esse homem nu, sem a musculatura dos gregos antigos, nem a devoção francesa à alegoria; Rodin, uma figura menor na época, mas que acabou provando estar certo: o heroico *estava* morrendo, o real estava chegando para uma permanência muito, muito longa; Rodin já foi e passou e, sim, claro, é parte da história, mas artistas novos não o reverenciam, ninguém faz uma peregrinação, aprende-se sobre ele na escola, passa-se por suas esculturas e maquetes a caminho de ver Damien Hirst.

Mesmo assim. A porra do bronze é capaz de durar para sempre (a esfera de Koenig não sobreviveu ao Onze de Setembro?). Arqueólogos alienígenas poderão desenterrá-lo um dia e, realmente, seria talvez uma prova tão ruim de quem e o que fomos? Auguste Neyt, morto muitos séculos antes, seu nome perdido, mas sua forma preservada, nu, não idealizado, meramente jovem e saudável, com sua vida pela frente.

"Tudo bem?", Bette pergunta.

"Tudo bem."

Passam em silêncio, com determinação, pelo Carrière e por

Puvis de Chavannes, passam por Pigmalião beijando Galateia, de Gérôme. No extremo da galeria eles viram, passam pelo quiosque de livros e presentes, viram de novo.

E lá está ele, o tubarão, suspenso no azul-pálido, estranhamente adorável no formol; lá está a perfeição letal de sua forma e lá está a bocarra, serrilhada, grande como o topo de um barril, a função da coisa: existe alguma outra criatura tão claramente destinada a ser uma boca impulsionada por um corpo?

Continua assustando; ainda produz aquele arrepio de pânico animal na superfície da pele de Peter. Que é, evidentemente, uma das questões. Quem não se abala com um tubarão de quatro metros, morto, boiando num tanque de formol?

Peter sente o estômago retorcer. O enjoo é pior depois de comer. Talvez devesse ir ao médico.

"Hum", Bette diz.

"Hum."

Tem a ver com a embalagem imaculada, Peter pensa: o pesado, mas puríssimo tanque branco de aço (vinte e duas toneladas), a solução azul em que a criatura flutua. O tubarão está tão inteiramente contido, tão absolutamente morto, os olhos opacos, o couro esbranquiçado e enrugado. E no entanto...

"É uma coisa, ver isso aqui", diz Bette.

"É uma coisa."

A impossibilidade física da morte na mente de alguém vivo. É. É uma coisa.

Três garotas e um rapaz, catorze, quinze anos, circundam nervosamente o tanque, horrorizados, resolvendo como exatamente caçoar daquilo. Um menino pequeno segura a mão do pai: "Dá medo?", ele fala, como uma pergunta. Um casal de meia-idade se detém junto ao rabo do tubarão, abraçados, conferenciando gravemente no que parece ser espanhol, um consultando o outro, como se tivessem sido mandados ali para fazer alguma coisa dolorosa, mas necessária, por um bem maior.

Bette diz: “Esse é fêmea”.

“Acha que deviam ter mantido o primeiro?”

“Não acredito que Steve Cohen pagaria oito milhões de dólares para ficar olhando a porcaria da coisa desintegrar.”

“Não. Não mesmo.”

“É meio complicado *ver* isso a esta altura”, Bette diz. “Quer dizer, tem o objeto aqui, tem a carreira de Hirst, para não falar do próprio Hirst, tem os oito milhões de Cohen e o Met achando que é ousado mostrar uma coisa que já existe há quase vinte anos...”

Os estudantes se reúnem no meio do corpo do tubarão, só faltando tremer de medo, sexualidade, desprezo, falando baixinho numa linguagem privada (Peter capta uns retalhos: “...você é tão mala...” (*mala* não, ele deve ter ouvido errado); “...eu nunca...”; “...Thomas, Esme e Prue...”). Uma das meninas põe a mão no vidro, retira depressa. As outras duas meninas dão um grito e saem correndo da galeria, como se a amiga tivesse disparado um alarme.

Bette passeia diante do tanque, curva-se ligeiramente para olhar dentro da boca aberta do tubarão. A menina que tocou o vidro ficou, o rapaz a seu lado. Ela toca a costura do jeans do rapaz. Jovens amantes, então. O rosto da menina é resoluto, de boca pequena, com alguma coisa piedosa: ela podia ser *amish*, apesar da camiseta de Courtney Love e da jaqueta de couro verde. É uma menina bonita e provavelmente inteligente contemplando um tubarão ao lado do namorado (que é gay, todo mundo vê, será que ele já sabe, será que ela sabe?), e Peter fica brevemente apaixonado por ela, ou por quem ou o que ela vá se tornar (lá está ela daqui a dez anos, num vestido justo e brilhante, rindo, numa festa em algum lugar) e então o rapaz sussurra para ela, os dois saem, e Peter nunca mais a verá.

Bea está brava com ele de um jeito que parece permanente,

mas, ei!, ela tem só vinte e um anos. Ainda. Está murchando lá em Boston; magra, pálida e muito amarrada, sem namorados, sem paixões discerníveis além da determinação de fazer alguma coisa prática na vida, da convicção de que a arte é ridícula, com o que ela quer dizer que Peter é ridículo, com o que ela quer dizer que ele a seduziu, esses anos todos, a amá-lo demais e a Rebecca de menos, coisa que ele veio a entender recentemente como a fonte de sua persistente solidão e intermitente depressão, sua decepção com os homens e seu problema de se relacionar com mulheres.

"É impressionante", Bette diz a respeito do tubarão. "A gente pensa ah, é só um gesto, é só um tubarão morto, todo museu de história natural está cheio deles, mas aí você se vê numa galeria de arte com ele e, bom..."

Bette ficou com os quadris pesados com a idade. Está usando um Reebok preto. Quando se inclina, sem medo, para a boca do tubarão, ela é tocante, mas não heroica, não, ela é talvez heroica à sua maneira, mas não é potente, não possui nem a grandeza condenada e fanática de Ahab, embora tenha tido na vida certa medida de sua louca convicção (basta pensar nos artistas que ela representa). Agora, porém, numa tarde de domingo no Met, ela é uma velha olhando dentro da boca de um tubarão morto.

Peter vai se pôr ao lado dela. "É um gesto impressionante", ele diz.

Atrás dos vagos reflexos de Peter e Bette no vidro, a boca do tubarão está aberta, há fileiras de dentes letais, serrilhados, e além, curtido, branco, o orifício em si, que assume a tonalidade da solução azul, acinzentado e profundo, à medida que desaparece na escuridão interna do tubarão.

Bette não contou a verdade a Peter. Não toda a verdade. O cirurgião não tirou todo o câncer, ela não vai ficar bem. Peter entende isso com um arrepiante imediatismo que é como o alerta animalesco produzido pelo próprio tubarão. Um trecho infinitesimal de fita se apaga em seu cérebro, e ele nunca saberá se entendeu no JoJo ou depois, que Bette está, de fato, morrendo, e que isso se dará mais cedo e não mais tarde. Por isso é que ela está fechando a galeria *imediatamente*. Por isso Jack vai abandonar a universidade.

Peter estende a mão e pega a dela. É um gesto mais ou menos involuntário e só depois que a tocou é que ele parou para pensar, será ridículo, será melodramático? Ela vai censurá-lo? Seus dedos são surpreendentemente macios e enrugados, dedos de uma velha. Ela aperta a mão dele na dela, delicadamente, rapidamente. Ficam de mãos dadas poucos segundos e se soltam. Se o gesto foi excessivo ou falso, se foi dramático da parte de Peter, Bette parece não se importar, não agora, não na frente do tubarão.

Peter entra no loft. Quatro e quinze. Vai até o balcão da cozinha, deposita ali a sacola da farmácia que contém Excedrin e o fio dental que comprou (por que é tão impossível sair em Nova York sem comprar alguma coisa?), tira o paletó, pendura. Seus ouvidos se ajustam ao silêncio particular de casa, ele escuta o chuveiro. Rebecca está em casa. Ótimo. Ele fica muitas vezes tão agradecido quanto Rebecca por um pouquinho de solidão quando chega em casa, mas não agora, não hoje. Difícil dizer o que está sentindo. Queria que fosse tão simples como pena por Bette. É mais fundo que pena. É uma profunda solidão misturada com alguma corrente subjacente de medo trêmulo, quem sabe que nome dar a isso, mas ele quer ver sua mulher, quer ficar abraçado com ela, talvez assistir a alguma bobagem na televisão, que o mundo se apague essa noite, que despenque.

Peter atravessa o quarto até o banheiro. Ali está ela, um borrão rosado atrás da porta de vidro fosco do boxe do chuveiro. Há mortalidade no ar e tubarões na água, mas há também isto, Rebecca tomando uma ducha, um espelho embaçado pelo vapor, um banheiro cheirando a sabonete e aquele outro cheiro subjacente que Peter só pode chamar de *limpeza*.

Rebecca está jovem de novo. Está parada no boxe, de costas para Peter, o cabelo curto, as costas fortes e retas por causa da natação; está meio escondida pelo vapor e por um instante tudo faz sentido: a mão de Bette na de Peter, o Rodin menino-homem esperando que os séculos o enterrem, Rebecca no chuveiro fazendo escorrer os últimos vinte anos, uma moça de novo.

Ela se vira, surpresa.

Não é Rebecca. É Mizzy. É o Mistake.

Certo. As placas quadradas sólidas dos peitorais, o V dos quadris; a pelagem pequena e escura dos pelos púbicos, o pênis, a projeção marrom rosada do pau.

"Ei", ele diz cordialmente a Peter. Ser visto nu por Peter, aparentemente, não deixa Mizzy nem remotamente incomodado.

"Ei", Peter responde. "Desculpe."

Ele recua um passo, fecha a porta do boxe. Mizzy sempre foi sem-vergonha, não, mais *livre de vergonha*, como um sátiro, tão desembaraçado pela nudez ou por funções biológicas que faz todo mundo parecer uma tia vitoriana. Com a porta do boxe fechada, Peter pode ver apenas a silhueta carnal rosada, e, embora Peter saiba que é Mizzy (Ethan), ele se vê parado, pensando em Rebecca jovem (entrando no mar, despindo um vestido branco de algodão, parada no balcão daquele hotel barato em Zurique), até se dar conta de que ficou um segundo ou dois mais do que deveria, Mizzy que não vá pensar outra coisa, e vira-se para sair. Ao sair, vê de relance sua própria imagem fantasmagórica, um borrão patinando no espelho enevoado pelo vapor.

O irmão dela

A família de Rebecca é, à sua maneira, um país em si. Peter casou-se com isso como podia ter casado com costumes e lendas, a história peculiar de uma moça de uma nação pequena, remota. A nação família Taylor tinha dinheiro, mas não era rica, dedicada a pratos e artefatos regionais, relaxada com agendas e horários de trens, aninhada nos declives de uma cadeia de montanhas intimidante o suficiente para mantê-la protegida de invasores, imigrantes e da maioria das ideias e invenções que não pareciam ser engendradas por ela própria. Mizzy seria o seu padroeiro ferido, cuja pálida efígie de olhos vidrados desfila anualmente pelas ruas e pela praça central.

Antes de Mizzy, porém... Havia, ainda há, o velho casarão com água-furtada começando a ficar terminalmente encharcado sob o calor e a umidade acumulada de mais de oitenta verões de Richmond. Há Cyrus (professor de linguística, um homem pequeno, caladamente confiante, com uma cabeça como a de Cícero) e Beverly (pediatra, ativa e irônica, desafiadoramente indiferente aos cuidados domésticos). E existiam, existem ainda, três filhas adoráveis: Rosemary, Julianne e Rebecca, com cinco anos de diferença entre elas. Rose é a beldade, solene, não pouco amigável, mas não disponível; a moça por quem algum rapaz mais velho que tinha carro estava sempre esperando. Julie era menos deslumbrante, entretanto mais facilmente divertida, uma garota que era um dos rapazes, ruidosa e engraçada, campeã de ginástica, sexual sem pedir desculpas por isso. E depois havia Rebecca, nascida famosa graças a suas duas irmãs mais velhas; Rebecca, que era pequena e pálida, moleca, a menos bonita, contudo a mais inteligente; que tinha o mesmo namorado reservado, tocador de violão, desde a oitava série; cuja mocidade está resumida (para Peter) na foto do livro anual da escola no qual ela, usando a coroa de ex-aluna e segurando rosas de ex-aluna, está rindo (quem sabe por quê, talvez pelo absurdo de onde se encontra) num vestidinho cintilante, ladeada por duas segundas colocadas, as princesas, que sorriem poderosamente para a câmera e que são ligeiramente apáticas em sua beleza, nada notáveis, descendentes daquelas sólidas moças "casadouras" por quem Jane Austen não manifestava nenhum interesse.

E então. Quando Rebecca estava para se formar no ensino médio, quando Julie estava no segundo ano da Barnard e Rose já estava pensando em divórcio, o Mistake chegou.

Beverly tinha amarrado as trompas anos antes. Estava com quarenta e cinco anos; Cyrus com mais de cinquenta. Beverly disse: "Ele devia estar desesperado para nascer". Essa declaração era levada a sério. Ela era perita em crianças, uma *doutora* de crianças, e não dada a romancear a respeito delas.

Peter conhecera Mizzy quando Rebecca o levou a Richmond pela primeira vez. Ele estava nervoso pelo encontro com a família, embaraçado pelo tom putativo de impropriedade: não era um tanto assustador um estudante formado namorar uma aluna do seu seminário, mesmo *tendo* esperado até o fim do semestre?

O pai de Rebecca era professor, será que Peter podia real e verdadeiramente acreditar em Rebecca quando ela lhe garantia que seu pai não reprovaria?

"Você fique *quieto*", ela disse para ele assim que o avião aterrissou. "Pare de se preocupar. Agora."

Rebecca tinha aquela embriagadora certeza juvenil; tinha aquela pronúncia da Virgínia. *Jest stop warying. Raht now.* Podia ter sido enfermeira numa guerra.

Ele prometeu tentar.

Então desceram do avião e lá estava Julie, vital e amiga num estilo caubói, esperando por eles do lado de fora do aeroporto com o velho Volvo da família.

E então, havia a casa.

A foto que Rebecca mostrara a Peter o preparara para sua decrépita grandeza: seus emaranhados de glicínias e a profunda e sombreada varanda da frente, porém não para a casa em seu lugar, nem pelas despencadas maravilhas de todo o quarteirão, uma adorável casa velha e matronal atrás da outra, algumas mais bem cuidadas que outras, mas nenhuma reformada nem restaurada, parecia não se tratar desse tipo de bairro; Richmond provavelmente não era esse tipo de cidade.

"Meu Deus", Peter disse quando chegaram.

"O quê?", Julie perguntou.

"Digamos apenas que é uma linda vida."

Julie lançou um rápido olhar para Rebecca. *Ah, certo, um daqueles caras muito, muito inteligentes.*

Na verdade, ele não havia sido cínico, nem mesmo particularmente inteligente. Longe disso. Estava se apaixonando.

Passado aquele fim de semana, tinha perdido a conta de suas paixões. Havia o estúdio de Cyrus, um estúdio!, com sua poltrona de encosto afundado profundamente confortável, na qual parecia que se podia sentar e ler para sempre. Houve a aplaudida (embora frustrada) tentativa de Beverly de impressionar Peter fazendo uma torta (que ficou conhecida depois como "aquela maldita torta incomível"). Havia a janela do andar de cima através da qual as meninas escapavam de noite, os três velhos nobres e preguiçosos gatos velhos, as estantes cheias de livros, de velhos jogos de tabuleiro, de conchas da Flórida, de fotografias bastante casuais emolduradas, os vagos aromas de lavanda, mofo e fumaça de chaminé, o balanço de vime da varanda no qual alguém havia deixado um exemplar de bolso manchado de chuva de *Daniel Deronda*.

E havia Mizzy, que ia completar quatro anos.

Ninguém gostava da palavra "precoce". Havia algo de agouro nela. Mas Mizzy, aos quatro anos, tinha descoberto como ler. Ele se lembrava de cada palavra dita em sua presença e conseguia, para todo o sempre, usar aquela palavra numa frase, muitas vezes incorretamente.

Era um menino sério e cético, que tendia a ataques ocasionais de riso, embora fosse impossível prever o que poderia ou não parecer-lhe engraçado. Era bonito, bonitinho, com uma testa alta, pálida, olhos brilhantes e uma boca precisa e delicada: parecia, na época, que ele poderia crescer para ser um belo príncipe ou, igualmente plausível, um Ludovico da Baviera, com uma grande abóbada de testa riscada por veias e olhos excessivamente cheios de trêmula sensibilidade.

E (graças a Deus) ele guardou afetos e pendores infantis ao lado de suas assustadoras propensões. Ele adora pop rock e, com uma devoção inquietante, a cor azul. Era fascinado por Abraham Lincoln, que Mizzy entendia ter sido presidente, mas que insistia também possuir força sobre-humana e a habilidade de fazer surgirem árvores plenamente desenvolvidas do chão estéril.

Naquela noite, na cama (os Taylor, ao que parece, esperavam por isso), Peter disse a Rebecca: "Isto aqui é tão incrivelmente adorável".

"O quê?"

"Tudo. Cada pessoa e objeto."

"É só a minha família maluca e a minha casa velha que range."

Ela acreditava nisso. Não estava se fazendo de ingênua.

Ele disse: "Você não faz ideia...".

"Do quê?"

"De como é a maioria das famílias *normais*."

"Acha que a minha família é *a*normal?"

"Não. 'Normal' não é a palavra certa. Prosaica. Padrão."

"Não acho que ninguém seja *prosaico*. Quer dizer, algumas pessoas são mais *excêntricas* que outras."

Milwaukee, Rebecca. Ordem e sobriedade e devoção à limpeza que lava a alma. Gente decente fazendo o possível para viver uma vida decente, não há nada de fato a odiar neles, eles cumprem sua função, mantêm sua propriedade, amam seus filhos (a maior parte do tempo); tiram férias familiares e visitam parentes, decoram a casa para as festas, colecionam coisas e poupam para outras coisas; são gente boa (a maior parte deles, quase todo o tempo), mas, se você fosse eu, se você fosse o jovem Pete Harris, sentiria a modéstia daquilo o erodindo, o despovoando, todas aquelas pequenas satisfações e nenhuma grande ou perigosa; nenhum heroísmo, nenhum gênio, nenhuma vontade terrível de nada que, pelo menos em teoria, se possa efetivamente possuir. Se você fosse o jovem Pete Harris de cabelo escorrido, infernizado por espinhas, sentiria que estava sempre a ponto de expirar da segurança de sua vida, de sua obstinada sensatez, aquele amor protestante pelo não excepcional; a eterna certeza do crente de que o exagero e o macabro não são apenas ameaçadores, mas, pior, são desinteressantes.

Será que é de admirar que Matthew tenha saído desse mundo dois dias depois de se formar no colegial e feito sexo com metade dos homens de Nova York?

Não, não faça isso, é venenoso, é errado, não foi Milwaukee que matou seu irmão.

Rebecca disse: "Se você tivesse crescido aqui, seria talvez um pouco menos romântico a respeito da coisa toda".

"Então quero ser romântico a respeito da coisa toda o máximo que eu puder. Mizzy me contou a história de Abraham Lincoln, antes do jantar."

"Ele conta a história de Abraham Lincoln pra todo mundo."

"Que ele parece misturar com o Super-Homem e com Johnny Appleseed."

"Eu sei. Ele tem de inventar uma boa parte enquanto vai contando. Nós fomos todas embora e mamãe está um pouco, não sei. Exagerando. Ela morre de amor por ele. Mas mal conseguiu suportar a parte maternal da primeira vez. Quando eu era pequena, Rose e Julie é que liam histórias para mim e me ajudavam com a lição, essas coisas todas."

"Julie não gosta de mim, não é?"

"Por que diz isso?"

"Não sei. Uma sensação, acho."

"Ela é protetora, só isso. O que é engraçado. Ela é a ousada."

"É mesmo, é?"

"Ah, talvez não tanto mais. Mas no colegial..."

"Ela era rebelde."

"Ahn-hã."

"Até que ponto?"

"Não sei. Média. Fez sexo com vários rapazes diferentes, só isso."

"Me conte alguma coisa."

"Está ficando *excitado*?"

"Um pouco."

"Homem é tão pervertido."

"E você, não é?"

"Ok, Charlie. Uma história."

"*Charlie?*"

"Não faço a menor ideia de por que chamei você assim."

"Uma história, vamos lá."

Ela deitou de costas, com a cabeça aninhada nas mãos, esguia e parecendo um garoto. Estavam no que os Taylor chamavam de quarto de despejo, porque, além do quarto de Cyrus e Beverly, era o único que tinha uma cama de casal. Havia sido um quarto de hóspedes, mas os Taylor tinham mais uso para despejos do que para hóspedes, havia muito se dedicavam a armazenar coisas, entendendo que um hóspede ocasional sempre podia ser instalado lá, com desculpas. Na extremidade do quarto, o pálido luar da Virgínia iluminava parcialmente uma máquina de costura amortalhada, três pares de esquis, uma pilha de caixas de papelão marcadas "Natal" e uma coleção de objetos que seriam consertados quando alguém tivesse tempo: uma improvável cômoda cor-de-rosa sem os puxadores de gavetas, uma pilha de mantas antigas, um são Francisco de gesso lascado, destinado a ficar num gramado, um marlim empalhado (de onde poderia ter vindo e por que eles haveriam de querer guardar aquilo?) e, numa prateleira alta, como uma lua extinta, um globo terrestre que acenderia assim que alguém se lembrasse de comprar a lâmpada especial de que precisava. Havia mais, consideravelmente mais, esperando como uma tropa de almas no purgatório, no escuro mais profundo além do raio de luar hesitante da janela.

Alguns (muitos) podiam achar aquele quarto desanimador, ficariam de fato enervados com a casa toda dos Taylor e a vida toda dos Taylor. Peter ficou encantado. Ali ele estava entre gente ocupada demais (com alunos, com pacientes, com livros) para manter tudo em perfeita ordem de funcionamento; gente que preferia fazer festas no gramado ou noites de jogos a limpar o rejunte dos azulejos com uma escova de dentes (embora o rejunte dos azulejos dos Taylor pedisse, inegavelmente, ao menos um pouco de atenção). Ali estava o modo de viver oposto ao de sua infância, todas aquelas noites geladas, o jantar finalizado às seis e meia e pelo menos quatro horas mais antes de alguém poder razoavelmente ir para a cama.

Ali estava Rebecca, deitada ao lado dele. Rebecca, que habitava aquela casa tão impensavelmente como sereias habitam um navio do tesouro afundado.

"Tudo bem", ela disse. "Vamos ver... Uma noite, quando eu estava no segundo ano..."

"E Julie estava se formando."

"É. Uma noite mamãe e papai tinham saído e eu saí com Joe..."

"Seu namorado."

"Ahn-hã. Ele e eu brigamos..."

"Você e Joe faziam sexo?"

Ela disse, com fingida indignação: "Nós estávamos *apaixonados*".

"Então faziam."

"*Claro*. Desde o começo do verão depois do primeiro ano."

"Você conversou com suas amigas antes de ir para a cama com seu namorado?"

"Claro que conversei. Você prefere ouvir *essa* história?"

"Hum, não. Vamos voltar para Julie."

"Tudo bem. Julie achou que estava sozinha em casa. Não sei por que Joe e eu brigamos, mas na hora pareceu uma coisa imensa, eu fui embora furiosa, pensei que tínhamos realmente terminado e que aos dezesseis anos eu já havia desperdiçado os melhores anos da minha vida com aquele idiota. Então eu entrei e imediatamente escutei um barulho."

"Que tipo de barulho?"

"Tipo uma *batida*. Vindo do quarto do jardim. Como alguém batendo o pé."

"É mesmo?"

"Eu não era idiota, sabia como era o som de sexo e, se achasse que Julie estava fazendo sexo com algum garoto no quarto do jardim, não teria incomodado."

"Mas alguém estava batendo o pé lá dentro."

"Eu não sabia dizer *o que* era. Nem sabia que Julie estava em casa. Acho que se eu não tivesse acabado de ter aquela grande briga com Joe, eu teria ficado com medo. Mas eu estava tão furiosa. Pensei algo assim: tudo bem, se você é algum maluco que escapou e está com um machado batendo o pé dentro da minha casa, não faz ideia de com quem está se metendo."

"Você foi investigar."

"Fui."

"E encontrou?"

"Julie com Beau Baxter, com quem ela estava saindo, e o melhor amigo de Beau, Tom Reeves."

"O que eles estavam fazendo?"

"Estavam fazendo sexo."

"Os três?"

"Era mais, assim, os dois com Julie."

"Detalhes."

"Você está se bolinando?"

"Talvez."

"Isto está tão errado."

"Faz parte do que tem de sexy na coisa."

"Sinto que estou traindo a Julie."

"Está me fazendo amar a Julie, se isso faz alguma diferença."

"Se você der em cima da minha irmã..."

"Ah, pelo amor de Deus. Só me conte o que você viu quando entrou no quarto."

"Isto está errado."

"Tudo bem. Me conte o que eram as batidas."

"Hã? Ah. Era o Beau batendo o pé no chão."

"Por quê?"

"Porque sim."

"Ah, vá."

"Tudo bem. Porque ele estava... trepando com ela. Por trás. E, sei lá, acho que quando ele ficava excitado, batia o pé no chão."

"O outro cara onde estava?"

"Adivinhe."

"Julie estava chupando o pau dele. Certo?"

"Não digo mais nem uma palavra."

"O que você fez?"

"Eu saí."

"Não quer inventar uma versão em que você ficou?"

"Nem por todo o dinheiro do mundo."

"Você ficou chateada?"

"*Fiquei.*"

"Porque viu sua irmã fazendo sexo grupal?"

"Não só isso."

"O quê, então?"

"Era tudo tão... feio. Joe tinha sido um babaca comigo e minha irmã ali de certa forma servindo aqueles dois idiotas..."

"Não acha que ela é que estava sendo servida por eles?"

"Nós conversamos sobre isso, depois."

"E?"

"Ela disse que tinha sido ideia dela."

"Você acreditou?"

"Eu queria acreditar. Quer dizer, ela estava se formando, tinha feito o exame final nacional e ia para a Barnard. Ela parecia assim meio... heroica para mim."

"E daí?"

"Mas eu não aceitava. Ela era a pessoa mais competitiva

que eu já conheci. E realmente, eu entendi como a coisa devia ter acontecido. Até o cretino do Beau Baxter era capaz de entender que, depois de uns drinques, ela não desistia de nenhum desafio. Eu sabia que, depois, ela precisava pensar que tinha sido ideia dela. Precisava dizer para si mesma que ela é que estava no poder. O que de certa forma piorava as coisas."

"Você era boazinha."

"*Não* era."

"Mais boazinha que Julie."

"Não realmente."

"Você não acha?"

"Eu fiz sexo com Beau dois dias depois. Correção. Eu comi o Beau dois dias depois."

"Está brincando."

"Ele veio falar comigo numa festa, para se desculpar, fingindo que estava envergonhado, mas na verdade tão satisfeito consigo mesmo."

"E você..."

"Eu falei para ele ir comigo."

"Aonde vocês foram?"

"Para o jardim. Era uma casa grande onde eles faziam uma porção de festas e tinha um jardim."

"E..."

"Eu falei para ele me comer. Ali mesmo, na grama molhada."

"Não acredito."

"Eu estava cheia. Estava cheia do babaca do meu namorado, cheia da minha irmã puta que achava que tinha de vencer em tudo, cheia de ser a irmãzinha mais nova e inocente que ficava histérica quando via os outros trepando no quarto do jardim. Naquela noite, eu ainda achava que tinha terminado para sempre o meu namoro, além disso tinha bebido quase um litro de vodca barata e só queria montar em cima do pau daquele rapaz grande e burro que tinha humilhado minha irmã. Eu não gostava dele, mas naquele momento queria trepar com ele mais do que qualquer coisa que eu quis na vida."

"Nossa."

"Você gosta, não é?"

"Ah, o que aconteceu depois?"

"Ele ficou com medo. Como eu desconfiava que ia ficar. Era só, hã, Rebecca, xi, não sei, não... Então eu dei um empurrão no peito dele com as duas mãos e mandei ele deitar."

"Ele deitou?"

"Claro. Ele nunca tinha visto a força de uma garota possuída."

"Continue."

"Baixei a calça dele e levantei a camisa. Não precisava dele nu. Montei em cima do pau dele e mostrei exatamente o que ele devia fazer com a ponta do dedo no meu clitóris. Não ficou bem claro se, até aquele momento, ele sabia o que *era* um clitóris."

"Você está inventando."

"Tem razão. Estou."

"*Não.*"

"Talvez esteja."

"Mesmo, mesmo?"

"Você se importa?"

"Claro que sim."

"É uma história sexy, não importa se verdadeira ou não, certo?"

"Acho que sim. É."

"Homem é tão pervertido."

"Tem razão. Somos mesmo."

"Então, acabou a hora da história esta noite. Venha cá, Charlie."

"Que história é essa de *Charlie*?"
"Não sei mesmo. Venha cá, isso sim."
"Onde?"
"Aqui. Bem aqui."
"Aqui?"
"Ahn-hã."

Seis meses depois, ele casou com ela.

Vinte anos depois, ele está sentado à mesa de jantar na frente de Mizzy, refrescado pelo banho, usando bermuda de operário. Não vestiu camisa. Não há como negar sua semelhança com o bronze de Rodin: a musculatura alongada e sem esforço da juventude, a extravagante soltura; essa sensação de que a beleza é, de fato, o estado natural humano e não a mais rara das mutações. Mizzy tem mamilos rosa-escuro (esses Taylor têm sangue mediterrâneo em algum lugar) do tamanho de moedas de um quarto de dólar. Entre os peitorais bem quadrados, um único medalhão de pelos escuros.

Ele está sendo sedutor ou é apenas sua displicência carnal de sempre? Não há razão para ele pensar que Peter possa estar interessado e, mesmo que estivesse, ele não se faria de sexy para o marido da irmã. Faria? (Quando foi que Rebecca disse: "Acho que Mizzy é capaz de qualquer coisa"?.) Há, claro, em certos rapazes, um impulso de tentar seduzir todo mundo.

Peter diz: "Como foi no Japão?".

"Lindo. Inconclusivo." Mizzy conservou o suave sotaque da Virgínia que Rebecca perdeu anos atrás. *Bee-oo-tiful. In-con-cloo-sive.*

Fora do chuveiro, Mizzy se parece menos com Rebecca. Ele tem sua própria versão da cara dos Taylor: firmeza de traços de falcão, nariz proeminente e grande, olhos atentos (que em

Mizzy são ligeiramente estrábicos, dando a seu rosto uma qualidade aturdida, sempre questionadora); esse aspecto vagamente egípcio antigo que eles têm em comum, que não aparece nem em Cyrus, nem em Beverly, é prova de algum emaranhado insistentemente repetitivo da combinação de seus DNAs. A ninhada dos Taylor, três garotas e um rapaz, variações de um mesmo tema, perfis que não seriam inteiramente surpreendentes em cacos de cerâmica milenar.

Peter está encarando, não está?

"Um país inteiro pode ser inconclusivo?", ele pergunta.

"Eu não quis dizer o Japão. Quis dizer eu. Não passava de um turista lá. Não fiz contato."

Ele tem aquela presença dos Taylor, aquela *coisa* que todos têm (com a possível exclusão de Cyrus), sem se dar conta disso inteiramente. Aquela habilidade de... dominar um ambiente. De ser a pessoa sobre quem os outros perguntam: quem é aquele?

Mizzy foi ao Japão com uma finalidade, não foi? Visitar alguma relíquia?

Onde diabos está Rebecca?

"O Japão é um país muito estranho", Peter diz.

"Este aqui também."

Ponto para o jovem que não se deixa iludir.

"Você não foi lá para ver algum tipo de pedra sagrada?", Peter pergunta.

Mizzy sorri. Tudo bem, ele não é tão metido quanto poderia ser.

"Um jardim", responde. "Num santuário nas montanhas do norte. Cinco pedras que foram postas lá por sacerdotes há seiscentos anos. Sentei e fiquei olhando aquelas pedras quase um mês."

"É mesmo?"

Mizzy, não goze um gozador. Eu já fui um dia um jovem que se autodramatizava. Um *mês*?

"E consegui o que eu devia ter esperado. Que é nada."

E agora: a palestra sobre a superioridade da cultura oriental.

"Nada de nada?"

"Um jardim que é parte de uma prática. Parte de uma vida de contemplação. No fim das contas, não dá para simplesmente ir e, sei lá. Fazer uma visita."

"Você gostaria de uma vida de contemplação?"

"Ah, estou *contemplando* essa possibilidade."

Esse é um dote do Sul, não é?: tremenda autoestima diluída com humor e modéstia. É isso que chamam de charme sulista, não é?

Peter espera uma história, mas aparentemente não virá nenhuma. O silêncio se instala, e se mantém. Peter e Mizzy ficam sentados, olhando a mesa. O silêncio assume certa determinação, como o interlúdio durante o qual fica aparente que um encontro não está indo bem; que nada de promissor vai acontecer afinal de contas. Logo, se essa estranheza não se resolver, ficará estabelecido que Peter e Mizzy, *esse* Mizzy, de qualquer forma, esse rapaz perturbado, predador do mundo, que em princípio está careta há mais de um ano, não se dão bem; que Mizzy está aqui para ficar com sua irmã e que o marido de sua irmã irá tolerar isso da melhor maneira possível.

Peter se acomoda na cadeira, olha sem foco para a cozinha. Tudo bem. Não serão amigos. Têm de se relacionar, no entanto, não têm? Será muito difícil para Rebecca se não. Ele pode sentir a transformação da imobilidade de afinidade fracassada em combate. Quem vai falar, quem vai preencher o silêncio com o que lhe vier à cabeça?, e ao fazê-lo se declarar o perdedor, o fodido; o que estiver disposto a inventar algum fiozinho de conversação de forma que tudo possa ficar bem.

Peter olha para Mizzy. Mizzy sorri de leve, desamparado.

Peter diz: "Eu estive em Kyoto, anos atrás".

E realmente, basta isso. Apenas uma minúscula declaração da disposição para dançar.

"Os jardins de Kyoto são incríveis", diz Mizzy. "Fiquei fixo nesse santuário específico porque era longe. Como se, você sabe. Fosse ser mais sagrado porque não haveria hotéis convenientes por perto."

Alguma coisa no relaxamento da tensão o faz amar Mizzy, brevemente, sublimemente, do jeito que se imagina que homens amem seus camaradas em batalha.

"E não era", Peter diz.

"Achei que era, no começo. Era loucamente bonito. No alto das montanhas, onde neva durante mais da metade do ano."

"Onde você ficou?"

"Tem uma casa de cômodos vagabunda, uma coisa dessas, na cidade. Eu subia a montanha toda manhã e ficava até antes de escurecer. Os sacerdotes me deixavam ficar sentado lá. Eram tão amáveis. Eu era como o filho bobo deles."

"Você ia todos os dias e sentava no jardim."

"Não *no* jardim. Era um jardim seco. Cascalho desenhado com rastelo. Você senta de um lado e olha."

Yew set to one sad and look et it. Não há como negar a doçura almiscarada da pronúncia da Virgínia.

"Durante um mês inteiro", Peter diz.

"No começo, achei que estava acontecendo uma coisa incrível. Acontece que tem esse barulho dentro da cabeça da gente, a gente está tão acostumado que nem escuta. Essa estática de informação e desinformação e tudo. E depois de mais ou menos uma semana só olhando as cinco pedras e um pouco de cascalho, isso aí começa a ir embora."

"E é substituído por..."

"Tédio."

É tão contrário ao que Peter esperava que ele emite um estranho ronco-risada, pequeno e congestionado.

Mizzy diz: "E outras coisas. Eu não quero parecer petulante. Mas eu... isso vai parecer cafona".

"Pode dizer."

"Ah. No fim das contas, eu não quero mesmo usar um manto e ficar sentado numa montanha do outro lado do planeta olhando umas pedras. Mas também. Não quero só dizer, tudo bem, essa foi a minha fase espiritual, agora é hora de me inscrever na escola de direito."

O mistério de Mizzy: onde foi parar o menino prodígio? Em criança, esperava-se que ele fosse um neurocirurgião, ou um grande romancista. E agora ele está pensando (ou, tudo bem, se recusando a pensar) na escola de direito. Será que a carga de seu potencial foi demais para ele?

Peter diz: "Seria muito horrível e embaraçoso se eu perguntasse o que você quer fazer?".

Mizzy franze a testa, mas divertidamente. "Acho que eu gostaria de ser rei do submundo."

"Emprego difícil de arrumar."

"Não estou querendo ficar todo misterioso. Preciso tomar jeito, um pouco. Há anos todo mundo me diz isso e eu finalmente estou começando a acreditar. Não posso realmente ir para algum outro santuário no Japão. Não posso ir de carro para Los Angeles só para ver o que acontece no caminho."

"Rebecca acha que você acha que quer fazer alguma coisa no, hã, mundo das artes, é isso mesmo?"

O rosto de Mizzy fica vermelho de vergonha. "Bom, parece que isso é a coisa de que eu mais gosto. Não sei se tenho, exatamente, alguma coisa a *oferecer*."

É uma afetação, não é, toda essa vergonha juvenil? Como pode não ser? Mizzy, por que você se recusa a recorrer a seus dotes?

"Sabe o que você *quer fazer*, exatamente?", Peter pergunta. "Nas artes, quero dizer."

Isso foi um pouco paternal, não foi?

Mizzy diz: "Sinceramente?".

"Ahn-hã."

"Acho que eu gostaria de voltar para a escola e talvez me formar curador."

"É mais ou menos a mesma coisa que virar o rei do submundo."

"Mas alguém tem de fazer isso, certo?"

"Claro. Só que. É um pouco como alguém resolver que vai ser uma estrela de cinema."

"E algumas pessoas conseguem ser estrelas do cinema."

Ali está, portanto: a couraça de insolência sobre a qual essa pele de incerteza está esticada. Por outro lado, por que um rapaz inteligente, bonito, haveria de ter ambições *modestas*?

"Claro que sim", Peter diz.

"E, bom. Eu meio que... Obrigado por me receber assim."

"Egípcio" não é o adjetivo exato para o rosto dos Taylor, é? Há neles muita palidez irlandesa colorida de rosa, e queixos muito fortemente mestiços. El Greco? Não, eles não são tão descarnados e severos.

"Estamos contentes de receber você."

"Não vou ficar muito tempo, prometo."

"Fique o quanto precisar", Peter diz. Que não é exatamente o que quer dizer. O que pode fazer, porém? Ele é um bobo para toda a bendita família. Rose está vendendo imóveis na Califórnia, Julie abandonou a clínica para passar mais tempo com os filhos. Não são destinos terríveis. Nem Rose nem Julie chegaram a um fim trágico, mas elas estão, ambas, vivendo uma vida inesperadamente comum. E aqui, cheirando a xampu, confiado aos cuidados de Peter, está o caçula, o mais ardente e arrebatadamente amado; o objeto das maiores esperanças e dos mais sombrios temores dos Taylor. O filho que ainda pode fazer alguma coisa de notável e pode, também, se perder: para as drogas, para sua mente inquieta, para a tristeza e incerteza que parecem sempre presentes, prontas para arrastar para baixo até os filhos mais promissores do mundo.

Ele devia estar desesperado para nascer.

"Gentileza sua", Mizzy diz. A deslavada formalidade do Sul...

"Rebecca deve levar você para ver a exposição de Puryear. No Modern."

"Eu gostaria."

Ele olha para Peter com aqueles olhos fora de centro, que de alguma forma conseguem não deixá-lo com ar de bobo, embora produzam efetivamente um efeito de ligeira intensidade maluca.

"Conhece a obra dele?", Peter pergunta.

"Conheço."

"É uma bela exposição."

E então, agora, Rebecca volta. Peter se sobressalta ligeiramente quando escuta sua chave na fechadura, como se ela o tivesse pegado em flagrante.

"Olá, rapazes." Ela entra com o leite de que Mizzy precisará no café da manhã e as duas garrafas de extravagante *cabernet* que vão tomar hoje à noite. Ela traz a vitalidade com ela: sua despreocupada sensação da própria importância; o jeans perfeitamente descuidado e o suéter *aqua* pálido, o emaranhado de cabelo no comprimento da nuca, que está ficando crespo com o aparecimento do grisalho. Ela ainda tem o porte da moça bonita que foi.

Será a maldição dos Taylor amadurecer cedo, haverá alguma magia naquela velha casa decrépita que se apaga no momento em que a deixam?

Trocam beijos e saudações, uma das garrafas de vinho é aberta. (Será que Rebecca devia estar servindo vinho a um viciado em drogas, como é isso?) Eles vão sentar na sala de estar com os cálices de vinho.

"Vou pedir para Julie vir no próximo fim de semana", Rebecca diz.

"Ela não vem", Mizzy responde.

"Ela pode deixar as crianças uma noite. Não são mais bebezinhos."

"Estou dizendo. Ela não vai fazer isso."

"Deixa eu ver isso com ela."

"Não quero que você tenha de *ver* nada com a Julie."

"Ela vai deixar pirados. Aqueles meninos. E eles nem têm nada a ver com isso, Julie é que tem de ser a melhor mãe que já existiu no mundo."

"Por favor, não obrigue Julie a vir para Nova York. Eu vou lá."

"Não, não vai."

"Um dia eu vou."

Mizzy se senta de pernas cruzadas no sofá, segurando o cálice no colo, como se fosse uma tigela de esmolas. Ele é, não há como negar, uma outra Rebecca, porém mais em termos de encarnação que de semelhança. Tem a tranquilidade do caçula, aquela sensação de inquestionável segurança: *Eis-me aqui, o filho prometido*. Tem a inclinação de cabeça dela, os dedos dela, a risada dela. Não é alto, um metro e oitenta, provavelmente, e seu corpo é compacto, vigoroso. Não é difícil imaginá-lo sentado como um discípulo à beira de um jardim sagrado. De fato, ele parece mesmo um daqueles Sebastiões desfalecentes do Renascimento. Tem aquelas ondas de cabelo cor de café, aqueles braços e pernas musculosos, brancos, rosados.

Peter escuta seu nome.

"O quê?"

Rebecca diz: "Quando nós fomos ver Julie e Bob?".

"Não sei. Faz uns oito ou nove meses, acho."

"Tanto assim?"

"É. Pelo menos."

"É difícil sentir muito entusiasmo para ir a D.C.", ela diz para Mizzy. "E passar o fim de semana enfurnados com eles naquela casa monstro."

"Eu tenho um pouco de medo daquela casa também", ele responde.

"Tem? Então não sou só eu."

Peter divaga novamente. É pôr em dia, conversa de Taylor, não se pode esperar que ele continue ligado. Ele observa Rebecca inclinar-se para Mizzy como se ela estivesse com frio e ele emanasse calor. As três irmãs insistem em considerar Mizzy um ídolo familiar, como seu *daemon*, aquele a quem podem confiar as irregularidades e infelicidades das outras duas.

Mizzy possui, de fato, um aspecto de desencarnado. É um pouco espectral; dá a sensação de uma fantasia que ele está tendo, seu próprio sonho de si mesmo, manifestado a outros. Isso se deve, com certeza, ao menos em parte, à infância passada sozinho com Beverly e Cyrus naquela casa grande, à medida que Beverly ficava preocupantemente descuidada com as questões domésticas e Cyrus, que completara sessenta anos no mesmo mês em que Mizzy completou dez, vivia cada vez mais em seu estúdio, único refúgio da crescente evidência de que as excentricidades de sua mulher estavam se transformando, com a idade, em alguma coisa mais sombria. As meninas vinham quando podiam, mas estavam começando vida própria. Rebecca estava na universidade e Julie na escola de medicina, Rose envolvida em sua épica batalha com o primeiro marido em San Diego. Como devia ter sido para Mizzy, que chegou à festa tarde demais; que passou a adolescência em cômodos pouco iluminados (já que a frugalidade se tornara uma das fixações de Beverly) entre as tralhas e os artefatos? Numa visita à casa, quando Mizzy tinha dezesseis anos, Peter escreveu seu nome na poeira do peitoril de uma janela. Encontrou um rato morto muito velho atrás do fícus num canto da sala de estar, pegou-o com uma pá de lixo e livrou-se dele secretamente, como se esperasse proteger os Taylor de algum temido diagnóstico.

Mizzy. Não são difíceis de entender nem as notas A que o levaram diretamente para Yale, nem as drogas que o levaram para outro lado.

Ao menos, ele parece ter se saído surpreendentemente bem, no sentido carnal que seja. Quando era pequeno, tinha a aparência ligeiramente esquisita, mas ao crescer uma beleza de rosto firme se manifestou, quase como se tivesse sido invocada por proteção, como uma fada madrinha que dá um manto encantado a um príncipe problemático. Meninas, é o que dizem os rumores, começaram a aparecer antes de ele completar onze anos.

Rebecca está dizendo: "...e no *salão*, que é como ela chama aquilo, com a cara mais tranquila do mundo".

Mizzy sorri, triste. Ao que parece, ele não sente o mesmo prazer ácido no pendor burguês de Julie, em sua aceitação sem crítica de coisas enormes e imaculadas.

"Acho que ela se sente segura lá", Mizzy diz.

Rebecca não vai aceitar. "Segura em relação a quê?", ela pergunta.

Mizzy olha para ela, interrogativamente, como se estivesse esperando que ela retomasse sua forma natural. A cor dele está mais intensa pelo desconforto (Rebecca realmente está pegando pesado no que diz respeito a Julie, difícil saber por quê), e os olhos, brilhantes e preto-acastanhados.

Peter diz: "Em relação a tudo no mundo, acho".

"Por que alguém haveria de querer estar seguro em relação ao mundo?", Rebecca pergunta.

Rebecca, por que você estará procurando uma briga?

"Pegue um jornal. Ligue a CNN."

"Um castelo no subúrbio não vai salvar a Julie."

"Eu sei", Peter diz. "Nós sabemos."

Rebecca faz uma pausa, se controla. Está obscuramente zangada, ela própria talvez não saiba por quê. Mizzy a perturbou, lembrou-lhe alguma coisa, a fez sentir-se culpada de algum crime.

Peter arrisca um olhar para Mizzy. Lá está de novo, aquele lampejo de afinidade secreta. Nós, nós, homens, somos os medrosos, os errados e nervosos; se agimos como céticos e agressivos às vezes é porque suspeitamos que estamos *errados* de algum jeito profundamente incalculável que as mulheres nunca estão. Nossas representações estão nos deixando na mão e nossos vícios e hábitos são ridículos e, quando nos apresentamos nos portões do céu, a enorme mulher negra que os guarda irá rir de nós, não só porque não somos inocentes, mas porque não fazemos ideia de nada que realmente importe.

"Ah, eu não sei", Rebecca suspira. "Eu simplesmente detesto que ela tenha *ficado* desse jeito."

"A maioria das pessoas fica", Peter diz. "A maioria das pessoas quer filhos e uma casa boa."

"Julie não é a *maioria*."

Hum. Mais um daqueles impossíveis momentos-casamento. Fingir concordância ou arriscar uma implosão.

"A maioria pensa que não é maioria", Peter diz.

"É diferente quando se trata da sua irmã."

"Peguei você", Peter diz. Ele sabe como arrumar a própria cara.

Suas irmãs e irmão ainda estão vivos, não estão? Não acha que eu adoraria sentar aqui e reclamar do velho e gordo Matthew e de seu namorado não muito inteligente e da peste daquele menino coreano adotado que eles se recusam a disciplinar?

É injusto. Claro que é injusto; indecoroso até, impedir uma discussão expondo as credenciais de seu irmão morto. Mas não deve haver uma briga, não na primeira noite de Mizzy.

Pergunta: será que Rebecca está querendo um briga precisamente *porque* sabe que Peter está infeliz com a visita? Podem falar a esse respeito depois. Além disso, da questão de oferecer vinho a um ex-viciado. Ou talvez consigam só ficar meio tocados com o *cabernet* e ir dormir.

Rebecca diz: "Esqueci, era um santuário xintoísta ou zen?".

Mizzy pisca, duas vezes, ao brilho do farol que foi voltado para ele: "Hã, xintoísta", responde.

E ali, no rosto dele, está a mais clara das convicções: não quero ser um monge, não quero ser um advogado, mas, sobretudo, não quero terminar como estes dois.

O jantar passa, Mizzy é colocado na cama do antigo quarto de Bea (que foi conservado mais ou menos como ela o deixou, para quando ela vem para casa, se vem para casa). Peter e Rebecca, em seu quarto, telefonam para Bea. Não, Rebecca telefona para Bea com o entendimento de que Bea vai falar com Peter, mesmo que brevemente.

Peter espera ao lado de Rebecca na cama enquanto o telefone toca em Boston. Perdoe-me por esperar que ela não esteja em casa, por querer deixar apenas uma mensagem.

"Alô, meu bem", Rebecca diz.

"Ahn-hã. Estamos bem, sim. Ethan está aqui. Isso, Mizzy. Sabe, faz anos que vocês não se veem. O que está fazendo?"

"Certo. Claro. Acho que você vai ter noites melhores quando estiver aí há mais tempo, não acha?"

"Ahn-hã. Ahn-hã. Bom, não entre em pânico, você sabe que sua mãe obsessiva tem sempre um dinheirinho se você se dignar a aceitar."

Ao que parece, Bea ri do outro lado. Rebecca retribui a risada.

Bea, amor da porra da minha vida. Como você chegou a ser uma menina triste e solitária trabalhando num bar de hotel em Boston, usando um paletó vermelho, fazendo martínis para turistas e participantes de convenções? Será que cometemos nosso primeiro erro no útero, será que o nome Beatriz foi demais para você carregar? Por que você saiu da escola para um emprego desses? Se eu levei você até aí, sinto muito, de todo o coração. Com o que resta do meu coração, eu amei você. Amo você. Não faço ideia de como ou quando eu fodi com tudo. Se eu fosse uma pessoa melhor, acho que eu saberia.

Rebecca pergunta, como é devido: "Claire, como está?".

Claire é a colega de quarto, uma garota com uma porção de tatuagens e nenhuma ocupação identificável.

"Sinto saber", diz Rebecca. "Acho que abril é mesmo o mês mais cruel. Vou passar para seu pai, ok?"

Ela entrega a ele o telefone. O que ele pode fazer, senão aceitar?

"Oi, Bea", diz ele.

"Oi."

É assim que ela tem agido com ele ultimamente. Passou do ressentimento aberto à frouxa cordialidade, como uma comissária de bordo falando com um passageiro com dificuldades. É pior.

"E aí?"

"Nada, na verdade. Vou ficar em casa hoje à noite."

Há um espinho brotando no peito dele. Ele viu a alma dessa menina, viu sua minúscula essência tremulando quando ela era uma criança. Viu-a levada a paroxismos de prazer pela neve, pelo cachorro lhasa fedido do vizinho, por um par de sandálias de borracha vermelhas. Ele a consolou por incontáveis machucados, decepções, bichos de estimação mortos. O fato de que são agora parentes ligeiramente desajeitados, tentando conversar, significa que o mundo é estranho e misterioso demais, horrível demais, para o pobre coração dele.

"Bom, é isso que nós vamos fazer também. Claro, nós somos velhos."

Silêncio. Tudo bem.

"Nós amamos você", Peter diz, desamparado.

"Obrigada. Tchau."

Ela desliga. Peter continua com o telefone na mão.

Rebecca diz: "É uma fase. É mesmo".

"Ahn-hã."

"Ela tem de se desligar de você. Você não pode tomar isso como uma coisa pessoal."

"Estou ficando preocupado com ela. Preocupado *preocupado*, eu quero dizer."

"Eu sei. Eu também estou um pouco."

"O que a gente faz?"

"Esperamos, eu acho. Por enquanto, pelo menos. Telefonamos todo domingo."

Delicadamente, Rebecca pega o telefone da mão de Peter, coloca-o de volta na mesa de cabeceira.

Ela diz: "Parece que nós viramos uma casa de recuperação para filhos confusos, não é?".

Ah.

A ideia chega de repente: Rebecca prefere Mizzy. Mizzy teve o bom senso de ser evasivo, sedutor, arrependido, e (diga-se) bonito. Rebecca e Peter fizeram o melhor possível com Bea, mas ela chegou cedo demais (é, eles chegaram a conversar sobre um aborto, Rebecca o teria perdoado por pressioná-la?), e quase como se Bea sentisse que não era exatamente querida, ela sempre tendeu para a solidão magoada, para os esporádicos ataques de raiva quando pequena, substituídos, durante a adolescência, por mau humor e um mal disfarçado rancor, por longas diatribes condescendentes sobre a condição dos pobres e os crimes da América, que ficavam ainda mais estranhas porque Peter e Rebecca contribuíam com instituições de caridade e concordavam com tudo, menos com as convicções mais paranoicas de Bea sobre a aids como experimento do governo, sobre prisões secretas em que ela própria poderia desaparecer algum dia, porque falava tão abertamente sobre as conspirações que todos devíamos ignorar.

Como foi que aconteceu? Parece que num momento ela era uma criança gritando extaticamente em seus braços e no momento seguinte era uma moça áspera, com rosto duro, facão e revólver, que vinha de sua aldeia para confrontá-lo com seus crimes. Ele era indiferente às necessidades do povo dela, ele engordava à custa desse povo, seus óculos eram pretensiosos, ele esquecia de pegar o vestido dela na lavanderia.

Parece que ele havia perdido o passo. Tinha sido inocente e de repente, misteriosamente, viu-se em Kafkalândia, onde as únicas perguntas tinham por finalidade determinar a extensão de sua maldade e dos danos produzidos.

Peter volta-se para Rebecca, quase diz alguma coisa, mas pensa melhor. Em vez de falar, beija-a e acomoda-se para dormir, sabendo que ela vai ler um pouco, contente porque, de um jeito engraçado, infantil, ele vai dormir ao lado de sua esposa, sua perfeitamente cordial, cada vez mais remota, esposa, enquanto ela mantém a luz de cabeceira acesa e vira as páginas.

História da arte

Segunda-feira, pouco antes das dez. Uta já está na galeria: ninguém chega mais cedo do que ela. "Bom dia, Peter", ela fala dos fundos, com seu exagerado sotaque germânico. *Pom dia, Peder.* Está nos Estados Unidos há mais de quinze anos, mas seu sotaque ficou mais pesado. Uta é membro do que parece ser um corpo cada vez maior de expatriados desafiadoramente não assimilados. Ela, por um lado, desdenha seu país de origem (*Querido, a palavra "lúgubre" vem logo à mente*), mas por outro lado parece ficar mais alemã (mais *não americana*) a cada ano que passa.

Peter entra na galeria propriamente dita: adeus, Vincent. A equipe está a caminho para empacotá-los. Mesmo passados quinze anos, exposição depois de exposição depois de exposição, há uma pequena sensação de desapontamento, um toque de derrota efetiva, quando chega a hora de baixar tudo. Não se trata de vendas (embora os Vincent não tenham, de fato, produzido o movimento que ele esperava). Corre uma ideia (alguns *marchands* confessam isso também, alguns deles, depois de uns drinques) de que, com esta ou aquela exposição, pode-se fazer avançar um centímetro alguma coisa. A estética? A história da arte? Argh. Mas mesmo assim. Que tal... o infindável esforço para encontrar equilíbrio entre sentimento e ironia, entre beleza e rigor, e, ao fazê-lo, abrir uma fresta na substância do mundo através da qual a verdade mortal possa brilhar?

Certo. São objetos, pendurados numa parede. Estão à venda. São também muito bonitos, à sua maneira: telas e esculturas embrulhadas em papel pardo e amarradas com barbante, depois cobertas com parafina, vaga referência ao Cristo amortalhado, feitas por um jovem gentil e um tanto fraco chamado Bock Vincent, formado há três anos na Bard, que vive com sua namorada muito mais velha em Rhinebeck e que é capaz, de forma um tanto limitada, de falar sobre embrulhos e amarrilhos e de sua relação com o sagrado; sobre como a arte que antevemos é sempre superior à arte que podemos criar. Ele insiste que existem imagens e objetos debaixo dos embrulhos, tentativas sérias, embora ele não as mostre nem descreva, e o papel foi muito perfeitamente encerado para permitir qualquer tipo de desvendamento.

De qualquer modo, estão baixando das paredes hoje. Na quinta-feira, obras novas.

Uta emerge de sua sala, caneca de café na mão. Ninho de cabelo tingido com hena, óculos Alain Mikli de aros grossos. Houve um ar de carregada possibilidade entre eles durante algum tempo, uns dois anos atrás, quando Rebecca estava nos espasmos de seu fascínio pelo fotógrafo de L.A. Era a hora, se jamais houve tal hora, de Peter ter tido alguma aventura: Rebecca parecia querer que ele tivesse. Uta estava claramente disposta, e ela parecia preferir que fosse um caso (palavra terrível), uma queda final depois de todo o trabalho juntos, viajando juntos, vivendo de segunda a sábado naquele semierótico reino da quase mas não total proximidade física. Ela havia sido sexy, forte, afetiva, sem dúvida; ela ficaria ofendida com a sugestão de que devia esperar mais (*Entom, focê acha que mulherres só trrepam com focê parra fer o que conseguem em trroca?*). E no entanto. Talvez Peter sentisse que via tudo muito claramente: olhos abertos, cinismo de Weimar, um doce e cansado cinismo, mas mesmo assim; cigarros, café, papo; toda a amarga humorada e niilista germanicidade da coisa. Porque Uta *é* alemã, *absolutamente* alemã, o que talvez seja a razão de ela ter saído de lá, e insistir que nunca mais voltará.

Ah, todos vocês, imigrantes e visionários, o que vocês esperam encontrar aqui, quem vocês querem se tornar?

Vários meses depois, Rebecca pôs fim a sua paixão pelo fotógrafo, e, pelo que Peter soube, os dois nunca foram além daquele único beijo na piscina noturna do Hollywood Hills. Ele e Uta ainda trabalham juntos, como sempre, mais ou menos como sempre, embora haja momentos em que ele sinta que chegaram tão perto de fazer sexo, tão fatalmente perto, e que, como não foram até o fim, uma tensão se relaxou, e qualquer possibilidade animadora entre eles se perdeu para sempre. Estão começando a envelhecer juntos como companheiros.

"Carole Potter telefonou", ela diz.

"Já?"

"Querido, Carole Potter acorda de manhã e vai alimentar a porra das *galinhas*."

Certo. Carole Potter, herdeira de uma fortuna em utensílios de cozinha, mora numa fazenda em Connecticut. Uma fazenda estilo Maria Antonieta, com certeza: canteiros de ervas, galinhas exóticas que custam o mesmo que cães de raça pura. Mesmo assim, é preciso admitir: ela trabalha. Ela armazena o cocô das galinhas, recolhe os ovos. Quando Peter foi jantar lá no ano passado, ela mostrou a ele um ovo recém-posto, que era de um impossível, enternecedor azul-esverdeado pálido, pontilhado de restos de penas, manchado na ponta mais fina com um laivo de sangue vermelho-amarronzado. *É assim que eles são antes da gente limpar*, Carole dissera. E Peter dissera (ou, mais provável, pensara): eu adoraria encontrar um artista que conseguisse fazer uma coisa assim.

Uma lista quer tomar forma em sua cabeça.

Ovos novos, todos manchados e ensanguentados.
Bette parada na boca do tubarão.
Mizzy sentado, todos os dias, num mosteiro japonês.

É um tríptico, não é? Nascimento, morte e toda essa alguma coisa entre um e outro.

"Carole quer que você telefone para ela", Uta diz.

"Ela falou sobre o que era?"

"Acho que nós sabemos."

"É."

Carole Potter não está contente com o Sasha Krim. É, como dizem, uma obra desafiadora, mas Peter tinha esperança de que...

"Mais algum vexame a informar?", ele pergunta.

"Adoro a palavra 'vexame'."

"É por causa do 'x'. Gostoso pular de um 'v' e morder um 'x' assim."

"Só os mesmos de sempre", ela diz.

"Como foi o fim de semana?"

"Um *vexame*. Não é verdade. Eu só queria falar a palavra. O seu?"

"Bette Rice está com câncer no seio. Ela me contou no domingo."

"Grave?"

"Não sei. Bom. Grave. Acho. Ela vai fechar, quer passar Rupert Groff para nós."

"Fantástico."
"É?"
"Por que não seria?"
"O que você acha do trabalho dele?"
"Eu gosto."
"Não tenho tanta certeza."
"Então não aceite ficar com ele."
"O trabalho dele está começando a vender. Dizem que Newton está de olho nele."
"Então aceite."
"Ora."
"Peter, querido, sabe o que eu tenho a dizer?"
"Diga de uma vez."
Uta dá um suspiro voluptuoso. Ela podia facilmente ser um retrato de Klimt, com seus olhos separados e o nariz que é um pequeno apóstrofo ossudo.
Ela diz: "Representar um artista de que você não gosta, mas que vende bastante, ajuda a pagar os artistas de que você gosta e que não vendem muito. Você precisava mesmo que eu dissesse isso?".
"Parece que sim."
"Mas provavelmente não vai acontecer. Um dos grandes vai pegar ele antes."
"Mas ou eu falo com ele, ou não falo."
"É um negócio, Peter."
"Ahn-hã."
"Não olhe para mim como se eu fosse o diabo. Não ouse."
"Desculpe. Eu sei que você não é o diabo."
"O problema, meu amiguinho, é que você gosta de achar que está certo e o resto do mundo está errado."
"Há algo ligeiramente heroico nisso?"
"Não", diz ela. "Não há."

Sabendo identificar uma fala final quando escuta uma, ela volta para sua sala.

Ele entra em seu escritório, pega uma pasta que deixou em cima da mesa no sábado e põe em cima do arquivo. Não há nenhuma razão especial para fazer isso, é só arrumação de segunda-feira de manhã, a renovação do anúncio de sua presença a qualquer murmúrio de inanimada oscilação de alma que tenha residido ali durante as trinta e duas horas que ele passou em outro lugar.

Ele se serve de uma xícara de café, volta para a galeria. Ultimamente, parece ter vagado sozinho com bastante frequência por salas conhecidas, com uma bebida ou outra. Bacon o pintaria assim? Ideia horrível. Ele devia ter comprado aquele desenho de Bacon no leilão de 1995, parecera caro demais, mas valeria cinco vezes aquele preço agora. Mais uma ideia inquietante. Ações sobem e descem e sobem de novo.

Cá estão. Os Vincent. E lá se vão.

E então, brevemente, haverá a galeria vazia, suas paredes brancas e piso de concreto. Cria-se um vazio imaculado para a obra habitar. Peter sempre adorou os breves períodos em que a galeria não é ocupada por obras de arte. Há algo na sala austera, perfeita que promete arte superior à que qualquer ser humano possa produzir, por mais brilhante que seja; é o silêncio antes de a orquestra começar, o baixar das luzes antes de a cortina subir. É sobre isso a obra de Vincent. A arte que produzimos vive num nauseante equilíbrio com a arte que conseguimos imaginar, a arte que a sala espera. Era isso que Mizzy estava fazendo, naquele mês no Japão, não era? Sentado num vazio, tentando imaginar alguma coisa maior do que aquilo que a mão do homem é capaz de criar. Pobre rapaz, não conseguiu. Quem consegue?

E, ei. Os Vincent não venderam mesmo, venderam?

Então. Haverá um período de nada e aí a próxima exposição. Victoria Hwang, em meio de carreira, subvalorizada, mas começando a atrair sérias atenções por razões que Peter não consegue decifrar totalmente: essas coisas podem ser misteriosas, algum consenso visceral entre um corpo pequeno, mas influente de pessoas, de que é hora, de que esses objetos de repente são mais importantes do que pareceram a princípio (no caso de Victoria, uma série de vídeos enigmáticos, todos gravados nas ruas da Filadélfia e a partir dos quais ela gera produtos secundários, como bonequinhos, lancheiras, camisetas, baseados em transeuntes ao acaso, todos eles obscuros e comuns, que passaram brevemente e sem saber na frente da câmera). São malucas, essas mudanças de ares. Não são calculadas, não no sentido de uma conspiração de *marchands* internacionais (às vezes ele gostaria que fossem), mas não são exatamente sobre arte também. São reações impossíveis de tão intrincadas a um bilhão de minúsculas mudanças na cultura, na política, nos íons da maldita *atmosfera*; não podem ser previstas, nem entendidas, porém dá para sentir que estão chegando, como animais que se acredita serem capazes de sentir um terremoto horas antes de ocorrer. Ele vem expondo Victoria há cinco anos já, falando bem dela, e tem a sensação de que, de repente, com certeza por razões obscuras, as pessoas estão começando a se interessar. Ruth do Whitney quer ver os trabalhos dela. Também Eve do Guggenheim. A *Artforum* vai fazer uma matéria sobre ela no mês que vem.

Ele está com a exposição de Victoria já bem montada na cabeça, mas Vic, é claro, terá ideias próprias. Embora ela ainda não tenha mandado o trabalho, e haja certa dúvida quanto à confiabilidade de sua promessa de mandá-los na manhã seguinte, ela não é, de jeito nenhum, uma das mais difíceis, graças a Deus. É a última exposição da temporada, ele está cansado, deveria dizer que andou flertando, de vez em quando, com o verdadeiro desespero, e está devidamente agradecido pela precisa, ainda que estranhamente lânguida, inteligência de Vic Hwang. Ela é lenta, mas não vai montar a exposição e depois insistir em baixar tudo e começar de novo. Se o trabalho não vender, ela vai culpar a si mesma tanto quanto a Peter.

Além disso, ela está, ao que parece, a ponto de ter uma Carreira.

Bock Vincent, é triste dizer, provavelmente não está. As coisas não estão indo bem para ele: enigmas adoráveis, delicados não são um campo em crescimento e Bock não tem muito alcance. O que Uta acabou de dizer? *Focê acha que shtá cerrto e o rresto do mundo shtá errrado.* Se isso não se aplica a Peter Harris, certamente se aplica a Bock Vincent. Ele era um esquisitão (mesmo para os padrões da Bard) quando Peter o conheceu: aspecto de fauno, frágil de um jeito inato, eduardiano, capaz de um tocante embora exasperante empenho. A Bard apostou nele. E Peter também.

Peter fica admirado ao constatar até que grau um círculo crescente de elogios é capaz de mudar a obra de um artista, literalmente mudar, não apenas as coisas novas, mas as velhas também, as obras que já estão rodando há algum tempo, que pareceram "interessantes" e "promissoras", porém menores, até (não sempre, só de vez em quando) se declarar que um artista, segundo algum obscuro consenso, foi negligenciado, mal representado, estava adiante de seu tempo. O que é assombroso para Peter é a maneira como a obra em si parece mudar, mais ou menos do jeito como uma moça razoavelmente bonita pode passar, de repente, a ser tratada como uma beldade. A peculiar, inteligente Victoria Hwang estará na *Artforum* do mês que vem, e provavelmente nas coleções do Whitney e do Guggenheim; Renée Zellweger, com sua cara redonda, olhos apertados, uma atriz singular sem dúvida, acabou de sair na capa da *Vogue*, deslumbrante num vestido prata. Claro que se trata de um truque de percepção: o entendimento de que aquele pequeno artista engraçado ou aquela mocinha esquisita devem ter assumido uma nova seriedade, mas Peter desconfia que haja uma mudança maior em ação. Ser o foco de tanta atenção (e, sim, de tanto dinheiro) parece estimular de um jeito diferente a arte, a atriz, o político. Não é apenas um fenômeno de mudança de expectativas, é uma genuína transubstanciação, produzida por expectativas alteradas. Renée Zellweger se torna uma mulher bonita e vai parecer bonita para qualquer pessoa que nunca tenha ouvido falar dela. Os vídeos e as esculturas de Victoria Hwang, ao que parece, estão para se tornar não apenas intrigantes e divertidos, como também significativos.

Desculpe, Bock Vincent.

O que acontece com essas novas estrelas jovens que não vingam? Para onde vão quando já estão *passé* aos vinte e seis anos?

Tudo bem. Onde Bock vai parar se Peter desistir dele? Peter não tem como sustentar exposições de obras que não progridem. E ele gosta da obra, gosta muito, mas não adora, não poria a mão no fogo por ela.

Nem por Victoria Hwang, embora nunca vá admitir isso para ninguém.

Por favor, Deus, me mande alguma coisa que eu adore.

Então, começa o dia de trabalho.

Carole Potter? Ainda não. Vamos começar com Tyler e sua equipe.

É, eles vão chegar aqui ao meio-dia, meio-dia e meia no máximo, para encaixotar os Vincent, *Não se preocupe, cara, a gente vai estar lá*. Tyler tem estado rabugento ultimamente; Peter o contrata como um favor a Rex Goldman, mas acredita desde o começo que seja um erro, sempre um erro, contratar jovens artistas para trabalho pesado não qualificado, eles ficam ressentidos de sua própria obra permanecer subestimada, não conseguem *acreditar, porra*, na merda que chega às galerias, e quando menos se espera "acidentalmente" destroem alguma coisa. Você quer ajudar um jovem artista, além disso obviamente Tyler é um protegido (ou mais que isso?) de Rex, só que Peter tem a sensação... esse deve ser o último trabalho de Tyler para ele, então realmente é a despedida para Tyler *e* Bock, sinto muito, meu jovem, embora isso, claro, não cole, eu sou seu pai de novo, insensível e competitivo, atrapalhando seu progresso.

Carole Potter? Ainda não.

Ligar para a secretária eletrônica de Victoria, ela é uma daquelas pessoas que nunca atendem ao telefone. Vic, aqui é Peter, só para checar, me avise se eu puder ajudar com alguma coisa, estou louco para ver os trabalhos novos. *Por favor, Victoria, esteja dizendo a verdade quando diz que todo o trabalho está realmente terminado. Por favor, Victoria, agora que você está aparecendo, não me troque por outro* marchand, *apesar de nós dois sabermos que você vai fazer isso.*

Ligar para Ruth no Whitney, Eve no Guggenheim, deixar recados com os assistentes confirmando Ruth às onze horas na quinta-feira e Eve às duas. Mensagens também com os assistentes de Newton no MoMA e Marla no Met, por que não?

Depois, a lista de colecionadores. Ackerlick através de Zelman. Ninguém atende, o que deixa Peter agradecido. Mensagens são tão mais fáceis: *Ei, aqui é Peter Harris, só para lembrar da abertura privada de Victoria Hwang na quinta-feira, material muito bom, se você quiser ver, mas se não puder vir na abertura me telefone, até mais.*

Ok. Carole Potter.

"Residência dos Potter."

"Oi, Svenka. É Peter Harris."

"Ooooi, espere um pouquinho, por favor. Vou ver se Carole pode atender."

Passa-se um minuto inteiro.

"Peter, alô."

"Oi, Carole."

"Desculpe, eu estava trabalhando no jardim. Está contente de a temporada estar acabando?"

"Ah, sabe como é. Sim e não. Como vão as galinhas?"

"Três estão com algum fungo horrível. Gostar de galinhas é mais difícil do que eu pensava."

"Nunca conheci tão bem galinha nenhuma."

"Francamente, elas são bem burras e bem mais que mesquinhas."

"Iguais a pelo menos metade das pessoas que nós conhecemos."

Rá rá rá.

"Peter, acho que você sabe por que eu liguei."

"Hum."

"Eu devo ser covarde, talvez. Acho que não consigo conviver com aquilo."

"Não é uma obra fácil."

"Acho que você diz a mesma coisa a meu respeito."

Rá rá rá.

"O que acha de dar só mais um tempinho?"

"Acho que não. Sinto muito mesmo. Eu sinto que não tenho mais vontade de ir para aquela parte do jardim. Não quero *ver* aquilo."

"Bom. É sério."

"Sabe os Furston? Bill e Augusta?"

"Ahn-hã."

"Eles estiveram aqui outra noite e aquilo levou o *schnauzer* miniatura deles a um paroxismo."

Rá rá rá rá rá.

"Ei, se os cachorros do bairro estão sofrendo..."

"Eu sinto muitíssimo."

"Não tem problema. Nós sabíamos que talvez não desse certo."

"Sabe do que gostaria de verdade?"

"Do quê?"

"Que você viesse aqui e me ajudasse a pensar no que botar no lugar."

"Posso fazer isso."

"Detesto dar trabalho."

"Não, tudo bem."

"É que... É tão diferente quando uma coisa está na galeria."

"Absolutamente diferente."

"E eu tenho a sensação de que, se você e eu ficarmos juntos naquela parte do jardim, você vai pensar num artista que nunca me ocorreu."

"Só tem um jeito de descobrir."

"Você é um anjo."

"Quando seria bom?"

"Bom. Esse é o problema."

"Qual?"

"É uma chatice, um horror, mas vamos receber convidados. No meio da semana que vem. Os Chen, de Pequim, sabe?"

Porra, sim, ele sabe. Zhi e Hong Chen, trilionários do ramo de imóveis, que compram arte como meninos compram revistinhas, o que não é mais verdade nem sobre os americanos mais ricos. São chineses, pelo amor de Deus, são a esperança (e, bem, talvez a destruição) do futuro.

"Sei *sobre* eles."

"Ela é um encanto. Ele pode ser bem chato, para falar com franqueza. Vou convidar os Rinx, para me ajudar com a língua. Anne Rinx fala mandarim de verdade, você sabia?"

"Não, não sabia."

"Então. No mínimo, acho que o Krim não pode estar mais aqui."

"Acha que os Chen vão trazer seus *schnauzers*?"

Rá.

Tudo bem, não foi tão engraçado. Lembre-se, Peter: você é um híbrido de amigo e trabalhador contratado. Tem espaço, mas não pode ficar arrogante.

"Eu gostaria de pôr alguma coisa nova no lugar quando eles chegarem. Se isso for remotamente possível."

"Muitas coisas são possíveis. O problema é que estou aprontando uma exposição nova esta semana."

"Está?"

"Victoria Hwang. Recebeu o convite?"

"Ah, tenho certeza que sim. Então esta semana não dá?"

"Vamos pensar um minuto. Talvez eu possa dar um pulo aí no fim do dia, na quarta-feira."

"Se for muito tarde, não vai ter mais luz. Essa parte do jardim só recebe luz até umas cinco da tarde."

"Eu consigo chegar antes das cinco."

"Mesmo, mesmo?"

"É."

"Você é um anjo."

"Será mais que um prazer. Vou mandar Uta ver o horário do trem, é mais rápido que de carro."

"Obrigada."

"Não tem o que agradecer."

"Você me liga e me fala do trem? Gus vai buscar você na estação."

"Ótimo."

"Eu te *amo*."

"Eu te amo também. Até."

"Até."

Peter desliga, se dá um momento. Reis e rainhas, papas e príncipes comerciantes eram sem dúvida muito mais exigentes que Carole Potter. O engraçado é que ele gosta de Carole, e uma parte do que gosta nela, bem perversamente, é a sua sensação aristocrática de ter direito às coisas. Sem os ricos que querem as coisas *agora*, quem iria animar o mundo livre? Na teoria, você quer que todo mundo viva pacificamente de acordo com suas necessidades, à margem de um rio. De fato, você se aflige por morrer de tédio ali. De fato, você recebe um telefonema de alguém como Carole Potter, que possui galinhas premiadas e poderia dar um curso superior de paisagismo; que tem quatro funcionários (mais no verão, durante a Alta Estação de Hóspedes); um marido bonito, ligeiramente ridículo; uma filha linda em Harvard e um filho incorrigível fazendo uma coisa ou outra em Bondi Beach; Carole, que é encantadora, autodepreciativa e, quando estimulada, capaz de uma hostil indiferença, mais cruel que qualquer forma de raiva; que lê romances e vai ao cinema e ao teatro, e, sim, sim, bendita seja, compra obras de arte, arte séria, sobre a qual ela efetivamente *entende*, porra, um bocado.

A energia que essa gente tem. Preocupam-se de tal forma.

Então, tudo bem. Mais um trabalho para Tyler. Ir até lá rápido e fazer o Krim desaparecer.

E o que pode ser magicamente conseguido para tomar seu lugar?

Hum. Um Rupert Groff seria perfeito, não seria?

Claro que seria. Ele consegue ver claramente, imediatamente: uma urna de Groff, rebrilhando na sombra no extremo do gramado sul de Carole, a parte menos cultivada e mais inglesa de seu reino exterior, todo lavanda, malva e tanque com musgos. É o local ideal para um Groff, um daqueles bronzes assimétricos, porém heroicos, que de longe parecem algum tipo de clássico pós-moderno, mas que, olhando mais de perto, se revela todo rabiscado com profanidades, discursos políticos, instruções para a construção de bombas com cano, receitas para comer os ricos. O complicado com Groff é que suas sátiras de coisas belas, loucamente caras, são, na verdade coisas belas, loucamente caras. O que quer dizer que isso é parte da piada. O que Carole Potter vai apreciar.

Ela vai apreciar também a ideia de que Peter está representando Groff. Admita: Carole está esfriando com você e o fracasso do Krim não ajuda. Peter está nisso há quase duas décadas e nunca chegou aos grandes. Tem sido leal a um corpo de artistas que se deu bastante bem, mas não espetacularmente. Se não der um passo adiante logo, provavelmente terá de esperar envelhecer como um sólido *marchand* menor, respeitado, mas não temido.

Seria bom, seria muito bom, se os Chen vissem uma daquelas urnas rebrilhando no jardim de Carole. É bem provável que ele possa contar com Carole para mencionar seu nome.

Seria grosseiro ligar para Bette tão cedo?

"Oi, Bette."

"Alô, Peter. Foi bom te ver ontem."

"Então, no dia seguinte, o que você acha do tubarão?"

"Pessoalmente, acho que é um tubarão morto dentro de uma grande caixa de ferro e mal posso esperar ir logo para a Espanha e começar a me preocupar com tomates."

"Carole Potter acaba de me ligar. Ela estava com um Krim em experiência na casa dela em Greenwich."

"Carole é ótima. É sorte sua ela ser sua cliente."

"Mas o Krim recebeu polegar para baixo."

"E é culpa dela? Quer dizer, só para começar, eles *cheiram*."

"Ela pôs no exterior."

"Mesmo assim."

"Então, escute."

"Você quer mostrar uns Groff para ela."

"Você estava falando sério ontem?"

"Claro que estava. Vou telefonar para ele hoje."

"É o seguinte."

"O quê?"

"Mamãe quer que o Krim vá embora *agora* e alguma coisa no lugar dele, tipo, *amanhã*. Ela vai hospedar os Chen."

"Os Chen são assassinos."

"Conhece alguém que eles mataram de fato?"

"Você sabe do que eu estou falando. É a história dos barões ladrões de novo."

"Isso quer dizer que eu sou baixo e corrupto?"

"Não. Não sei. A gente tem de vender tudo para *alguém*. Ei, vai ser muito bom para o Rupert."

"Então ligue para ele."

"Ahn-hã. Agora mesmo."

"Você é o máximo."

"Estou pensando nos meus tomates espanhóis."

"Tchau."

"Tchau."

Argh.

Faça e pronto. Só mande ver. Lembre-se: é a serviço de alguma coisa. Lembre-se de que isso tudo muito provavelmente (por favor, Deus) o está levando a entrar em contato com algum gênio, desconhecido, incognoscível, algum Prometeu que é agora um filho de Dayton, Ohio, ou um adolescente em Bombaim, ou um místico nas selvas do Equador.

O dia prossegue.

Trinta e sete novos e-mails. Responder quinze, deixar o resto para mais tarde.

Fazer mais ligações.

Tyler e a equipe chegam, começam a encaixotar os Vincent. Uta cuida disso. Peter dá um alô rápido, se esconde em seu escritório.

"Victoria, é Peter outra vez, só para você saber que os Vincent já estão indo embora, pode trazer suas coisas a hora que quiser."

Novo e-mail, de Glen Howard. Ele recebeu no estúdio uma visita do pessoal da Bienal, claramente sua estrela está subindo, talvez Peter queira repensar a ideia de lhe dar apenas a galeria dos fundos em setembro.

Glen, o pessoal da Bienal visita centenas de artistas e, mesmo que o escolham, você vai ficar surpreso de ver como isso quase não faz diferença. Olhe a lista da Bienal de dez anos atrás. Não vai identificar nenhum nome.

Pensar como escrever isso. Pode esperar até depois do almoço.

"Peter, é Bette. Falei com Rupert, ele está esperando você ligar."

Ela lhe dá o número.

"Você é o máximo", ele diz.

"De nada."

Há um cansaço atravessado na voz dela: será que concluiu que Peter é, afinal de contas, apenas mais um babaca?

Foda-se. Ele pode muito provavelmente vender um Groff agora mesmo, e é para isso que os artistas precisam dos seus *marchands*, não? Precisam deles para vender seus trabalhos. Groff está num ponto delicado: ainda não é celebrado o suficiente para pedir preços imensos, mas sua obra custa uma fortuna para ser confeccionada.

Ligar para Rupert Groff. Secretária eletrônica: "Oi, aqui é Groff, você sabe o que fazer".

"Rupert, aqui é Peter Harris. Amigo de Bette Rice. Adoraria conversar com você quando tiver um minuto."

Deixa o número.

Telefona pedindo o almoço, para ele e Uta, Tyler e sua

equipe. Uta está ocupada, Peter Harris, um Patrão Muito Bom, não se importa de fazer o telefonema. Para ele, salada Caesar com frango grelhado, ou um enrolado de peru defumado? Salada. O verão está chegando, hora de cortar os carboidratos. (Com que idade se para de pensar em coisas assim?) Por outro lado, o estômago esquisito (câncer?). Enrolado de peru.

Dezessete e-mails novos desde a última vez que conferiu. Um de Victoria: ela faz de tudo para evitar uma conversa. PETER, ESTOU DANDO TOQUES FINAIS TRABALHOS CHEGAM AMANHÃ 11 HORAS NO MÁXIMO BJS V.

VIC, QUE ÓTIMO, ATÉ AMANHÃ ÀS 11, POR FAVOR ME AVISE SE POSSO AJUDAR DE ALGUMA FORMA.

Bobby chega ao meio-dia para cortar seu cabelo. "Oi, bonitão", Bobby flerta tanto com Peter quanto Peter com suas clientes mulheres de meia-idade, e provavelmente pelas mesmas razões. Porém, Bobby é bom e está disposto a trabalhar em domicílio numa segunda-feira, quando todos os outros salões estão tão fechados como as galerias de arte.

Eles vão juntos ao banheiro e Bobby se põe a trabalhar. Bobby é chegado num monólogo. Peter ouve e não ouve.

Ele conheceu um argentino, um pouco mais velho que ele, mas lindo de morrer (parece que Bobby nunca encontrou homem nenhum que não fosse lindo de morrer), ele quer levar Bobby para Buenos Aires para passar uma semana, só que Bobby não sabe, quer dizer, já estive lá antes, certo, Peter? Quer dizer, eles são bem legais, mas quando te levam para um lugar longe e estão pagando todas as contas eles esperam que, bom, não interessa o que eles esperam (é uma tradição entre eles que Bobby insinue sombrios atos sexuais, mas nunca entre em detalhes), e francamente, bom, você me conhece...

Tem mais. Sempre tem mais (como Bobby faz aquilo, como nunca esgota coisas para dizer?), e Peter divaga (será que Groff vai telefonar, será que perdeu o respeito de Bette?). Então:

"Peter, querido, já pensou em se livrar um pouco desse grisalho?"

Hã?

"É só uma ideia. Você tem quanto, quarenta e cinco?"

"Quarenta e quatro."

"A gente vai fazendo aos poucos. Semana a semana. Quer dizer, você não vai aparecer um belo dia com o grisalho todo sumido. As pessoas não vão nem notar."

Algo como uma ratoeira se abre na barriga de Peter.

"Acho que eu pensei que fosse meio... distinto."

Ele não diz para Bobby que acha que é meio... sexy.

"Distinto é tipo sessenta anos. Você ia parecer dez anos mais novo."

Peter é tomado por um surpreendente baque de sentimento. Será que parece tão velho assim? É patético querer parecer mais jovem? Ele não poderia, não é?, mesmo que quisesse? As pessoas iam notar, por mais gradualmente que fosse; ele seria um homem que tinge o cabelo e perderia para sempre a seriedade, embora talvez Bobby pudesse dar um jeito numa *parte* do grisalho, assim, metade, e as pessoas *realmente* não notariam, apenas achariam que ele está mais vigoroso e, tudo bem, um pouco menos velho.

Vá se foder, Bobby. Por que levantou essa questão?

"Acho que não", ele diz.

"Pense um pouco, ok?"

"Claro."

Bobby termina, embolsa o dinheiro. Peter vai com ele até a porta, passando por Tyler e sua equipe, que não estão, ao que parece, com nenhuma pressa de baixar os Vincent. Carl, um dos assistentes de Tyler, com a cabeça raspada, dá uma olhada para Peter: será que pensa que Peter está comendo Bobby? Ótimo, que pense.

Na calçada, Bobby beija as proximidades do rosto de Peter, monta numa Vespa azul-clara e sai pipocando. Bobby é como as garotas das comédias dos anos 1940, bonitas, ávidas e calculistas, ainda jovens o suficiente para confiar que grandes surpresas estão a caminho, preocupadas apenas em ir ou não à Argentina com algum sedutor. Lá vai ele, atrevido, sem pedir desculpas por sua trivialidade, em busca da próxima aventura.

Peter volta para dentro. De volta ao trabalho.

Mais uma dúzia de e-mails. Ler depois. Agora, Glen Howard.

OI, GLEN, QUE BOM O PESSOAL DA BIENAL! ESPERO QUE TENHAM O BOM SENSO DE SELECIONAR VOCÊ. SINTO INFORMAR QUE A GALERIA DA FRENTE ESTÁ COMPLETAMENTE AGENDADA PARA O OUTONO, MAS PROMETO QUE VOU FAZER PARA VOCÊ UMA LINDA EXPOSIÇÃO E TRAZER UM ZILHÃO DE PESSOAS PARA VER. SEU, P.

Rupert Groff liga de volta.

"Oi, Peter Harris. E então?" Ele soa chocantemente jovem. "Você sabe que Bette está se aposentando, certo?"

"É. Que encrenca."

"Eu sou fã do seu trabalho."

"Obrigado."

"Posso convidar você para jantar um dia desses, logo?"

"Claro."

"Como estão seus horários?"

"Esta semana está meio foda. Quem sabe, tipo, quarta da semana que vem."

"Ótimo. Mas escute. Eu tenho uma ótima cliente que pode estar interessada em comprar uma obra imediatamente, e vai dar uma festa para gente que compra bastante obra de arte. Se estiver interesse, eu posso conduzir a coisa como assessor. Eu não diria que sou seu novo representante, não haveria nenhum compromisso, nem ressentimentos se você escolher algum outro. Mas tenho certeza de que posso conseguir essa venda para você, e que isso pode levar a outras."

"Parece muito bom."

"Então, escute só. Vamos marcar o jantar para quarta da semana que vem, mas por que eu não dou um pulo ao seu estúdio antes disso e conversamos sobre o que poderia ser a coisa certa para a minha cliente?"

"Não tenho muita coisa para mostrar agora."

"O que tem aí?"

"Dois bronzes novos. E umas coisas de cerâmica que estou começando a mexer, mas nada pronto de verdade ainda."

"Eu gostaria muito de ver os bronzes."

"Tudo bem. Quer passar amanhã à tarde?"

"Claro. Que horas é bom para você?"

"Tipo, talvez, quatro?"

"Quatro está bom."

"Eu trabalho em Bushwick."

Ele fornece o endereço. Peter anota.

"Então, até amanhã às quatro."

"Certo."

Três novos e-mails. Um de Glen.

PETER, MEU AMOR, SEM SEGREDOS ENTRE HOMENS HONRADOS, RECEBI UMA OFERTA DE OUTRO LUGAR QUE PREFERIA NAUM ACEITAR MAS ESSA GENTE ESTAH MALUCA COM MINHAS COISAS E AGORA A BIENAL E, SABE COMOÉ, ACHO QUE AS COISA ESTAUM COMEÇANDO A ROLAR PRO MEU LADO QUE NEM DAH PRA ACREDITAR SABE COMOÉ, QUESTAUM DE AUTOESTIMA E TUDO ☺ MAS EU TE AMO MESMO ASSIM E ACHO QUE NÓS DOIS PODEMOS ALMOÇAR UM DIA DESSES E CONVERSAR, QUE TAL, MEU QUERIDO? BJS

Hum. Então Peter é alguém que um artista jovem, semiobscuro pode pressionar.

Não entre em pânico, nem um pouquinho. Glen é um bom

pintor que provavelmente atraiu interesse (supondo que não esteja blefando) de alguma loja em Williamsburg e, realmente, é um candidato pouco provável à Bienal: corre o boato de que os curadores não estão pegando quase nada de escultura, instalação e vídeo dessa vez.

OI, GLEN, SOU SEU QUERIDO MESMO, VAMOS ALMOÇAR SEMANA QUE VEM SIM E DISCUTIR SEU BRILHANTE FUTURO. ESTOU PREPARANDO EXPOSIÇÃO NOVA ESTA SEMANA, QUE TAL NA PRÓXIMA? ABS, P.

Tudo bem, Glen. Vamos ver se um bom almoço e alguma garantia de minha total devoção dão conta do recado. Senão: tchau e bênção.

Ou...

Se você quer mesmo pegar Groff...

Encare os fatos, abrir a temporada com Groff na galeria da frente seria o máximo. Tem a matéria dele que vai sair na *Art in America* de setembro e é bem provável que Newton do MoMA compre uma obra, Groff é o tipo de coisa para o MoMA: consistente e absolutamente sério.

Peter sente a coisa acontecendo: está ficando psicótico com Groff. É, está certo, tem razões para questionar a monumentalidade, o preciosismo (no sentido literal); toda a ideia de um retorno à arte como tesouro, àquilo que é batido e incrustado, lindamente feito, destinado a palácios e catedrais. A obra é, porém, genuinamente perversa: sua tia Mildred pode dizer, a certa distância, que *aquilo* é lindo, mas, quando olha de perto, ela vê as incisões dos nomes de todos os trabalhadores africanos que morreram numa mina de diamante (Groff deve inventar pelo menos alguns deles, sem dúvida não existem registros precisos); ela verá excertos do diário do Unabomber e relatórios de autópsia de prisioneiros que se suicidaram e pornografia fetichista perfeitamente reproduzida, tanto gay como hétero; tudo bem-arrumadinho como hieróglifos. Com a insinuação de vir a ser desenterrado dentro de dez mil anos.

E, além disso, não estamos ficando um tanto cansados dessa arte feita de barbante e lata que, a propósito, vende por preços malucos? Não deslizamos de fato para um território em que lixo é tratado como tesouro?

Se ele pegar Groff...

Seria uma grande cagada remarcar a exposição de Lahkti? Ou convencê-lo a aceitar a galeria dos fundos? Peter podia liberar a galeria dos fundos e estimular Glen a agarrar a proposta desse principiante em Williamsburg, *sabe, Glen, você está lá em cima, porra, devia estar com gente mais importante que eu...*

Seria foda. A notícia ia correr, claro.

E o que diriam...

Que Peter Harris é um cara que faz as coisas acontecerem. Peter Harris consegue pegar um jovem astro da empresa extinta de Bette Rice e fazer para ele o que tudo leva a crer que será uma das exposições mais espetaculares do outono. Claro, ia machucar a reputação de Peter com alguns artistas. Alguns artistas. Outros, alguns dos mais ambiciosos (Groff, sem dúvida, entre eles), ficariam impressionados. Se você é bom, se tem potencial, Peter consegue fazer o que for preciso para levar você até lá *agora*.

Esta dor de estômago simplesmente não para. Quais os sintomas de câncer de estômago? Será que existe câncer de estômago? Tudo bem, um passo de cada vez. Tudo o que você conseguiu com Groff até o momento é uma visita ao estúdio e um compromisso para jantar.

Mais e-mails. Mais mensagens de voz.

E depois, o que era muito temido: o som de um acidente na galeria. Um estrépito, um baque, Tyler gritando: "Porra".

Peter sai correndo. Ali, no meio da galeria, estão Tyler, Uta e os assistentes de Tyler, Branch e Carl. No chão, a vítima: uma das pinturas embrulhadas, com um rasgo diagonal, um corte de uns quinze centímetros.

"Que porra é essa?", Peter pergunta.

"Não acredito", é tudo o que Tyler tem a dizer.

Uta, Branch e Carl se colocaram como participantes de um funeral em torno da tela. Peter se aproxima, agacha-se para examinar o estrago. Nada mais nada menos que um rasgo, de uns quinze centímetros, que vai de um canto da tela para o centro. Cirurgicamente preciso.

"Como aconteceu isso?", Peter pergunta.

"Escorregou da minha mão", Tyler responde. Ele não está particularmente arrependido. Parece mais irritado: como a maldita peça foi *rasgar* desse jeito?

"Ele estava com um estilete de cortar caixa no bolso", diz Uta. Ela está se controlando. Apesar de perfeitamente capaz de uma fúria justificada quando a ocasião exige, esse tipo de coisa é trabalho para Peter. Ela já está pensando nos termos da cobertura do seguro.

"Você está desmontando a exposição com um *estilete* no *bolso*?"

"Não pensei. Só enfiei no bolso um minuto, e acabei esquecendo de tirar."

"Certo", diz Peter, e fica surpreso com a calma da própria voz. Por um breve instante, parece que dá para desfazer aquilo, porque era tão evidente que *ia* acontecer. Bette Rice de fato tem câncer, câncer terminal, e Tyler estava realmente circulando com um estilete no bolso porque Peter se recusa a examinar suas *assemblages* e colagens. A culpa é de Peter, ele sabia que ia acontecer. Não, a culpa é de Rex. Rex e sua maldita parada sem-fim de jovens gênios que são invariavelmente homens jovens, esguios, tatuados e nunca gênios de verdade, embora Rex continue a insistir, continue a ser "mentor" deles, o que está arruinando sua carreira, fazendo dele uma piada.

Uta diz: "É um dos que não foram vendidos".

Peter concorda com a cabeça. Melhor assim, claro. Mas não é nada bom que comece a circular que obras de arte são destruídas nas instalações de Peter.

Tyler diz: "Cara, eu sinto muito mesmo".

Peter assente com a cabeça outra vez. Gritar não vai ajudar. E, realmente, não pode mandar Tyler embora na hora. A exposição tem de ser desmontada hoje.

"Volte ao trabalho", Peter diz, baixo. "Tente lembrar que não pode andar com nada cortante nos bolsos."

Ele vai matar Rex. Bicha velha sem-vergonha.

Peter, porém, não está pronto a abandonar o corpo. Cautelosamente, muito gentilmente, ele desliza o dedo por baixo do papel encerado e o levanta.

Tudo o que Peter consegue ver é um triângulo de cor em grumos. Uma curva de ocre pintalgada de preto.

Com todo o cuidado, afasta o papel da tela mais alguns centímetros.

"*Peter*", Uta grita.

É impossível saber com certeza, mas o que Peter vê é uma tela abstrata padrão, mal pintada. Obra de estudante.

É isso que existe por baixo do embrulho selado, imaculado? Isso é a relíquia amortalhada?

Peter sente o estômago retorcer. Que porra é essa? Será que... é, vai, sim...

Ele vomita. Quando consegue ficar de pé, já está com a boca cheia de vômito, mas consegue chegar ao banheiro, onde expele tudo na privada e endireita o corpo, vomitando, mais e mais.

Uta está parada atrás dele. "Querido", ela diz.

"Tudo bem. Você não tem de ver isto."

"Foda-se, algum dia eu vou trocar seu fraldão. Não é a pior coisa do mundo. Você sabe que estamos cobertos."

Peter se inclina ainda sobre a privada. Acabou? Difícil dizer.

"Não é a porra da pintura. Eu não sei, ando enjoado já faz algum tempo. Talvez o peru estivesse meio passado."

"Vá para casa."

"De jeito nenhum."

"Volte mais tarde se quiser. Vá para casa agora, por uma hora que seja. Eu fico de olho nos idiotas aqui."

"Talvez por uma hora."

"Por uma hora, claro."

Tudo bem então. Ele fica estranhamente envergonhado de ter de passar por Tyler e seus assistentes: uma vaga sensação de derrota. O jovem e destrutivo venceu essa; o velho, que ficou delicado, viu a carnificina e caiu em cima da espada.

Peter pega um táxi na Décima avenida com a rua 24. Está aéreo, mas não está mais (por favor, meu Deus) enjoado. Que horror seria vomitar no banco de trás do táxi de Zoltan Kravchenko. Zoltan evidentemente ficaria furioso, expulsaria Peter e correria a limpar a sujeira. Não se pode vomitar em público, não em Nova York. Isso empobrece a pessoa, por mais bem vestida que ela esteja.

Peter consegue chegar em casa, dá uma grande gorjeta a Zoltan porque não vomitou em seu táxi, mas poderia ter vomitado. Entra no prédio, entra no elevador. Existe, nisso tudo, uma vaga irrealidade com um tom de náusea. Ele quase nunca fica doente, e nunca está em casa às duas da tarde numa segunda-feira. Agora que está subindo de elevador, porém, agora que entrou naquele breve interlúdio de um flutuante nenhum lugar, é tomado por uma sensação de alívio infantil, a velha sensação de que, por estar doente, todos os seus problemas e obrigações estão suspensos.

Quando entra no loft, toma consciência de... do quê? Uma presença? Alguma pequena perturbação no ar comum...

É Mizzy dormindo no sofá. Sem camisa outra vez, com sua bermuda de operário e um amuleto de bronze pendurado por um fio de couro no pescoço. Seu rosto, em repouso, mostra uma juventude que não é aparente quando seus olhos perturbados e inquisitivos estão abertos. Dormindo, ele tem uma notável semelhança com um baixo-relevo no sarcófago de um soldado medieval: está até com as mãos cruzadas no peito. Como um baixo-relevo medieval, ele possui um aspecto do que Peter só pode qualificar como juventude personificada, a sensação de um jovem herói que em vida não foi provavelmente tão bonito e muito possivelmente não tão heroico e com certeza foi espancado até sangrar na batalha em que morreu, mas depois, no pós-vida, alguém a quem um artesão anônimo atribuiu traços impecáveis e o colocou num repouso perfeito, debaixo de olhos pintados de santos e mártires, enquanto gerações e gerações de vivos temporários acendem velas para seus mortos.

Peter se ajoelha ao lado do sofá, para olhar mais de perto o rosto de Mizzy. Só depois de se ajoelhar é que se dá conta de que é um gesto engraçado: penitente, reverente. E como explicar se Mizzy acordar? A respiração de Mizzy tem um leve chiado, uniforme porém, o sono imperturbável da juventude. Peter permanece ali mais um momento. Está claro agora. Mizzy é Rebecca, encarnada: a jovem Rebecca, a moça inteligente, de rosto franco que entrou no seminário de Peter na Universidade Columbia tantos anos atrás e pareceu... conhecida, de algum jeito inefável. Não foi amor à primeira vista, foi identificação à primeira vista. A semelhança de Mizzy com ela não era clara até agora porque Rebecca mudou: Peter vê quanto. Ela desistiu (como era claro que faria) da pureza de nascença, daquela qualidade não totalmente formada que desaparece aos vinte e poucos anos no máximo.

Peter sente um terrível impulso de tocar o rosto do rapaz. Só tocar.

Espere. O que significa isso?

Tudo bem, há um DNA gay na família e ele bateu punheta com seu amigo Rick ao longo de toda a escola secundária e, claro, é capaz de perceber a beleza de homens, houve momentos (um adolescente numa piscina em South Beach, um jovem garçom italiano no Babbo), mas nada aconteceu, e ele, pelo que consegue perceber, nunca reprimiu nada. Homens são ótimos (bom, alguns), só que não são sexy.

Mesmo assim, sente vontade de tocar o rosto de Mizzy. Não é erótico; não exatamente erótico. Ele quer tocar aquela perfeição adormecida que não vai durar, não pode durar, mas está ali, agora, em seu sofá. Só para ter contato com aquilo, do mesmo jeito que o fiel quer tocar o manto de um santo.

Claro, ele não o faz. Fica de pé, os joelhos estalam. Mizzy, felizmente, continua dormindo. Peter entra no quarto, fecha as cortinas, não acende a luz. Tira a roupa e deita na cama. Para sua surpresa, cai quase imediatamente num sono profundo, escuro, durante o qual sonha com homens de armadura, parados em posição de sentido na neve.

Fratricídio

Peter tentou matar seu irmão apenas uma vez, o que, pelo padrão de irmãos, é um número modesto. Tinha sete anos, o que quer dizer que Matthew tinha dez.

Quase todo menino pequeno é efeminado; em... em Matthew isso não ficou totalmente aparente até que se tornasse um pouco mais velho. Aos dez anos, ele era capaz de cantar (mal) todas as músicas gravadas por Cat Stevens. Insistia num roupão de estamparia *paisley*, que usava constantemente em casa. Parecia, às vezes, estar adquirindo um sotaque inglês. Era um menino de traços finos, andando pelos cômodos de uma apática casa de tijolos bege em Milwaukee, vestindo um roupão *paisley* verde que ia quase até os tornozelos, cantando *Morning has broken* ou *Wild world*, baixinho, tristonho, com a clara intenção de ser ouvido.

Seus pais (luteranos, republicanos, sócios de vários clubes) não atormentavam Matthew, talvez porque suspeitassem que o mundo já iria se incumbir disso o bastante, ou talvez porque não estivessem prontos para abandonar a ideia de que seu filho mais velho era um prodígio, expressando entusiasmos fortuitos, embora peculiares, que, com o tempo, se solidificariam numa significativa e rendosa carreira. A mãe deles era uma mulher bonita, forte, de queixo grande, sueca pura, cujo medo mais profundo era de ser enganada e cujas convicções mais profundas eram de que todo mundo tentava enganá-la. O pai deles, bonito, mas um pouco incolor, com aspecto de não acabado, vagamente finlandês, nunca plenamente adaptado a sua boa sorte de casar com a mãe deles, vivia nesse casamento do jeito que um parente empobrecido vive num quarto dos fundos. É possível que sua mãe se recusasse a ser convencida a ir além de dois filhos de Wisconsin saudáveis, em nada alarmantes, e que o pai deles simplesmente concordasse com ela. Por alguma razão, eles não exerciam nenhuma censura sobre Matthew. Não se opuseram quando ele começou a usar bermudas na escola ou quando declarou sua intenção de aprender patinação artística.

Sobrou para Peter atormentá-lo.

Faltavam a Peter o foco e a ambição de um sádico de verdade. Nem odiava Matthew, pelo menos não no sentido mais puro. Ele passou, porém, a maior parte de seus primeiros anos num estado quase constante de desculpas. Era amado, embora incapaz, aos seis anos, de ler em voz alta a *Poesia escolhida de Ogden Nash* de seus pais, e aos sete, não escrevera, nem dirigira, nem estrelara a produção das crianças do bairro de um musical, intitulado *Homem ao mar*, que fez sua mãe chorar de rir. Desde o comecinho, Matthew absorveu todas as moléculas de excentricidade ou realizações que pudessem residir nos cantos escuros da casa; o que não era Matthew, era apenas mobília escura e relógios tiquetaqueando e uma coleção de cofrinhos antigos de ferro fundido que sua mãe vinha acumulando desde antes de conhecer seu pai.

O mais enfurecedor para Peter, contudo, era a afeição inocente e imperturbável de Matthew por ele. Matthew, aparentemente, considerava Peter uma espécie de bicho de estimação, treinável, mas limitado. Pode-se ensinar um cachorro a sentar, ir buscar coisas, ficar quieto; seria bobagem tentar ensiná-lo a jogar xadrez. Quando Peter era bebê, Matthew fazia roupas para ele e o exibia com elas. Peter não se lembra de nada disso, mas há fotografias: o pequeno Peter com uma roupa de abelha, com óculos de mergulho e antenas; com uma toga feita com uma fronha, um círculo de hera fazendo sombra em seus olhos. Quando Peter ficou um pouco mais velho (ele tem vagas lembranças disso), Matthew inventou para ele um *alter ego*; Giles, o criado que, apesar de sua origem humilde, estava decidido a prosperar no mundo à custa de trabalho duro, o que geralmente consistia em manter o quarto dele e de Matthew arrumado, cumprir tarefas domésticas para a mãe e sair fazendo coisas para Matthew.

O que Peter achava mais horrível: ele gostava de ser Giles. Gostava de satisfazer expectativas modestas. Cumpria as tarefas que lhe eram determinadas com aplicada satisfação e na verdade acreditava que *ia* prosperar (em quê?) se obedecesse alegremente e sem reclamar. De fato, embora não consiga se lembrar bem, é possível que Giles, o criado, tivesse sido ideia sua.

Foi só por volta dos sete anos que começou a entender plenamente que era o membro mais raso da casa e sempre fora. Ele era o menino confiável, sem nada de excepcional; o menino bonzinho.

A tentativa de assassinato teve lugar inesperadamente, num dia claro e frio de março. Peter estava agachado no quintal marrom-inverno, uma figurinha minúscula com um casaco vermelho xadrez debaixo de um céu azul-gelo. Tinha pegado ilicitamente uma das chaves de fenda de seu pai da garagem, a fim de trabalhar sem supervisão no presente de aniversário que estava fazendo para a mãe: uma casa de passarinhos que vinha num kit. Ele estava esperançoso, mas perturbado. Desconfiava que sua mãe não queria uma casa de pássaros (ela nunca expressara nenhum interesse por pássaros), no entanto estivera na loja de *hobbies* com seu pai e vira a caixa, que mostrava uma casinha com telhado triangular num campo turquesa-pálido, cercada por deliciados cardeais, azulões e tentilhões. Para Peter aquilo pareceu uma visão de recompensa celestial, e ele foi tomado (transportado, na verdade) pela ideia de que podia dar essa fatia de perfeição a sua mãe e que com isso ele e ela se transformariam, ele num menino capaz de adivinhar seus desejos secretos e ela em alguém que desejava ardentemente o que ele tinha para dar. O pai de Peter se preocupara com o fato de o kit ser destinado a crianças de dez anos ou mais, e antes de concordar em comprar fizera Peter prometer que os dois iam montar aquilo juntos.

Promessa que Peter descumpriu assim que se viu em casa sozinho. Ele precisava produzir com as próprias mãos alguma coisa maravilhosa. Sua mãe ia explodir de alegria e o pai ia balançar a cabeça, judiciosamente, afetuosamente, é verdade, nosso menino mais novo é capaz de coisas excepcionais para sua idade.

Naturalmente, a casa de pássaros, quando tirada da caixa, mostrou ser feita de placa de fibra marrom sem graça. Vinha com o número exato de parafusos prateados necessários, uma única folha de instruções impressa em papel verde-claro e, de alguma forma, a coisa mais desanimadora de todas, um pacotinho de celofane com sementes para pássaros.

Acocorado ao lado das peças que espalhara no calçamento, Peter batalhava para manter o otimismo. Ia pintar com alguma cor brilhante. Podia enfeitar com fotos de passarinhos. Porém, no momento, os componentes: dois triângulos de telhado e vários retângulos que seriam as paredes, o piso e o teto, eram tão inertes e pouco promissores que ele se viu lutando contra o impulso de entrar e tirar uma soneca. O marrom-pálido como biscoito da placa de fibra podia ser a cor do próprio desânimo.

Nada a fazer, senão começar. Peter juntou uma extremidade triangular com uma peça de parede, enfiou um parafuso no buraco que já vinha feito e girou.

"O que você está fazendo?", veio de trás e do alto com um ligeiríssimo toque de sotaque de Oxford.

Não podia ser. Não havia ninguém em casa.

Peter disse, sem levantar os olhos: "O que você está fazendo aqui?".

"A senhora Fletcher estava doente. O que você está fazendo?"

"É uma surpresa."

Ele olhou para Matthew. O rosto de Matthew estava vermelho de frio, o que lhe dava uma incandescência de querubim. Usava um cachecol verde-vivo amarrado no pescoço.

"É um presente para mamãe?", ele perguntou.

"Não sei." Peter voltou a atenção para as peças da casa de pássaros.

Matthew se abaixou, bem perto, por trás dele. "Olhe", disse, "é uma casinha."

É uma casinha. Três palavras inocentes. Mas quando Matthew as pronunciou, com melodiosa precisão, algum vórtice começou a girar em torno de Peter, algum funil de ar ácido que sugou o alento dele. Estava encurralado ali, preso àquelas pedras frias e àquele triste projetinho; não havia nenhuma chance para ele, nenhuma esperança, para ele que gostava de ser o criado, que não era brilhante, que cumpria contente as tarefas mais triviais. Ele havia sido surpreendido por Matthew no ato de fazer uma *casinha* e estava humilhado para sempre, ele era e seria sempre uma coisinha idiota.

Mais tarde, ele preferiria lembrar daquilo como um ato de raiva pura, impensado, mal consciente, mas na verdade ele passara para um estado de clareza incandescente, no qual entendera que não podia estar ali naquele momento, não podia sobreviver a Matthew olhar e dizer: "Olhe, é uma casinha", porém não havia escapatória e então ele precisava pegar a chave de fenda e abrir um buraco no ar em torno de Matthew, através do qual o irmão desaparecesse. Peter virou-se e saltou com a chave de fenda na mão. Atingiu Matthew na têmpora, dois centímetros acima do olho esquerdo. Pelo resto da vida foi grato por ter apenas deixado uma cicatriz em seu irmão e não tê-lo cegado.

Embora nada tão dramático como o ataque com a chave de fenda tenha ocorrido de novo, isso pareceu alterar sutil, mas permanentemente, a reputação doméstica de Peter. Estabeleceu-o como perigoso, talvez instável, o que por um lado era desanimador, mas por outro era um ganho. Ele havia, no mínimo, demonstrado a todos que era um bicho de estimação ruim. A brincadeira de Giles, o criado, foi abandonada sem comentários.

Ele e Matthew viveram juntos por muitos anos depois, como uma raposa supostamente domada é capaz de viver com um pavão. Matthew era, quase o tempo todo, nervosamente afável com Peter. Peter quase o tempo todo impunha sua nova vantagem. Não lhe ocorrera até então que um único ato de violência bruta (com uma *chave de fenda*, coisa que qualquer um podia fazer) pudesse inspirar em seu irmão, em qualquer um, uma atitude duradoura de temeroso e rancoroso respeito. Peter se tornou progressivamente um general de sete anos, cordial de um jeito esperto, alegre, quase cortês, como se a cordialidade fosse uma concessão temporária que ele fazia a um mundo brutal e dúplice.

Três anos se passaram no reino de Peter, o Terrível.

Matthew aos quinze anos.

Figura alta e excêntrica andando com passos ardentes diante das fachadas de tijolo e pedra de Milwaukee, livros apertados ao peito. Inexplicavelmente otimista a maior parte do tempo, ainda que, ao passar da infância para a adolescência tenha tido o bom senso de desenvolver a ironia. Ridicularizado pelos valentões locais, mas não com a maldade e a devoção que se poderiam esperar. Peter sempre achou que Matthew possuía algo de imaculado. Embora não houvesse nada, sob nenhum aspecto, santificado a seu respeito, ele com efeito tinha uma inocência de propósitos que devia ser evidente nos santos mais humildes. Matthew era tão plenamente ele mesmo, tão arrebatado por seus interesses (aos quinze anos: cinema, os romances de Charles Dickens, patinação e violão acústico), tão inofensivo, tão cordialmente indiferente a qualquer pessoa além das duas garotas que eram suas únicas amigas, que, apesar de vez ou outra ter sido provocado e apenas uma vez fisicamente agredido, por um bando de moleques da sétima série que queriam conquistar fama, jamais foi objeto das prolongadas campanhas de aniquilação movidas por alguns rapazes contra os realmente desafortunados. Matthew, com certeza, também se mantinha em relativa segurança por causa de seu corpo de patinador, com sua sugestão de força contida (não obstante não fizesse a menor ideia de como dar um soco em alguém), e por sua amizade com Joanna Hurst, uma beldade celebrada. Espontânea ou calculadamente, ele era, desde a quinta série, amigo e confidente de uma garota poderosa, desejada, e então, de alguma forma, na estimativa local notadamente rudimentar, era capaz de passar por atleta (patinando, mas tudo bem) e namorado (nem uma centelha de sexo entre eles, mas tudo bem). Matthew podia ser a pessoa mais efeminada de Milwaukee, no entanto possuía cada vez mais o que Peter só podia chamar de grandeza precoce. O aspecto de ameaça nascente de Peter, não confirmado por nenhum outro ataque, havia se solidificado no que em geral era visto como mau humor, que sua mãe minimizou ainda mais ao chamá-lo de Sr. Rabugento sempre que ele se zangava. Sua pele começou a apresentar erupções, seu cabelo cresceu e ele se viu, para sua surpresa, como membro de um pequeno grupo de meninos descontentes, *geeks* dedicados ao rock e a *Star Trek*, nem admirados, nem desprezados, simplesmente deixados em paz. Matthew, por outro lado, era notável. Glamouroso até. Era inteligente, raramente argumentativo, nunca ríspido nem petulante, e mesmo o mais rude e ameaçador dos rapazes parecia achá-lo divertido. Ele se tornou uma espécie de mascote da escola. Ao deslizar como um cisne pela adolescência, ele tratava os outros membros da família, inclusive Peter, com uma paciência delicada e sábia, mesmo que cansada às vezes, como uma criança nobre que é mandada para viver com gente comum até estar pronta para assumir sua verdadeira posição. À medida que ele ia se definindo, tornou-se possível, em sua presença, sentir-se como um anão rústico, mas de bom coração, ou como uma toupeira boazinha.

Com uma trégua inquieta declarada entre eles, uma vez que Peter tinha sido despido de sua periculosidade, ele e Matthew começaram a ter papos de irmãos à noite. As conversas eram abrangentes, mas estranhamente consistentes. Décadas mais tarde, Peter é capaz de juntar os pedaços numa metaconversa, feita de trechos de centenas delas.

"Acho que mamãe está cheia", Matthew disse.

"De quê?"

"De tudo. Da vida dela."

Isso é semiplausível. A mãe deles pode ser brusca e irritada, tem um ar quase constante de incipiente exasperação, entretanto para Peter sempre pareceu que ela "estava cheia" não de sua vida, e sim de infindáveis detalhes: a lassidão doméstica de seus filhos, o carteiro desonesto e incompetente, impostos, governos, todos os seus amigos, o preço de praticamente tudo.

"Por que acha isso?"

Matthew suspira. Ele inventou um longo suspiro, baixo, largado; algo como um instrumento de sopro.

"Ela fica enfiada aqui", ele diz.

"É..."

"Quer dizer, estamos todos enfiados aqui, certo?

"Ela ainda é uma mulher bonita. Não tem nada para ela aqui. É como Madame Bovary."

"É mesmo?"

Peter na época não fazia ideia de quem fosse Madame Bovary, mas imaginou que era alguma figura infame que pressagiava destruição: muito provavelmente ele a misturou com Madame Defarge.

"Você acha que consegue falar do cabelo dela? A mim ela não escuta."

"*Não*. Não posso falar com mamãe sobre o *cabelo* dela."

"Como vai com Emily?"

"Como vai o quê?"

"Ora."

"Eu não gosto de *Emily*."

"Por que não?", Matthew perguntou. "Ela é bonitinha."

"Não é o meu tipo."

"Você é muito novo para ter um tipo. Emily gosta de você."

"Não, não gosta."

"E seria ruim se ela gostasse? Você tem de parar de subestimar seus próprios encantos."

"Cale a boca."

"Posso te contar um segredo sobre as meninas?"

"*Não*."

"Elas gostam de gentileza. Você não imagina até que ponto dá para ir com uma porção de meninas se você chegar para elas e falar assim: 'Acho que você é bárbara, acho que você é linda'. Porque todas elas têm medo de não ser."

"Até parece que você sabe."

"Eu tenho as minhas fontes."

"Sei. Foi, quem?, a Joanna que te disse isso?"

"Ahn-hã. Ela me disse."

Joanna Hurst. A luz do hemisfério norte.

É difícil de imaginar um objeto mais impossível. Ela é magra, graciosa e irresistivelmente modesta; tem cabelo comprido castanho-claro que de vez em quando afasta dos olhos. Tem um jeito de baixar a cabeça quando escuta os outros, como se soubesse que sua beleza, os olhos separados, o lábio inferior carnudo, o brilho cor de creme da pele, precisam se esconder ligeiramente para deixar que as outras pessoas tenham alguma chance. Ela começou a sair com um rapaz do último ano tão popular e atlético, tão dotado em tudo que não precisa ser cruel, e o encontro dos dois é celebrado como o noivado de um herdeiro aparente com uma jovem princesa de alguma nação rica e poderosa de lealdades incertas. Joanna estaria fora de alcance para Peter mesmo que não fosse três anos mais velha e não estivesse comprometida.

E no entanto. E mesmo assim. Ela é a melhor amiga de Matthew; com certeza, se tivesse a chance, ela veria em Peter algo do que ela vê em seu irmão. Certamente o rapaz com quem está saindo (que tem o ridículo nome de Benton) é no mínimo um pouco insípido para ela, um pouco óbvio, um daqueles heróis locais mansos e musculosos que nunca são os protagonistas nos filmes; que sempre perdem para alguém mais comum porém mais esperto, alguém com mais profundidade de alma, alguém assim como Peter.

"Você está apaixonado por Joanna?", Matthew pergunta.

"Não."

"Acha que ela está apaixonada por Benton?"

"Ela não tem certeza. O que quer dizer que não está."

Peter tem na ponta da língua a pergunta impossível, informulável. *Acha que talvez... Seria remotamente possível que...*

Não consegue. Um "não" seria insuportável demais. Ele se contenta, ao longo dos três anos seguintes, com o cuidado de estar em casa, e bem vestido, nas ocasiões relativamente raras em que Joanna vai vê-los (ele e Matthew há muito entenderam que seus amigos nunca estão dispostos a passar muito tempo na casa deles: não há nada para comer, e a mãe deles acha que seus amigos vão roubar se não forem cuidadosamente supervisionados). Peter dirá a Emily Dawson que ela é bonita, o que resultará numa punheta várias noites mais tarde debaixo das arquibancadas descobertas de um jogo de futebol, depois da qual ela nunca mais falará com ele. Ele se descobrirá, em momentos esparsos, agindo como um garanhão, sedutor, em torno de Matthew, na esperança de que ele fale disso a Joanna: *Sabe, meu irmãozinho está ficando meio tesudo.*

Com o passar dos meses, porém, e como Matthew não nota a nova masculinidade de Peter, este é levado a maiores extremos. Começa com o jeito de sentar (um muito ensaiado pendurar de cotovelos em torno do encosto de sofás e cadeiras, as pernas muito separadas com os joelhos um pouco dobrados, como um caubói pronto a entrar em ação) e de falar com um tom de barítono ligeiramente arrastado, que às vezes parece gaita, puxado do fundo do diafragma. Como não recebe nenhum reconhecimento, Peter acelera a campanha. Abandona sua timidez costumeira e sempre que ele e Matthew estão sozinhos no quarto se despe imediatamente, ficando só de cueca (*Sabe, meu irmãozinho está ficando com um corpinho bem bom*); passa a cantar, muito baixo e fingindo certa distração, algumas das canções de Cat Stevens favoritas de Matthew (*Sabe, meu irmão é um cara bem sensível e tem ótima voz*); e por fim, perto do décimo terceiro aniversário, começa a olhar profundamente nos olhos de Matthew sempre que conversam, dominando o melhor possível sua capacidade de demonstrar um suave e sóbrio perscrutar nos próprios olhos, uma sensação de profunda, questionadora atenção (*Sabe, meu irmão é realmente excepcional, um cara muito terno*).

Naquela noite de fevereiro (fevereiro de Milwaukee, escura logo depois das três da tarde, pequenas bolas duras de granizo que podiam ser até partículas de oxigênio congelado batendo nas janelas), Peter e Matthew estão deitados lado a lado em suas camas, conversando como sempre antes de Matthew apagar a luz; Matthew fala de alguma trapalhada idiota de Benton, o namorado, Peter levanta-se da cama (vestindo apenas cueca e, como concessão ao frio, um par de meias de lã) e senta-se na beira da cama do irmão, com sua cara de ouvinte de alma profunda.

Matthew está dizendo: "...ele é um cara legal. Quer dizer, é *bonzinho* e tudo, mas ninguém precisa ser doutor em romance para saber que não se dão ingressos para um jogo de hóquei de presente de aniversário para a namorada...".

Ele se cala e olha surpreso para Peter, como se este tivesse aparecido magicamente em sua cama. A atitude é tão sem precedentes que Matthew levou alguns segundos para se dar conta.

Ele fala prestando atenção na expressão amaciada de "me conte tudo" de Peter. Pergunta: "Tudo bem com você?".

"Claro."

"O que foi?"

"Nada. Estou ouvindo você."

"Peter..."

"*Peter.*"

"*Peter*. Eu vou arriscar dizer uma coisa aqui, tudo bem?"

"Tudo bem."

Arriscar e... DIZER QUE JOANNA HURST ESTÁ APAIXONADA POR VOCÊ.

Matthew diz: "Você está... isso é complicado de dizer... apaixonado?".

"Ah, é, acho que sim."

Desculpe, Benton, acho que você devia ter comprado um presente melhor para ela.

"Tudo bem. Eu entendo."

"Entende?"

"Acho que sim. Quer conversar um pouco comigo?"

"Acho que eu não consigo."

"Eu entendo isso também. Ei, irmãos. DNA, o que se pode fazer?"

"Ahn-hã."

Um silêncio. Peter se concentra.

Consegue dizer: "Então você também ama a Joanna".

Mais um silêncio, um silêncio terrível. Partículas de ar congelado batem no vidro da janela como se fossem atiradas por um gigante.

Peter entende. Não completamente, mas. Entende de um jeito incompleto, de um jeito que revira o estômago, que um erro foi cometido, uma porta errada aberta. Matthew está olhando para ele com a mesma expressão de olhos macios que Peter vem praticando nos últimos meses. Ao que parece, Peter não inventou a atitude, ele meramente a copiou de Matthew. DNA, o que se pode fazer?

"Não", Matthew diz. "Não estou apaixonado por Joanna. Você está, hã?"

"Por favor por favor por favor por favor por favor não conte para ela."

"Não conto."

E isso, implausivelmente, encerra a conversa, não apenas dessa noite, mas para sempre. Peter se levanta, volta para sua própria cama e puxa as cobertas. Matthew apaga a luz.

Peter sente... alguma coisa... paixão?... por Matthew numa praia em Michigan, um mês antes do aniversário de dezesseis anos do irmão.

Estão nas férias de verão anuais, uma semana numa cabana almiscarada de painéis de pinho na ilha Mackinac. Matthew já está, como logo acontecerá com Peter, velho demais para ter prazer nessas viagens. A cabana não é mais um repositório de maravilhas familiares (as camas ainda envoltas em mosquiteiros, todos os jogos de tabuleiro ainda lá!), mas um exílio deprimente e tedioso, uma semana inteira da fúria calada de sua mãe por eles parecerem não estar se divertindo e os persistentes esforços de seu pai para fornecer esse divertimento; aranhas no banheiro e umas ondinhas frias batendo e rebatendo na praia de cascalho.

Nesse verão, porém, maravilha das maravilhas, Joanna teve permissão de passar um fim de semana com eles.

Em retrospecto, não há como explicar essa brecha na tradição dos Harris. Até Matthew se formar no ensino médio, os Harris mantiveram com devoção quase patriótica o que chamavam de momentos familiares: períodos sacrossantos de isolamento dos quatro membros que eram impostos com insistência cada vez mais fervorosa à medida que ficava mais e mais claro que nenhum deles gostava particularmente daquilo. Nenhum amigo de Peter ou Matthew jamais era convidado para ficar para o jantar ou passar a noite, então a presença de Joanna durante três dias inteiros na semana anual em Mackinac foi um verdadeiro enigma. Agora, adulto, Peter desconfia que seus pais, tardiamente, começaram a se dar conta da verdadeira tendência de Matthew e estavam, no último minuto, tentando se transformar em, ou pelo menos representar o papel de, pais cujo lindo e popular filho mais velho pode se envolver em algum problema com garotas se não for vigiado com cuidado e isso só poderia acontecer se a garota estivesse de fato presente. Peter tinha ouvido uma conversa telefônica de sua mãe com a mãe de Joanna, na qual sua mãe garantia à outra que os movimentos de Matthew e Joanna seriam estritamente controlados e que Joanna dormiria num quarto vizinho ao dela própria.

Será possível que qualquer dessas duas mulheres acreditava mesmo que era preciso tomar precauções?

E por quê, na realidade, ninguém parecia preocupado com o comportamento de Peter? Era ele quem, sem nenhuma dúvida ou hesitação, espiaria pela fresta quando Joanna estivesse no banheiro, que cheiraria qualquer maiô ou toalha postos para secar e que, se tivesse coragem (claramente não tinha), se infiltraria na virginal alcovazinha ao lado da que seus pais usavam, e arriscaria tudo (os gritos de Joanna, a mortificação de seus pais) por um breve relance dela dormindo, parcialmente coberta por um lençol acinzentado de luar.

Era um caso de identidade trocada. Mais um dos mistérios aparentemente infinitos.

Da excitação de Peter, muito e pouco se pode dizer. Ele vomitou de nervoso duas vezes, uma nos dias anteriores à partida dos cinco para Mackinac, e de novo (sub-repticiamente, ele esperava) no banheiro masculino de um posto de gasolina no meio da estrada. Ele sentiu um espasmo interno, mas não vomitou, quando chegaram à cabana e Joanna entrou, com seu perfume e outras emanações, na sala até então familiar de painéis de pinho cheios de nós, tornando-a profunda e eterna: a lareira de pedra enegrecida de fumaça, o sofá de encosto arqueado e poltronas de ratã diabolicamente incômodas, seu inarredável aspecto subjacente de longo desuso de inverno, seus cheiros de umidade daninha, de leve naftalina e um cheiro que Peter nunca havia sentido antes e nunca mais sentiu depois, um odor de fera como aquele que ele imagina existir na pelagem de um racum.

“Isto aqui é tão gostoso”, Joanna disse. Peter ainda jura, décadas depois, que ela emanou uma leve aura rosada e perfumada naquela triste sala marrom.

É, ele se masturbava cinco ou seis vezes por dia. É, ele não só cheirava os fundilhos do biquíni que ela deixava pendurado no peitoril da varanda para secar (não havia muito cheiro ali, água de lago e algo limpo, fugidio, vagamente metálico, como uma cerca de ferro num dia de inverno), como, com a enjoativa desconsideração de um alcoólatra num jantar, punha o biquíni na cabeça. Sim, às vezes ele sentia a vida rachando em torno dele e, sim, havia momentos em que desejava que Joanna fosse embora porque não tinha certeza de poder aguentar a profunda consciência, negada por ele com todas as fibras, de que não teria dela nada além daquilo, de que ele era e seria, sempre, apenas um rapazinho com a parte de baixo de um biquíni esticada na cabeça e, por mais embriagadores que fossem aqueles dias de Joanna, eles eram também o começo de uma decepção congênita e que perduraria a vida inteira. Algum deus houvera por bem levá-lo tão perto daquilo que ele considerava felicidade (Joanna mordendo com delicadeza, mas com apetite, um hambúrguer: ela não era nada fresca); Joanna sentada nos degraus da varanda usando shorts de jeans cortado e um top branco de malha, pintando de rosa as unhas dos pés; Joanna rindo, como qualquer mortal, com um velho episódio de *I Love Lucy* na decrépita tevê em preto e branco), a fim de mostrar para Peter o que ele podia sempre querer e nunca ter.

Ele amará Joanna a vida inteira, embora com o passar do tempo venha a aumentar, suplantar e imaginá-la de novo a ponto de, anos mais tarde, quando vai conferir as coisas de Matthew em Milwaukee e encontra o livro anual da escola, de início não reconhece a foto de formatura de Joanna: uma beleza convencional do Meio-Oeste, bondosa, de cara redonda, com lindos lábios carnudos, mas olhos bastante estreitos, o cabelo brilhante e farto, caindo no rosto de tal forma que esconde a testa e o olho direito, um estilo da época que foi sabiamente abandonado há décadas. Não é nenhuma Dama do Lago, nem chega perto, e por um momento Peter acredita que a foto de Joanna deve ter sido trocada com a de alguma outra pessoa, alguma garota de Milwaukee sólida e confiável, destinada (como de fato Joanna fez) a se casar com um rapaz bonito e esforçado que conheceu na faculdade local, ter três filhos em rápida sucessão e viver sossegada e feliz no que será chamado de comunidade planejada.

Ele lembrará em seu leito de morte (ou, mais especificamente, no trecho de calçada em que vai cair quando seu coração implodir) um episódio de uma indolente tarde de sábado.

Ele, Matthew e Joanna foram à praia (aonde mais poderiam ir?) e Peter está sentado na areia áspera enquanto Matthew e Joanna caminham sem rumo pela água rasa do lago, conversando em voz baixa, mas num tom urgente. Joanna está demonstrando seu conceito de desejo por meio das nádegas redondas semicobertas pelo V da parte de baixo do biquíni cor de melão. Matthew está em forma e musculoso por causa da patinação; o cabelo loiro escuro cacheado até a nuca. Os dois estão dentro da água azul-negra de costas para Peter, olhando a névoa leitosa do horizonte, e enquanto olha da areia Peter é tomado por uma maré de sentimento, absolutamente inesperado, uma sensação que começa em suas entranhas e se espalha por seu corpo, uma tontura, uma vertigem. Não é luxúria, não exatamente, embora contenha luxúria. É uma apreensão pura, emocionante e ligeiramente aterrorizante do que ele mais tarde irá chamar de beleza, embora a palavra seja insuficiente. É uma sensação de formigamento de uma presença divina, de perfeição indizível de tudo quanto existe agora e existirá no futuro, encarnada em Joanna e em seu irmão (não há como negar que seu irmão é parte da coisa) parados no lago com água pelo tornozelo, debaixo de um céu cinza-pálido que logo produzirá uma dispersão de chuva. O tempo para. De Joanna e de Matthew, do lago e do céu emana uma memória sensorial do biquíni que Joanna está usando, junto com o cheiro de bálsamo de pinho que no momento impregna o nariz de Peter; o ardor desamparado de seu pai e a atenção voraz de sua mãe e como os dois irão envelhecer e se apagar (ele amargamente, ela suavemente, liberada por ter cada vez menos a perder); Emily fazendo Peter gozar debaixo da arquibancada e seus flertes com a maliciosa e ruiva Carol, que será sua namorada até pouco antes da formatura; o relógio da escola aceso como uma lua cheia debaixo do céu do entardecer e do ar-condicionado perfumado da farmácia Hendrix e mais, mais e mais. Matthew e Joanna caminharam dentro do lago Michigan numa tarde lânguida de sábado e invocaram um mundo vasto, espantoso. Dentro de mais um momento eles vão se virar, voltar caminhando para a praia, sentar ao lado de Peter. Joanna vai amarrar o cabelo com um elástico, Matthew vai examinar uma bolha em seu pé esquerdo. Um clima local se restabelecerá, embora Peter vá colocar uma mão com delicadeza na nuca de Matthew, que largará o pé para estender a mão e apertar o joelho direito de Peter, como se entendesse (como não poderia jamais entender) por que, naquele momento comum, o mundo resolvera se revelar brevemente a ele; mas ele associará isso a Matthew e Joanna juntos, um casal encantado, mítico, perfeito e eterno, casto como Dante e Beatriz.

Peter está deitado em seu quarto escurecido há mais de meia hora, o que, depois de uma soneca de duas horas, é inconcebível. Ele devia ter voltado à galeria. Parece, porém, que passou a uma condição de semiparalisia, algo na linha de Branca de Neve, um estado de sono acordado, à espera... o primeiro beijo do verdadeiro amor não vai adiantar muito a esta altura, não é?

Escuta Mizzy se movimentando na sala.

Peter não é bobo. Sabe que Mizzy é, de certa forma, seu irmão ressuscitado.

O engraçado é que saber disso não parece fazer muita diferença. Assim ele aprendeu nos anos de psicanálise. Tudo bem. Você pode ser arrogante por se sentir inseguro porque seus pais preferiam seu irmão mais velho. Pode amar sua esposa por muitas razões, inclusive pela semelhança dela (que você exagera na cabeça) com a moça inalcançável de sua adolescência, que preferia seu irmão mais velho, e você (foda-se você) a ama ligeiramente menos agora porque ela não é mais aquela garota. Você se sente atraído (eroticamente?) pelo irmão mais novo dela porque, por um lado, ele o faz se lembrar de Matthew e, por outro, permite que, pela primeira vez na vida, você *seja* Matthew.

Tudo isso é informação útil. E então?

Deitado ali na cama, ele se vê pensando em Dan Weissman, que Peter viu aquela única vez, no quarto de hospital de Matthew (o corpo de Matthew foi mandado para Milwaukee para ser enterrado, Dan não estava no funeral, Peter jamais conseguirá perguntar a seus pais se o convidaram ou não). Dan, que morreu pouco mais de um ano depois de Matthew. Cuja vida inteira, pelo que Peter sabe, foi dedicada àqueles vinte minutos no St. Vincent em 1985, quando ajudou Peter a se despedir.

Do outro lado da parede, Peter ouve Mizzy entrar na cozinha. É provável que ele não saiba que Peter está ali. Como poderia? Existe algo sutilmente delicioso em se manter despercebido e, melhor ainda, em se esconder sem culpa. Se descoberto, ele pode simplesmente dizer a verdade a Mizzy. Ficou doente, veio para casa e deitou.

Mizzy volta à sala. As paredes, como não são de sustentação, são finas. Peter pode ouvir praticamente tudo. O que, é claro, foi parte do que deixou Bea maluca quando mudaram para ali, ela com onze anos. O que deu na cabeça deles de achar que viver em tamanha proximidade com os pais seria uma boa ideia para uma adolescente? Bom, tudo bem. O loft fora um negócio tão excepcionalmente bom, teria sido loucura deixar passar. E, certo, na época não tinham dinheiro para fazer paredes mais grossas.

Um breve interlúdio de silêncio: Mizzy provavelmente sentou-se no sofá. E então, tênue, a voz dele. Ligou para alguém no celular.

Claro que Peter não devia estar ouvindo. Podia levantar agora mesmo, e fazer Mizzy saber que está em casa. A tentação, porém, é grande demais. E, na era dos telefones celulares, todas as nossas conversas são públicas, não são? Além disso, Peter sempre pode fingir que estava dormindo.

A voz de Mizzy é quase ininteligível.

"Oi. É o Ethan."

"É, eu *não sei quê, não sei quê.*"

"Um pouco, não sei bem. É."

"Tipo, só um grama? Eu não estou tão *não sei quê* agora."

"Tudo bem. Ótimo."

"Rua Mercer. *Não sei quê não sei quê*. E Broome."

"Beleza. Te vejo daqui a pouco."

Ok. Ele está usando de novo.

E agora, Polônio?

Peter fica ali, aflito, em fascinado silêncio.

Às quatro e sete, ouve Mizzy acionar o interruptor para abrir o porteiro eletrônico, comprar as drogas e fechar a porta: é uma transação rápida e quase silenciosa. Evidentemente, é ofensivo Mizzy ter dado o endereço deles a um traficante de drogas e deixá-lo entrar no loft, mesmo que por um breve momento, porém, ao mesmo tempo... não que Peter nunca tenha comprado drogas antes (o ocasional grama de cocaína, uma vez meia dúzia de *ecstasies*), e ele sabe muito bem quem é que vende drogas em pequenas quantidades para gente como Mizzy (ou para ele próprio). Em algum ponto na inimaginável cadeia de fornecimento e demanda existem homens perigosos, desesperados, homens que são capazes de qualquer coisa, mas o cara que entra num táxi para vender para você um pouquinho de coca, ou cristal, ou umas doses de anfetamina é provavelmente um jovem, ou, ainda mais provável, não tão jovem ator/modelo/garçom que precisa de dinheiro extra. Peter pode simular uma fúria virtuosa com Mizzy, e, é verdade, Mizzy devia ter marcado um encontro com esse sujeito em algum outro lugar (é, ele é mimado e tem direitos, não há como negar), mas um ataque de raiva seria no mínimo uma representação. *Porra, Mizzy* (ETHAN), *como você ousa deixar um corista chamado Scott, ou Brad, ou Brian entrar em nossa casa?* A maioria desses "personagens da sombra" acabará aparecendo no *show business* (ou em qualquer aventura que os tenha trazido a Nova York) e voltando para sua cidade natal dentro de dez anos, para trabalhar como jardineiros ou agentes imobiliários. Peter não está a fim da performance: Mizzy não é sua responsabilidade. E de fato, como não se sentir ridículo, saindo de seu quarto como um tio caduco numa farsa italiana, sacudindo o punho cheio de manchas e anunciando que ouviu tudo.

E então ele fica no quarto.

Ouve Mizzy se deslocar na outra sala, o deslizar macio de seus passos quando vai à cozinha, volta para colocar um CD (Sigur Rós), retorna à cozinha. Depois há vinte e três minutos de calma, apenas os tons graves e a voz fantasmagórica da música. Mizzy está tomando cristal? Ah, o que você acha? Finalmente, mais passos, atravessando a sala, chegando mais perto... por um momento parece que Mizzy vai entrar no quarto de Peter. A pele de Peter se arrepia de medo (ele vai ter de fingir que está dormindo) e de raiva (*Que porra você está procurando?*). Mas Mizzy, é claro, está apenas indo para o outro quarto, dele por ora. A parede que divide os dois quartos parece quase amplificar o som: Bea foi embora há tempo suficiente para Peter ter esquecido. Ele pode ouvir Mizzy tirar a bermuda (o correr do zíper e, quase ensurdecedor, o claque da fivela do cinto ao bater no chão); pode ouvir a cama ranger de leve quando Mizzy se deita. Ele e Peter estão agora a um metro e vinte um do outro, separados por uma parede feita de papelão *high-tech*, ambos de costas.

E... sim. Passa-se um minuto, outro minuto começa, e fica claro que Mizzy está se masturbando. Peter pode sentir isso. Pensa que pode. O sexo altera o ar, certo? E ele jura que pode ouvir Mizzy emitir um suave gemido, embora possa ter sido Sigur Rós. Mas realmente. O que um cara de vinte e três anos estaria fazendo na cama no meio da tarde depois de mandar ver um cristal?

E o quê, Peter Harris, você vai fazer agora?

O que é decente. Levantar agora mesmo, sair do quarto ruidosamente e anunciar, todo sonolento e bocejante, que você estava dormindo pesado até um momento atrás. Expressar surpresa por encontrar Mizzy em casa.

O que é subversivo. Levantar e deslizar em silêncio, para fora do quarto e para fora do loft. Mizzy está ocupado, provavelmente não vai ouvir. (Será que ele fechou a porta do quarto? Hum, não ouvi isso.) Andar um pouco pelo bairro, fingir chegar em casa na hora de sempre.

A coisa inconcebível. Ficar onde está e continuar escutando.

Certo.

Aceite isso, como muitos homens, você tem um traço homoerótico. Por que você, por que qualquer um, iria querer ser *tão* hétero?

Além disso é... o quê?... divertido, claro, de um jeito filho da puta, mas mesmo assim é divertido penetrar na privacidade de alguém desse jeito. A poucos metros está a mais rara das entidades: um ser que acredita estar sozinho. Quer dizer, tudo bem, é bem provável que não sejamos, quando sozinhos, profundamente, ou talvez nem perceptivelmente diferentes, no entanto como você pode saber disso, de fato, acerca de alguém a não ser de você mesmo? Isso não é parte do que você está sempre buscando na arte?: o resgate da solidão e da subjetividade; a sensação de companhia na história e no grande mundo; o mistério humano simultaneamente iluminado e aprofundado: pela expulsão de Adão e Eva de Giotto, pelos autorretratos finais de Rembrandt, pelas fotos do condado de Hale tiradas por Walter Evans. A arte do passado tentou nos dar algo como o que está acontecendo com Peter agora: um olhar na profundidade do outro humano. Vídeos de transeuntes não são a mesma coisa. Nem urnas obscenas, nem tubarões mortos, nem nada, realmente, que seja pervertido ou distanciado ou irônico, que tenha a intenção de chocar ou provocar. Isso tudo não propõe nada tão bonito como o rapaz perturbado por um problema de drogas desfiando incognoscíveis fantasias para si mesmo logo ali, do outro lado do véu.

Ou, tudo bem, talvez Peter seja gay afinal e só queira aproveitar um momento pornô grátis.

Aquilo foi um longo suspiro do outro lado da parede, ou uma gradação da música?

Quais seriam as fantasias de Mizzy?

Impossível imaginar, não é? Muitos homens provavelmente fazem os mesmos movimentos, mais ou menos, mas o que está na cabeça deles, o que agita o seu sangue? O que poderia ser mais mortificadoramente pessoal, o que se aproxima mais das profundezas, do que qualquer coisa que nos faça gozar? Se soubéssemos, se pudéssemos ver o que está no balão de pensamento acima da cabeça do outro enquanto se masturba, isso nos comoveria ou repeliria?

Peter se vê pensando em Joanna no lago. Joanna foi um esteio de fantasia durante anos, embora tenha sido substituída durante décadas por outras mulheres. A imagem de Joanna no lago (ela se virando, ela soltando a parte de cima do biquíni) é complicada pelo que ela se tornou, como Peter testemunhou numa viagem a Milwaukee anos atrás: sadia e bonita, chegando alegremente aos quarenta anos com uma carteira cheia de fotos, uma mulher agradável e sólida sem nem um toque de sexo. A visão que Peter tem dela parece incluir Matthew, Matthew no lago, com sua sunga azul-clara, apesar de Matthew ser mais complicado pelo que se tornou: morto. Peter é tocado por uma sensação de fogo aniquilador. Ele se surpreende em achar aquilo sexy: um calor ofuscante que quer devorar todas as suas partes. É, o fogo da cremação, mas mesmo assim. É um clássico, não é, é eterno, os ciclopes, ou o lobo, ou a bruxa que quer devorar você; vem nos assustando e provocando sempre, a entidade que tem fome pelo seu corpo, que pouco está ligando para a possessão de sua alma. Nós insistimos, decerto, em punir nossos predadores; apunhalamos seus olhos ou enchemos sua barriga de pedras ou os empurramos para dentro dos próprios fornos, contudo eles são nossos inimigos favoritos, nós os tememos e amamos, por que não, quando eles nos acham tão deleitáveis, quando eles se interessam apenas por nossa carne e estão se lixando por nossas outras partes secretas mais íntimas? Por que você acha que foi um tubarão que fez a carreira de Damien Hirst?

Um vírus devorou Matthew. O tempo devorou Joanna. O que está devorando Peter?

Está de pau duro. Até que ponto isso é estranho? Ele passa por um momento de vertigem, um voo visceral sobre certas... possibilidades. Ora, se ele fosse gay, saberia dizer, não? Mesmo assim, é um homem com uma ereção, uma ereção inspirada por aquele rapaz específico, sua esposa travestida de garoto, e ele está escutando o rapaz bater uma punheta. É, deus o ajude, está excitado com a juventude de Mizzy e a provável condenação de Mizzy e está excitado (ainda, depois de todo esse tempo) por um único relance de um nanossegundo do mamilo rosa-pálido de Joanna, trinta anos atrás, quando ela arrumava o biquíni, embora esse mamilo esteja absolutamente mudado agora; está excitado com a lembrança de ter sido jovem, com a ligeira mas forte esperança de que a brevíssima visão do mamilo de Joanna prometia um futuro erótico mais abundante e inspirador do que ele era capaz de imaginar plenamente; ele está excitado (até que ponto isso é estranho?) pela paciência com que a morte devora os vivos e pela jovem garçonete do JoJo ontem e sua comovente determinação, e pela estranheza de onde ele está e quem ele parece ser neste momento: a palavra "pervertido" vem à mente, não vem? (Surpresa, parece que talvez fetichistas e outros do tipo se excitem por *serem* fetichistas; Peter, um amador, acha *sexy* estar fazendo uma coisa da qual deveria realmente se envergonhar.) Estranho para você, rapaz, sozinho no mundo, como se fosse um gênero em si mesmo. Peter sente um escuro arrepio correr através de seu sangue, uma embriagadora dose de vergonha: por fim, algo ilícito, algo fodido e *errado*, e por essa exata razão só um pouquinho profundo. E um momento depois, quando ouve um gemido baixo que indica que Mizzy gozou (Peter não vai gozar, não está assim tão excitado, ou não se permite estar), ele fica brevemente, terrivelmente apaixonado por Mizzy, pelo próprio Mizzy e pelo mundo agonizante, pela garota de jaqueta de couro verde que parou diante do tubarão e pelas três bruxas que querem devorá-lo (de onde veio isso, *Macbeth*?) e por Bea quando tinha dois, talvez três anos, quando ela rolou a escada e não ficou envergonhada, mas real e verdadeiramente apavorada, e ele a carregou e sussurrou até ela ficar bem de novo, até ele a deixar bem.

Cidade da noite

Depois do acontecido, Peter sente uma onda de náusea por aquilo que fez: em que isso o transforma exatamente? Como pode Mizzy, único no reino dos homens, excitá-lo a tal ponto? É possível ser gay por um homem apenas?

Qual é o problema com ele? Será que toda a porra da sua vida foi uma mentira?

Entretanto, a maior surpresa para Peter é o quanto ele se sente agora enternecido, como é estranhamente solícito com Mizzy. Talvez não sejam, afinal, as virtudes dos outros que tanto apertam nossos corações, mas sim a sensação do quase insuportavelmente pungente reconhecimento quando nós os vemos no que têm de mais essencial, em sua tristeza, gula e tolice. São necessárias as virtudes também, *algum* tipo de virtude, porém não gostamos de Emma Bovary, de Anna Karênina ou de Raskolnikov porque são bons. Gostamos deles porque não são admiráveis, porque eles são *nós* e porque grandes escritores os perdoaram por isso.

Mizzy passou a tarde no loft chique da irmã, consumindo

drogas e batendo punheta. E, sim, isso é para Peter mais atraente do que qualquer determinação de sentar num jardim no alto da montanha, contemplando pedras. Agora, ele é capaz de começar a amar Mizzy, agora que não sente mais a necessidade nem de protegê-lo nem de admirá-lo.

Ocorre (ocorreu, são onze e meia agora) um interlúdio um tanto esquisito quando Rebecca chega em casa, porque Peter tem de fingir que dormiu profundamente durante horas, o que exigiu forjar uma doença bem mais aguda do que a real, o que resultou em uma tigela de sopa no jantar e nada de álcool. (A propósito, a bebida está se tornando um problema, como exatamente se pode saber?) O fato de Mizzy ter ficado claramente bastante incomodado, quem não ficaria, ao saber de repente que havia alguém em casa o tempo todo, mesmo que ele *não* tivesse comprado drogas e se masturbado... Peter representou o que esperava fosse um retrato convincente de um homem tão acabado por uma dor de estômago que estivera letárgico, apagado, proverbialmente morto, e, uma vez ressuscitado por Rebecca, ele era igual ao fantasma do pai de Hamlet, todo uma titubeante transitoriedade, a culpa devia ser da maionese daquele rolinho de peru, é, vai pedir a Uta que telefone para eles logo de manhã, agora é uma tigela de caldo para o pobre coitado e de volta para a cama, tipo, oito e meia, onde vai continuar fingindo o mal-estar (ele se sente quase plenamente bem, por sinal, o episódio digestivo limitado ao seu estado atual, normal, de uma vaga náusea) enquanto assiste a velhos episódios de *Lost*. A caminho de seu quarto, dá uma olhada rápida em Mizzy, que não parece inteiramente tranquilo; que se senta à mesa com um cálice de vinho parecendo tão jovem, tão culpado e... o quê?... trágico, trágico de um jeito que invariavelmente só os jovens, os jovens que se autoimolam (como Peter vai contar a Rebecca que Mizzy está usando drogas de novo?), qualquer um, na verdade, jovem o bastante para se acabar antes da hora; algo completamente diferente das tragédias da idade, mesmo da meia-idade, quando qualquer indício de declínio é matizado por gravidade, por ferimentos, pelo simples, enlouquecedor fracasso em permanecer jovem. A juventude é a única tragédia sexual. É James Dean entrando no seu Porsche Spider, é Marilyn indo para a cama.

Por volta da meia-noite, Peter já está há tantas horas deitado de costas como falso convalescente que desconfia que está ficando com escaras; isso é ridículo, mas ele pode estar de fato desenvolvendo alguma forma sutil de escaras *mentais*, é bem difícil para ele cuidar de si mesmo quando na verdade *está* doente; metade de um dia deitado quando está (relativamente) saudável chega muito perto do intolerável. Rebecca está dormindo a seu lado, Mizzy retirou-se para seu quarto. Peter está deitado com a esposa que respira. No outro lado da parede fina, Mizzy não faz nenhum tipo de som. Peter se pergunta: Mizzy estará deitado ali num estado semelhante, inteiramente acordado, mas absolutamente imóvel, nervoso porque o cunhado pode ter ouvido alguma coisa apesar da insistência de que estava apagado? Peter imagina brevemente os dois, Mizzy e ele, como duas efígies tumulares medievais, irmãos em armas; se Mizzy antes lembrara um guerreiro idealizado, esculpido, Peter agora vê ambos deitados em seus sarcófagos lado a lado, seguros como só os mortos podem estar, o homem mais velho e o mais novo, tombados juntos na mesma batalha travada por um pedaço de terra que é hoje, muito provavelmente, um estacionamento, ou uma galeria comercial, embora ele e Mizzy permaneçam iguais a como eram quando a terra era um prêmio sem par e os monges os enterraram, novos membros da eternidade, habitantes de um mundo vencido que não era mais fácil do que o mundo atual, mas que não era nem vagabundo nem espalhafatoso; um mundo de florestas e charcos, esparsamente povoado, no qual os homens se cortavam, se agrediam e batiam os escudos pela posse de prados ainda cultiváveis, de florestas onde deuses e monstros ainda espreitavam das sombras. Há em Mizzy algo que sugere a Idade Média, sua beleza pálida, de ossos delicados, os olhos tristes, a sensação (Peter não consegue parar de pensar nisso) de que ele é efêmero, de que é o Mistake, o Erro, ele é o fantasma menino que não consegue se ligar ao mundo com a firmeza demonstrada pela maioria das pessoas.

É claro que Peter irá contar a Rebecca que seu Irmãozinho recebeu um traficante de drogas. Como poderia não contar? Teria contado esta noite mesmo, mas... o quê? Mas havia aquela charada, fingir-se de doente daquele jeito, ser cuidado, e era sedutor ser tratado como um inválido sem o inconveniente de estar efetivamente doente. E então parece que se ele se permitiu postergar, por uma noite, a longa, angustiosa conversa com sua mulher, todas aquelas questões sobre o que fazer. Eles não podem (examinaram essa possibilidade) internar Mizzy numa clínica de reabilitação contra a sua vontade e não podem chutá-lo para fora, podem?, agora que ele está usando de novo, seria como mandar uma criança para a floresta, no entanto tampouco podem deixá-lo, podem?, não se ele está dando seu endereço a traficantes. E Mizzy, óbvio, como qualquer dependente, não tem nenhuma relação com a verdade sob qualquer forma, ele é capaz de jurar que nunca mais vai comprar drogas no loft, é capaz de tremer, chorar e implorar perdão, e isso não significaria absolutamente nada. Porra de família Taylor. Porque, vamos falar com franqueza, eles vivem para isso, adoram se preocupar com Mizzy, é o passatempo familiar, e, com efeito, tendo garantido para si essa falsa aflição, quem pode censurar Peter por querer esquecer, mesmo que por uma noite apenas, a profundidade da decepção e da preocupação de Rebecca, os desesperados telefonemas para Rose e Julie, os apelos a Peter para saber sua opinião sobre o que fazer e a probabilidade de que sua opinião, seja ela qual for, será considerada dura demais ou branda demais, porque ele não pode estar certo a respeito de Mizzy, nunca, porque não é um membro da congregação.

Peter desliza para o sono, acorda outra vez. Fragmentos de sonho se dissipam: ele tem uma casa secreta em Munique (*Munique?*), algum médico deixou lá uma mensagem. Depois retorna inteiramente, é o seu quarto, Rebecca está dormindo a seu lado.

E ele está agora, absolutamente, desesperadamente acordado à 0h23.

Sente, como às vezes acontece, como quase todo mundo deve sentir, uma presença no quarto, a respeito da qual ele só pode pensar tratar-se dos fantasmas vivos dele e de Rebecca, o amálgama de seus sonhos e sua respiração, seus cheiros. Ele não acredita em fantasmas, porém acredita em... alguma coisa. Algo viável, algo vivo, que é surpreendido quando ele acorda a essa hora, que não fica nem feliz nem triste de vê-lo acordado, mas que reconhece o fato porque foi interrompido em suas meditações noturnas, incipientes.

Hora para uma vodca e um comprimido para dormir.

Sai da cama. Rebecca faz aquela coisa de um movimento no sono, aquela sutil mas palpável retirada para dentro de si mesma, o ligeiro tremor dos dedos, a reacomodação da boca, gestos que indicam que, embora não a tenha acordado, ela entende, de alguma forma, no sono, que ele está saindo da cama.

Ele sai do quarto. Está no meio da sala quando vê: Mizzy parado, nu, na cozinha, olhando pela janela.

Mizzy se volta. Ouviu a aproximação de Peter. Fica parado com firmeza sobre os dois pés, os braços ao lado do corpo, e Peter pensa por um instante no Homem Visível, aquele modelo de plástico transparente com os órgãos internos coloridos, construído amorosamente por ele aos dez anos e que, para sua cabeça de dez anos, parecia tocado pelo divino. Para ele, talvez os anjos fossem assim, esqueça camisolas e cabelos ondulados, um anjo devia ser imaculadamente transparente, um anjo ficaria parado na sua frente exatamente como o Homem Visível, como Mizzy agora, se oferecendo, nem implorando nem se exibindo, simplesmente presente, nu, e real.

"Oi", Mizzy diz baixinho.

"Oi", Peter responde. Ele continua se aproximando. Mizzy tão imóvel e descontraído como um modelo numa aula de modelo vivo.

Tudo bem, isso é esquisito, não é? Peter continua andando, o que mais pode fazer? Mas alguma coisa está rolando, certo? Há essa sensação (não pode ser verdade, mas mesmo assim) de que Mizzy está esperando por ele.

Peter entra na cozinha. Mizzy está parado bem no meio, entretanto o espaço é grande o suficiente para Peter passar em torno dele, apertado, sem tocar nele, nem fazer um esforço complicado para evitar o toque. Serve-se de um copo de água na pia, porque tem de fazer alguma coisa.

"Como você está?", Mizzy pergunta.

"Melhor. Obrigado."

"Não consegue dormir?"

"Não. Você também?"

"Não."

"Tenho Rivotril no banheiro. Francamente, sou um grande fã de vodca com Rivotril em momentos como este. Quer um? Quer dizer, quer as duas coisas?"

Opa, espera aí, ele acaba de oferecer drogas para um viciado.

"Vai contar pra ela?", Mizzy pergunta.

"Contar o quê?"

Mizzy não responde. Peter recua, enquanto toma a água da torneira e avalia aquele rapaz nu que parece estar parado na sua cozinha: os discretos cordões de veias que descem, preguiçosos, um em cada bíceps; as placas do abdome, rosadas, claras, sem pelos e, projetando-se de um modesto emaranhado de pelos púbicos castanhos, a coisa em si, respeitável, bastante grande, mas não pornograficamente grande, a ponta arroxeada pela penumbra. Ali estão as pernas musculosas capazes de subir uma montanha com facilidade, e ali estão os pés surpreendentemente quadrados, vagamente como os de um urso.

Contar o que pra ela?

Mizzy tem o bom senso de deixar o silêncio assentar, e Peter não tem a habilidade, nem a vontade, após alguns segundos de quietude, de insistir na ignorância. Para falar a verdade, não tem força para isso.

"Acho que tenho de contar", ele diz.

"Eu preferia que não contasse."

"Claro que você preferia."

"Não só por minha causa. Não só por isso. Você sabe tão bem como eu. Minhas irmãs enlouquecem e não faz a menor diferença."

"Quando você começou de novo?"

"Em Copenhague."

Passe por cima, por enquanto, do impensável privilégio desse rapaz, cujos pais continuam a mandar os cheques, que tranquilamente para em Copenhague ao regressar do Japão. Tente não odiá-lo por causa disso.

"A pergunta 'por quê' seria inteiramente absurda?", Peter fala.

Mizzy suspira, um doce som agudo, não diferente do nobre suspiro particular que Matthew aperfeiçoou tantos anos antes.

"É uma pergunta perfeitamente válida. Só que realmente não tem resposta."

"Quer ajuda para parar de novo?"

"Posso ser sincero com você?"

"Por favor."

"Não agora. Por algum tempo." Ele ergue as mãos com as palmas em concha perto do rosto, como se fosse beber água nelas. Diz: "É sempre tão ridículo dizer para alguém que nunca usou: você não entende".

Peter hesita. "Ridículo" no mínimo. Que tal ofensivo, insultuoso? E a insinuação de que "alguém que nunca usou" é um sujeito triste, pequeno, parado na plataforma, com roupas convencionais, enquanto o ônibus vem chegando? Ainda agora, depois de todas as campanhas publicitárias, depois de tudo o que aprendemos sobre como a coisa fica realmente ruim e pior, há o glamour da autodestruição, imperecível, duro como um diamante, como algum maldito talismã antigo que não pode ser destruído por nenhum meio conhecido. Mesmo assim, *mesmo assim*, os que se rendem podem parecer que estão mais complexamente, mais perigosamente sintonizados com a tristeza e, sim, a impossível grandeza. São românticos, malditos; nós simplesmente não conseguimos nos excitar da mesma maneira com os sóbrios e sensatos, os obstinados empreendedores, por todo o bem que fazem. Nós não os adoramos com o especial desprezo que conseguimos votar aos viciados e transgressores. Claro que ajuda (não vamos nos deixar levar) se você é um príncipe como Mizzy, e tem efetivamente alguma coisa de valor para destruir.

É de admirar que os Taylor sejam obcecados por esse rapaz? O que seriam sem ele? Um velho acadêmico que publicou dois livros nada notáveis (a evolução do ditirambo para a oratória falada, alguns prognósticos até hoje ignorados sobre a cultura grega em Micenas), uma mulher que está ficando inofensivamente caduca (obsessão com economia e reciclagem, associada de uma maneira estranha a uma completa indiferença à sujeira doméstica) e três filhas adoráveis que estão se dando bem (Rebecca), *muito* bem de um jeito ligeiramente suspeito (Julie) e nem mal nem bem (Rose).

Peter diz para Mizzy: "Realmente não dá para responder a um argumento desses".

E, a propósito, o que aconteceria se Rebecca saísse do quarto agora? Você entende, não, que a minha única opção seria contar tudo para ela? E que pareceria muito estranho você aí parado nu desse jeito, não importa o que eu diga a ela.

Rebecca não disse uma vez: *Eu desconfio que Mizzy é capaz de qualquer coisa*? Ela não disse isso com uma combinação de raiva e reverência?

"Eu sei", Mizzy responde. "Tudo bem."

Tudo bem?

Mizzy apoia as pontas dos dedos de ambos os lados do maxilar. Piedosamente. O jovem penitente a proclamar sua indignidade.

Ele diz: "Eu sinto que estou vendo o mundo... ir em frente sem mim. E, sabe?, por que não? Mas eu não faço. A menor ideia do que fazer. Pensei durante tanto tempo que bastava eu dizer não para todas, sabe, más ideias óbvias, como a escola de direito, que a ideia boa simplesmente acabaria aparecendo. Só que estou me dando conta de que é assim que velhos fracassados e tristes começam. Quer dizer, primeiro você é um fracassado bonitinho, depois...".

Ele ri, um soluço longo e baixo de riso.

Peter diz: "Parece prematuro se desesperar".

"Eu sei. Sei mesmo. Mas este é um momento ruim para mim. Lá no santuário, eu caí, não sei, em algum tipo de poço, exatamente o que não devia acontecer. Eu... era como se eu tivesse começado a ver a natureza transitória das coisas, a ausência serena no meio do mundo, mas não era reconfortante. Me fez sentir vontade de me matar."

De novo, um lance de riso-choro.

"Seria uma reação exagerada", Peter diz. Porra, de novo, aquele desejo de ser duro mas compassivo que acaba parecendo leviano e duro.

"Não me faça parecer melodramático", Mizzy diz. "O que eu quero dizer é o seguinte. Estou no fio da navalha. Não posso dizer para mim mesmo que o que eu preciso é ir para um santuário melhor, ou para um santuário em outro país. Não tenho mais ilusões. Preciso de um pouco de ajuda para aguentar agora. Não tenho orgulho nenhum disso. Se eu me sentir legal durante um tempinho, se eu conseguir sair da cama e fazer alguma coisa de manhã, se você puder me ajudar a arrumar um trabalho, eu paro. Já parei antes. É uma coisa que eu sei que posso fazer."

"Você está me colocando numa posição impossível."

"Estou te pedindo uma pequena ajuda. Eu sei, *sei*, mas é tarde demais para mudar isso, e realmente, realmente, e sinceramente, preciso de uns meses. Preciso de uns meses me sentindo bem, para poder começar uma vida. E, bom. Você sabe o que vai acontecer se contar para Rebecca."

Ele sabe.

"Promete que não manda mais entregar aqui?", pergunta.

"Com toda a certeza."

É, sei.

"Não estou dizendo que sim. Estou dizendo que vou pensar a respeito."

"É só disso que eu preciso. Obrigado."

E com isso ele se inclina e beija Peter, de leve, semicastamente, nos lábios.

Opa.

Mizzy se afasta, oferece um sorriso charmosamente envergonhado que deve ter sido praticado ao longo dos anos.

"Desculpe", ele diz. "Meus amigos e eu, nós todos nos beijamos, não tem nenhuma intenção nisso."

"Entendo."

E no entanto. Mizzy está se oferecendo?

Peter tira do freezer a garrafa de Stoli. Serve uma dose para cada um. Que diabo. Então vai ao banheiro buscar o Rivotril. Mizzy sabe esperar na cozinha. Quando Peter volta, com um comprimidinho azul para cada um, eles dizem "tim-tim" e engolem os comprimidos com a vodca.

Há algo excitante nisso. Não que Peter queira fazer sexo com Mizzy, mas há algo excitante em engolir uma dose de vodca com outro homem que por acaso está nu. Há a fraternidade subjacente da coisa, um aspecto de vestiário, o grave, masculino, erotizado zumbido amoroso que não é tanto sobre a carne, e sim sobre a comunidade. Você, Peter, dedicado como é a sua mulher, compreendendo tão completamente as preocupações *muito verdadeiras* dela com Mizzy, entende também o desejo de Mizzy de seguir seu próprio rumo, para evitar aquele turbilhão de ardor feminino, aquela sensação distintamente feminina de que *você vai se curar*, queira ou não.

Os homens se unem porque são comuns, talvez seja simples assim.

E, tudo bem, por um momento, um momento, Peter imagina que ele também pode ser um Rodin, não, é claro, o rapaz da Idade do Bronze, mas tampouco um burguês de Calais; podia ser um Rodin ainda não descoberto, avançando em idade, porém não curvado, uma figura de severa dignidade, firme em pé, sem armas, peito nu (seu peito ainda é musculoso, a barriga está em ordem). Com um pano enrolado na ilharga, como convém a um senhor de sua idade (que não está muito feliz com o estado da própria bunda).

"Obrigado de novo", Mizzy diz. "Por pensar."

"Hum."

"Boa noite."

"Boa noite."

Mizzy volta para seu quarto. Peter fica olhando-o ir, as costas flexíveis e as esferas pequenas, perfeitas, da bunda. Se há alguma coisa gay em Peter, diz respeito muito provavelmente a bundas, o lugar onde o outro homem é mais vulnerável, quase infantil; o lugar onde seu aspecto parece menos constituído para uma luta.

Vá em frente. Diga baixinho, dentro de sua cabeça. Linda bunda, irmãozinho.

E agora, pobre criatura, para a cama.

O sono, porém, não volta. Depois de uma hora inteira, ele sai da cama, procura suas roupas. Rebecca se mexe.

"Peter?"

"Shh. Está tudo bem."

"O que você está fazendo?"

"Estou melhor."

"Mesmo?"

"Deve ter sido uma intoxicação alimentar. De repente, estou bom outra vez."

"Volte para a cama."

"Quero tomar um pouco de ar. Volto em dez minutos."

"Tem certeza?"

"Tenho."

Ele se inclina, dá-lhe um beijo, inala o cheiro de sono, adocicado, suado que ela emana.

"Não demore muito."

"Não demoro."

Mais uma vez, o picador de gelo no peito. Alguém que se preocupa com você, e por quem você faz a mesma coisa... Casados não vivem mais do que solteiros, porque são mais bem cuidados? Alguém não fez um estudo a respeito?

Ele ouviu o irmão da esposa batendo uma punheta, provavelmente não existe nenhum jeito de poder contar isso para ela, nunca, não é?

Vai ter de contar para ela que seu irmãozinho precioso está usando drogas de novo. Como e quando ele fará isso?

Vestido, ele sai para a penumbra da sala grande. Não há nenhuma luz debaixo da porta do quarto de Mizzy.

Hora de sair, só sair, entrar no mundo noturno.

E ali está ele, deixando a maciça porta de aço da rua se fechar com um clique quando passa, parado no alto dos três degraus de ferro que levam até a calçada quebrada. Nova York é, sob esse aspecto ao menos, talvez a cidade mais estranha do mundo, tantos dos seus habitantes vivendo como eles (nós) entre os restos não reconstruídos das fabriquetas e casas de cômodos do século XIX, as ruas esburacadas e irregulares enquanto logo ali, virando a esquina, há uma butique da Chanel. Vamos às compras em meio ao entulho, como os refugiados mais ricos e mais bem vestidos do mundo.

A rua Mercer é vazia àquela hora da noite. Peter vira na direção dos bairros, depois segue para leste pela Prince, na direção da Broadway, sem ir a nenhum lugar específico, mas na direção geral da parte mais ruidosa, mais jovem da cidade, para longe da sonolência jamesiana filtrada de West Village. Tem consciência do próprio reflexo patinando em silêncio a seu lado pelas vitrines escuras das lojas fechadas. A semissossegada rua Prince dura menos de um quarteirão e ele está atravessando a Broadway, que, é claro, nunca é sossegada, embora esse trecho em particular seja um centro de compras tipo *Blade Runner*, com gigantescas lojas de cadeias suburbanas, suas Navy, Banana e Etcetera, que se reproduziram aqui tão perfeitamente como em qualquer lugar, não obstante aqui exponham seus produtos a um infindável tumulto de tráfico a buzinar; aqui suas portas são abrigos noturnos improvisados que os residentes adormecidos atapetaram com papelão e cobertores. Peter espera no sinal, atravessa no meio de uma pequena congregação daqueles pedestres noturnos da baixa Broadway, os casais e quartetos (estão sempre em número par) que não são velhos nem moços, claramente prósperos, que Saíram à Noite e parecem estar se divertindo bastante, vindos, ele supõe, de algum lugar próximo, depois de deixar o carro em algum estacionamento público e jantar, e agora estão indo para... onde? Pegar o carro, voltar para casa. O que mais? Não são pessoas com encontros inescrutáveis. Também não são turistas, não têm nada a ver com os embasbacados ruidosos de um lugar como Times Square, mas não moram aqui, moram em Jersey ou em Westchester, são burgueses saídos diretamente da Amsterdam do século XVII, atravessam a Broadway como se fossem donos da porra da avenida, acham que parecem alegres, que são criaturas da noite, têm vizinhos que *eles* consideram burgueses porque não gostam de dirigir em Nova York, porque preferem ficar em casa (neste momento, a mulher com o xale de *pashmina* franjado que está de braço dado com o Botas de Caubói explode numa gargalhada, uma grande gargalhada como um cacarejo, uma risada de três martínis, que dá para ouvir a mais de um quarteirão), enquanto os moradores do centro de Manhattan, os que sobrevivem seus dias aqui, andam mais modestamente, com certeza mais quietos, mais como penitentes, porque é quase impossível conservar uma sensação de húbris quando se vive aqui, a pessoa é com muita frequência confrontada com a alteridade dos outros; o húbris decerto está mais ao alcance quando se tem uma casa, um gramado e um Audi, quando você entende que no fim do mundo terá um segundo a mais de existência porque a bomba não terá sido dirigida a você, a onda de choque o leva embora, porém você não é o alvo principal de ninguém, você se retirou da zona de morte, ninguém leva um tiro onde você mora, ninguém é esfaqueado por um psicopata qualquer, a maior ameaça à sua atual segurança pessoal é a possibilidade de o filho do vizinho invadir sua casa e roubar medicamentos controlados do seu armário de remédios.

Agora que está no outro lado da Broadway, agora que o Botas de Caubói e sua esposa risonha viraram para o sul, não é que ele vai se aproximando passo a passo do Lower East Side, um bairro em que ele próprio é tão *burguês* quanto eles; tão pedante e anonimamente vestido como eles? Ele mora num maldito loft em SoHo (até que ponto *isso* é anos 1980?), ele tem *funcionários*, e um pouco adiante, a meros quarteirões de distância, bandos de jovens metaleiros que moram em apartamentos sem elevador compram cerveja com seus últimos tostões. Você imagina, Peter, que suas botas Carpe Diem pareceriam menos erradas para eles do que as Tony Lamas daquele sujeito pareceram a você? Há um castigo para todo mundo, onde quer que se esteja, e quanto mais longe do seu feudo você vai, mais ridículos são seu cabelo, sua roupa, suas opiniões, sua vida. A uma distância que se pode facilmente cruzar a pé, há vizinhos que poderiam muito bem estar em Saigon.

Para o centro da cidade então. Para Tribeca.

O que Bea estará fazendo esta noite?

A vida dela tem sido, há mais de um ano, um mistério, e Peter e Rebecca decidiram (erradamente?) não pressioná-la por mais detalhes do que ela se dispuser a fornecer. Por que ela deixou a Tufts? Queria algum tempo livre, passou a vida inteira na escola. Tudo bem, isso fazia sentido. Por quê, de todos os lugares que há para ir e de todas as coisas que há para fazer, ela escolheu trabalhar num bar de hotel em Boston, e viver com uma mulher mais velha e estranha que parece não ter nenhuma ocupação? Essa pergunta não foi nem feita nem respondida. Eles acreditam nela, escolheram acreditar nela, embora a fé possa se revelar rala e pouco consistente ao longo do tempo. Preocupam-se, claro que se preocupam, mas, pior do que isso, começaram a se perguntar que erro cometeram, como contaminaram sua filha com algum vírus do espírito que levou vinte e um anos para desabrochar.

A história com Mizzy deixou Peter ligado.

Ele pega seu BlackBerry e tecla a discagem rápida para Bea.

Quem atende é a secretária eletrônica. Ela atende o telefonema de Rebecca aos domingos, ainda guarda um carinho pela mãe, ou, ao menos, uma sensação de dever. Fora isso, nunca atende. De vez em quando, eles deixam recados, esperam a ligação dos domingos.

Esta noite, ele precisa deixar uma mensagem. Precisa deixar um buquê em sua porta, sabendo que as flores vão murchar e morrer ali.

O telefone toca cinco vezes. E então, conforme esperado:

"Oi, aqui é a Bea, por favor, deixe um recado."

"Querida, é seu pai. Estou ligando só mesmo para dizer alô. E para dizer..."

Antes que ele possa dizer eu te amo, ela atende.

"Pai?"

Meu Deus.

"Oi. Oooi. Achei que você estava trabalhando."

"Me mandaram para casa. Não tinha movimento hoje."

"Bom. Tudo bem?"

Ele está tão nervoso como na primeira vez em que telefonou a Rebecca para convidá-la para sair. O que está acontecendo aqui? Bea não atende um telefone dele desde que deixou a faculdade.

"Então fiquei em casa", diz ela. "Vendo tevê."

Ele está na Bowery agora. Onde está Bea? Em algum apartamento de Boston que ele nunca viu: ela deixou claro que não quer ser visitada. Impossível não imaginar um tapete velho de lã grossa e manchas no teto. Bea não ganha muito (recusa ajuda dos pais) e ela, filha legítima de estetas, raramente cuida de um quarto além de pregar com percevejos na parede um ou dois pôsteres. (Será que ainda pendura Flannery O'Connor posando com um pavão e a beleza suave do rosto de Kafka, ou mudou para outras paixões?)

"Desculpe ligar tão tarde", ele diz. "Achei que estaria trabalhando."

"Você ligou porque achou que eu não ia atender."

Pense depressa.

"Acho que pensei apenas em deixar um recado de amor para você."

"Por que hoje?"

Ele está seguindo a Bowery na direção de uma faixa que não é bem Chinatown nem Little Italy.

"Eu poderia ligar qualquer noite, meu bem", ele falou. "Acho que estou com você na cabeça hoje."

Não, estamos *sempre* com Bea na cabeça. Por que essa conversa convencional está dando a sensação de um encontro que não está indo bem?

"Está acordado até esta hora", ela diz. "Está na rua? Pelo som parece que você está na rua."

"Estou, não consegui dormir, saí para dar uma volta."

O ponto em que ele está agora concentra apenas armazéns e lojas pouco prósperas fechadas, luz da rua escura brilhando no calçamento empoçado, um silêncio tão intenso que dá para ouvir um rato investigando um saco de papel na calçada; nossa cidade da noite... não, não temos cidade da noite, a verdadeira sordidez, as putas-travestis e os traficantes pra valer (não aqueles tristes *Ecstasy, coca, fumo?* pelos quais a gente passa no parque) foram expulsos, por Giuliani, pelos ricos; Nova York ainda tem seus trechos desolados, mas raramente se corre perigo real, ninguém vendendo heroína naquele prédio destripado ali adiante, nenhuma beleza deturpada de olhos bêbados vai se oferecer para chupar seu pau por vinte dólares. Esta não é nenhuma cidade da noite e você, meu senhor, não é Leopold Bloom.

"Nós dois temos insônia", ela diz. "Puxei de você."

Ela diz isso como um gesto de afinidade ou está recitando uma maldição?

"Estou me perguntando por que será que você está me ligando hoje", ela acrescenta.

Ah, Bea, pega leve, estou penitente, estou mendicante, à sua mercê. A andrajosa desolação através da qual Peter está caminhando se transforma bem depressa nos arredores de Chinatown, a única nação-estado de Manhattan, a única que está crescendo sem recorrer a cafés e barzinhos descolados.

"Eu disse", ele fala, "estava pensando em você. Queria deixar uma mensagem."

"Está chateado com alguma coisa?"

"Não mais que o normal."

"Porque parece que você está chateado com alguma coisa."

Peter combate a vontade de desligar. Quem tem mais poder que um filho? Ela consegue ser tão cruel quanto deseja ser. Ele não. Mesmo assim, o impulso é forte. *Você é sem graça, não é muito inteligente, você é uma decepção.* Não pode fazer isso. Nunca fará.

"Estou chateado com as coisas de sempre. Dinheiro e o fim do mundo."

Não pode ser arrogante com ela, nem mesmo *tentar* usar sua ironia sedutora. É com sua *filha* que está falando.

Ela diz: "Quer que te mande um cheque?".

Ele leva um minuto para perceber que ela está brincando. Dá uma risada. Ela ri também, ele não escuta por causa do tráfego.

Está atravessando o canal agora, na direção do brilho de néon e fluorescência de Chinatown propriamente dita, com seus vermelhos e amarelos berrantes; é como se o azul não existisse no espectro ali. Nunca apagam as luzes, nunca removem os patos cozidos com pescoço espichado que balançam nas vitrines; como se aquele lugar possuísse uma vida local permanente, insaciável, que pode ser povoada ou não. Um luminoso amarelo diz simplesmente BOM, só isso, e oferece como demonstração um tanque escuro cheio de bagres preguiçosos, cor de lama.

"Tudo bem", diz ele, "o irmão de sua mãe é dose."

"Ah, sei, Dizzy.* Ele é um moleque mimado."

"Isso aí."

"Então você achou que seria um bom contraste conversar com sua filha feliz e bem adaptada."

Por favor, Bea. Tenha dó.

Filhos não têm. Têm? Você, Peter, tinha dó dos seus pais?

Nem ele acredita na risada baixa que se força a dar. "Eu jamais exigiria de você algo tão impossível como feliz ou bem adaptada", diz ele.

"Então você fica sossegado de pensar que eu sou infeliz."

O que é que *há* com você?

"Como está Claire?" A colega de apartamento.

"Ela saiu. Estou sozinha com os gatos."

Ele diz: "Não quero ver você infeliz, Bea. Só não quero ser um daqueles pais que insistem que seus filhos sejam, sabe?, felizes o tempo todo".

* *Dizzy* significa "tonto, com a cabeça girando". (N. T.)

"Vamos ter uma conversa séria?", ela pergunta. "Está a fim de uma conversa séria?"

Não. É a última coisa que ele quer.

"Claro", diz ele. "Se você quiser."

"Tem certeza?"

"Tenho."

Ela diz: "Tenho pensando muito em *Nossa cidade*".

"Sua peça do último ano no colégio."

Ela fez o papel da mãe. Não o de Emily. Tire isso da cabeça.

Bea no ensino médio: uma garota sólida e irônica com duas amigas chegadas (hoje na Brown e em Berkeley), nenhum rapaz à vista, uma vida jovem não desprovida de prazer, mas de nenhuma forma voluptuosa, nem um pouquinho despreocupada. Longas conversas sérias com as amigas, depois lição de casa e cama. Ela e as amigas (os nomes delas eram Sarah e Elliott, sólidos e irônicos também, Peter gostava delas, será que nunca mais vai ver as duas?) iam ao cinema nos fins de semana, às vezes compravam suéteres pesados e botas de amarrar que apreciavam. Foram patinar uma vez, na pista Wollman, mas nunca mais.

"Você parecia tão desinteressado", ela diz.

"Não. Achei que você estava ótima."

"Não me disse isso. Ficou falando no telefone o tempo todo. Tinha de fechar algum contrato."

Não disse? Ficou? Não. Ela está inventando. Ele disse, sim, que ela estava ótima, usou essa palavra exata e não estava falando ao telefone depois da peça, que tipo de homem faria uma coisa dessas?

Ela diz: "Sei que é meio patético, mas tenho pensado nisso ultimamente".

"Não é assim que eu me lembro."

"Eu, sim. Me lembro perfeitamente."

É uma *falsa lembrança*, Bea. Você acredita, acredita mesmo de fato, que eu iria à coxia depois da peça de formatura da minha filha, falando com um cliente pelo telefone?

"Nossa", é o melhor que ele consegue dizer. "Olhe, se eu não disse o que era certo, desculpe. Achei mesmo que você estava ótima."

"Eu não estava. Essa é a questão. Eu não sabia representar e nós dois sabíamos disso."

"Não, não", Peter diz, "acho que você é capaz de qualquer coisa."

"Não precisa mentir pra mim, pai. Não preciso que faça isso."

Será verdade? Claro que ela não é capaz de *qualquer* coisa, ninguém é, e, sim, você enxerga as limitações da própria filha, você participou de *reuniões* de pais e mestres a respeito das limitações dela, a paternidade não o deixa cego, mas você a ama, ama de verdade, e a encoraja, diz a ela (eu disse, juro que eu disse) que ela estava ótima como a mãe em *Nossa cidade*.

Ela percebeu o que havia por baixo, não? Foi mais esperta do que deixou transparecer.

Como dizer a Bea que você não se importa com as limitações entre aspas dela? Ele diz: "Eu te amo. Amo tudo o que você faz".

Ela responde: "Acho que você fez o melhor possível para me amar. Acho que você tinha suas próprias limitações".

Porra.

Por isso você é tão virginal, por isso a sua cama continua estreita? É por isso que você parece querer tão pouco?

Chinatown se dissipa e é substituída pela massa marrom e taciturna de Tribeca, o silêncio solene de suas ruas.

Ao contrário de Chinatown, a quietude noturna de Tribeca não dá a sensação de expectativa. Se, durante umas poucas horas todos os dias, é possível cortar o cabelo, comprar uma lâmpada ou jantar por trezentos dólares, isso não parece ter muita importância, não para as amplas ruas banhadas de luz, nem para a retidão cinza e marrom dos prédios, que vêm recortando exatamente essas mesmas formas no céu de Nova York desde antes de seu avô nascer.

Ele diz: "Claro que tinha. Claro que tenho".

Ele é tomado por um estranho, mas quase luxuriante desejo de que ela grite com ele, que diga tudo, que o ataque e ofenda, o acuse de todos os crimes conhecidos, assim ele não precisará continuar respondendo, não terá de batalhar pela próxima frase.

Ela não vai fazer isso, vai? Ela está, sempre esteve, magoada e introvertida, tendendo como uma criança a cantar uma musiquinha delicada e raivosa que ela mesma inventou.

Mas Bea diz o seguinte: "Detesto ser a filha machucada que precisava de mais atenção. Não é isso que eu quero ser".

"O que eu posso fazer para ajudar?", ele pergunta. "O que eu posso fazer?"

Por favor, Bea, me perdoe ou me esfole. Não consigo continuar muito mais com essa conversa.

Mas você tem de ter essa conversa. Durante o tempo que ela pedir por isso.

Ela diz: "Você enxerga muito bem, mas não tenho certeza se escuta direito".

Ela estava com essa frase pronta, não estava?

Agora, ele está no Distrito Financeiro, o Mundo de Edifícios, onde, a não ser pela Bolsa de Valores propriamente dita, é impossível saber o que acontece dentro de qualquer um deles, a não ser que tem sempre Algo a Ver com Finanças, é igual a Mizzy querendo fazer Alguma Coisa nas Artes; é o efeito que têm essas cidadelas, sejam elas o New Museum ou esse monólito titânico, vagamente anos 1970, pelo qual está passando agora, essa inescrutabilidade proposital, essas alturas de fortaleza: o que não levaria os jovens e perdidos a parar em sua base e pensar: eu gostaria de Fazer Alguma Coisa Aqui?

Mizzy ficou sentado diante de suas pedras sagradas. Agora ele quer fazer parte de alguma coisa que o reconheça.

"Estou ouvindo agora", ele diz. "Estou bem aqui. Continue falando comigo."

Bea diz: "Eu estou bem, pai, não sou nenhum caso perdido. Tenho um emprego e um lugar para viver".

Ela não insistia sempre, desde pequena, que estava bem? Ela não foi sempre sem reclamar para a escola e teve duas ou três amigas e viveu o mais privadamente possível por trás das paredes finas de seu quarto?

Ele e Rebecca não ficaram aliviados de ela parecer exigir tão pouco?

Ele diz: "Já é alguma coisa, não é?".

"É. Já é alguma coisa."

Segue-se um silêncio.

Meu Deus, Bea, até que ponto você quer que eu me sinta culpado?

E agora, finalmente, Peter chega ao Battery Park. À esquerda está o brilho ártico da balsa de Staten Island, mais à frente os altos pilares de granito negro com os nomes dos mortos na guerra. Ele passa pelo amplo corredor formado pelos memoriais. *Moby Dick* vai estrear no Battery Park, o começo é "Me chamo Ismael" e depois... impossível lembrar além da mais vaga paráfrase... há uma frase musical sobre esse *molhe* atacado pelas ondas, não é isso, mas ele se lembra de que a terra é chamada de *molhe*. Ali está, em frente, a confusão negra do porto, enredada em luz, dá para sentir o cheiro de repente, claro, é o cheiro marítimo urbano, água salobra misturada com óleo, mas excitante mesmo assim, aquela eterna, materna selvageria que, embora comprometida por toda a merda jogada naquela água do mar específica, água do mar permanece, e esta faixa de terra, este *molhe*, é o único ponto de contato com algo maior e mais potente do que ela própria.

"Acho que você sabe o que é melhor para você", diz ele. Será que ela identifica a impaciência em sua voz?

Peter se detém junto ao parapeito. Ali está tudo: a ilha Ellis e a Estátua da Liberdade em pessoa, aquela aparição verde-acinzentada, tão envolta em significado que transcende o significado. Você ama (se é que ama alguma coisa dela) aquele verdor e aquela constância, o fato de que ela ainda está ali, embora você não a veja há vários anos. Peter fica parado com a água escura salpicada de brilhos se movendo em corcovas, não ondas, apenas rolos de água que se quebram contra o muro marítimo com som profundo, *flum*, e espirra a sua modesta tiara de espuma.

Bea não responde. Está chorando? Se está, ele não consegue ouvir.

Ele diz: "Por que não vem um pouco para casa, *baby*?".

"Eu estou em casa."

Ele fica parado no parapeito, com o oceano negro se atirando aos seus pés e as luzinhas natalinas de Staten Island enfileiradas no horizonte como se tivessem sido colocadas lá para delinear o limite entre o escuro e opaco oceano e o escuro céu sem estrelas.

"Eu te amo", ele diz, desamparado. Não tem nada mais útil que isso.

"Boa noite, pai."

Ela desliga.

Um objeto de valor incalculável

Quando Peter acorda na manhã seguinte, está sozinho na cama. Rebecca já está de pé. Ele se levanta, fora de foco de tanto sono, veste a calça do pijama que não usa normalmente, mas não vai ficar andando nu com Mizzy por ali (não importa a política de Mizzy nesse departamento).

Na cozinha, Rebecca acabou de fazer um bule de café. Ela também está vestida com um penhoar de algodão que não usa normalmente (eles não são discretos em casa, ou pelo menos não desde que Bea foi para a faculdade).

Mizzy, ao que parece, ainda está dormindo.

"Achei que devia deixar você dormir", diz Rebecca. "Está se sentindo melhor?"

Ele vai até ela e lhe dá um beijo afetuoso. "Estou", diz. "Deve ter sido uma intoxicação."

Ela serve duas xícaras de café, uma para ela e uma para ele. Está parada quase exatamente no mesmo lugar em que Mizzy estava na noite anterior. Um pouco abatida de sono, um pouco pálida. Ela faz aquela coisa matinal semimiraculosa de a certo ponto dos preparativos para o dia... se transformar em si mesma. Não é questão de colocar maquiagem (ela não usa muita), mas sim uma concentração de energia e vontade que a ilumina e enrijece, dá cor a sua pele e aprofunda seu olhar. É como se, durante o sono, alguma capacidade fundamental sua de ser bonita e viva se desvanecesse; como se no sono ela liberasse todas as faculdades de que não precisa, e, a principal entre todas, sua vivacidade. Nesses breves interlúdios matinais, ela não só parece dez anos mais velha, como muito ligeiramente a velha que provavelmente irá se tornar. Ela tem todo o jeito de que será magra e ereta, um pouco formal (como se a dignidade na velhice exigisse certo distanciamento cordial), culta, lindamente vestida. Para Rebecca, um aspecto de *não se transformar em sua mãe* envolve a renúncia à excentricidade.

Ele diz: "Telefonei para Bea ontem à noite".

"Telefonou?"

"É. Temos esse filho postiço nas mãos, de repente senti vontade de falar com nossa filha de verdade."

"O que ela contou?"

"Está brava comigo."

"Grande novidade."

"Ela especificamente me censurou por falar no celular durante a apresentação de *Nossa cidade*."

Por favor, Rebecca, fique do meu lado nessa.

"Não me lembro disso."

Deus te abençoe, meu amor.

Ela leva a xícara de café aos lábios, parada onde seu irmão estava parado, quase como se quisesse demonstrar a semelhança e a diferença. Mizzy, que pode ser fundido em bronze, e Rebecca, sua irmã gêmea mais velha, que com a idade adquiriu uma pátina humana, uma insinuação de cansaço que nunca é mais aparente do que a essa luz da manhã; uma profunda, comovente humanidade que é a fonte e o oposto da arte.

"Ela jura que sim. Não se convence do contrário. Eu não falei, falei?"

"Não."

Obrigado.

"Sei que é um pouco cedo para uma conversa dessas de manhã", ele diz.

"Não, tudo bem."

"Só que. Eu não sabia o que dizer. Como digo a ela que essa lembrança a que se apegou nunca aconteceu?"

"Acho que ela pensa que você seria capaz de falar no celular enquanto ela está participando de uma peça."

"Acha que eu seria?"

Rebecca toma seu café, contemplativamente. Ela não vai tranquilizá-lo, vai? Ele não consegue deixar de notar como ela está pálida, o emaranhado duro do cabelo matinal riscado de branco.

Morra jovem, permaneça bonita. Blondie, certo? Pensamos nisso como um fenômeno moderno, toda a coisa da juventude, mas realmente, pense em todos os grandes retratos, alguns de séculos atrás. Aquelas deusas de Botticelli e Rubens, a Maja de Goya, Madame X. Pense na *Olímpia* de Manet, que chocou a sua época, porque o artista pintou sua amante com a voluptuosa adulação geralmente reservada às boas moças aristocráticas que posavam para representações de deusas. Quase ninguém sabe mais, e ninguém se importa, com o fato de que Olímpia era a puta de Manet; embora seja bem possível que, na vida real, ela fosse tola, vulgar e não completamente higiênica (sendo Paris o que era nos anos 1860). Ela é imortal agora, é uma beldade histórica, pois foi lavada e escovada pela atenção de um grande artista. E, tudo bem, não se pode deixar de notar que Manet não escolheu pintá-la vinte anos depois, quando o tempo havia começado a fazer seu trabalho. O mundo sempre venerou o começo. Foda-se o mundo.

Rebecca diz: "É difícil ser pai".

"Quer dizer?"

"Como acha que Mizzy está se saindo?", ela pergunta.

Mizzy?

"Bem, eu acho. Nós não estávamos falando de Bea?"

"É. Desculpe. É que eu estou com a sensação de que esta é uma espécie de última chance para Mizzy."

"Ele não é nossa filha."

"Bea é mais forte que Mizzy."

"É?"

"Ah, Peter, talvez não seja hora dessa conversa ainda. Eu tenho de me vestir, tenho aquela teleconferência hoje."

Sua revista, *Blue Light*, está afundando. Algum herói de Montana, quem diria, está considerando a possibilidade de salvá-la.

"Argh."

"Eu sei."

Claro que os dois discutiram isso. Será melhor simplesmente ceder, ou resolver acreditar nesse benfeitor saído do nada quando ele diz que não quer que a revista mude? Considere a história. Quantas nações ricas tomaram nações menores e as deixaram intocadas?

Porém, o que se quer é que as coisas sobrevivam. Porém, ninguém quer ser um editor de quarenta anos desempregado nesse mercado.

E como é ficar com a frase "nesse mercado" chacoalhando na cabeça?

"O que você acha?", ele pergunta.

"Sei que vamos dizer sim, se ele estiver real e verdadeiramente interessado. Seria estranho demais deixar a revista morrer."

"É."

Os dois tomam café. Ali estão eles, pessoas de meia-idade trabalhadoras, com decisões a tomar.

Se vai contar a ela sobre Mizzy, agora seria o momento lógico, não seria?

Ele diz: "Eu vou sair hoje, olhar os Groff".

"É um golpe de sorte."

"É. Mas eu ainda sinto a coisa um pouco... esquisita."

"Hum."

Ela não é a maior fã de sua meticulosidade estética. Está do lado dele, mas não é louca por artes plásticas; aprecia, entende (quase sempre), entretanto não consegue, ou não quer, ou não *precisa*, eliminar certo pragmatismo; certa sensação (como a de Uta) de que Peter pode ser delicado demais para seu próprio bem, de que ele não é nada ambíguo no *negócio* das artes, e, talvez mais objetivamente, de que é duro demais consigo mesmo, nunca aceitou representar um artista por razões puramente cínicas ou comerciais. *Você entende, velho maluco Peter Harris,* entende que o gênio é *raro*?, quero dizer, por definição, e uma coisa (uma coisa boa) é procurar com ardor e empenho o Contrato de Fato, mas outra (uma coisa não tão boa) é ficar obcecado com isso, atravessar seus quarenta anos ainda contemplando a suspeita de que ninguém é grande o bastante, nenhum artista ou objeto pode ser perdoado por ser, bem, humano no primeiro caso e intratavelmente *coisa* no segundo. Lembre-se, quantas vezes a grande arte do passado não pareceu grande de início, quantas vezes, nem pareceu arte; o quanto é mais fácil, décadas ou séculos depois, adorar isso, não porque seja, de fato, grande, e sim porque ainda está aí; porque os inevitáveis pequenos erros e infelicidades tendem a regredir num objeto que sobreviveu à guerra de 1812, à erupção do Krakatoa, à ascensão e queda do nazismo.

"Seja como for", diz ele, "há crimes piores do que tentar vender uma urna de Groff para Carole Potter."

Que é uma coisa que *ela* podia ter dito a *ele*, não?

O que ela diz é: "Tem toda a razão". Ela não está realmente pensando nele no momento, e por que deveria? A revista que ela ajudou a fundar e desenvolver com amor está a ponto de sair de cena ou se tornar propriedade de algum estranho que se diz patrono das artes, embora pareça viver em Billings, Montana.

"Me faz um favor?", ele pergunta.

"Claro."

"Pode me dizer que eu não fui o pior pai do mundo?"

"Não. Você não chegou nem perto de ser o pior pai do mundo. Você fez o melhor que pôde."

Ela o beija castamente no rosto. E pronto.

Fazem as abluções matinais como a dupla de dança em que se transformaram. Ele faz a barba enquanto ela toma uma ducha, e quando ela termina o banho deixa o chuveiro ligado porque ele leva para se barbear exatamente o mesmo tempo que ela para tomar banho. Impossível não ver isso às vezes como uma montagem cinematográfica, *Cenas de um casamento* (ah, nossa corrupta imaginação), o lavar, escovar e se vestir sincronizados. Peter é quem se veste mais depressa e mais decididamente, o que é engraçado, porque ele é mais vaidoso e nervoso do que ela, no entanto para os dias de trabalho ele tem aquela coisa masculina a seu favor, apenas escolher um de quatro ternos. Rebecca põe a saia justa escura (Prada, quase imoralmente cara, mas ela tinha razão, usa a saia há anos) e o *cashmere* fino cor de café, pergunta a ele se está bem, ele diz que sim, mas ela troca mesmo assim. Ele entende: apesar de ser apenas uma reunião por telefone, ela está procurando a roupa da sorte, aquela que a fará se sentir mais fortemente ela mesma. Ele a deixa revirando o guarda-roupa, dá uma checada rápida na cozinha em busca de algo que sirva como café da manhã, resolve comprar um sanduíche Starbucks no caminho, volta ao quarto, onde Rebecca se trocou e está usando um vestido azul-marinho colado no corpo, que, pelo que vê em sua cara, também não está certo.

"Boa sorte hoje", ele diz. "Me ligue quando terminar a reunião."

"Você sabe que eu ligo."

Um beijo rápido e ele sai, passa pela porta fechada atrás da qual Mizzy está dormindo ou fingindo dormir.

As duas horas seguintes na galeria são ocupadas com o que Peter e Rebecca passaram a chamar de Dez Mil Coisas (como, por exemplo, ao telefone: "O que você está fazendo?"; "Ah, você sabe, as Dez Mil Coisas"), abreviação dos dois para a avalanche de e-mails, telefonemas e reuniões, o jeito de um contar ao outro que está ocupado, mas não quero incomodar você com detalhes, que não interessam nem *a mim*. Tudo o que Uta oferece em relação a Groff é o que Peter chama de seu olhar alemão, uma altivez teutônica que insinua exatamente o que pretende insinuar: *Carinha, o mundo é grande, por que não pensa em se atormentar com coisas que são realmente importantes?* Ele gostaria de ter com Uta a conversa que gostaria de ter tido com Rebecca, sobre concessões e sua recusa em descartar a questão como trivial; ele gostaria, de fato, de ter conversado com Uta sobre a ideia de fechar a galeria e fazer... alguma outra coisa. Sem a menor ideia do quê, claro. E por que Uta, que gosta bastante de seu trabalho, que se contenta com arte boa, por que ele acha que Uta iria querer ter com ele essa conversa específica?

Ainda assim. Seria bom ter essa conversa com alguém, e, a despeito de Bette ser a candidata mais provável, ele não pode realmente conversar sobre isso com Bette. Ele não está nem um pouco convencido de que o desânimo dela com o mundo da venda de obras de arte não seja uma defesa: quem quer ir embora de uma festa quando ela está animada? Se Bette finge estar desgostosa com o comércio, isso não atribui menor força à sua doença? Será que ele realmente quer ser um homem mais jovem, saudável, reclamando por ficar na mesmíssima festa que ela está sendo forçada a deixar?

Pega o trem expresso L para Bushwick (a época da limusine ficou para trás; mesmo que você pudesse pagar, não ia ficar bem parar na porta do estúdio de um artista como a porra do rei da Inglaterra, não agora, não quando você está pedindo a seus artistas que entendam que, apesar de seus esforços, a obra pode simplesmente não ser vendida, porque, como você já deve ter ouvido, a economia internacional está em colapso). Peter ainda usa os ternos porque, bem, ele já *tem* os ternos, e passou a ser conhecido por certa suavidade estilo Tom Ford. É um ato de equilibrista, na verdade. Você quer garantir a seus artistas que não está esbanjando dinheiro à custa deles e quer ao mesmo tempo que saibam que você está se saindo bem, que não está pedindo que eles permaneçam a bordo de um navio afundando. Então. Você vai lendo o *Times* no trem L, em direção a Bushwick, com seu terno preto e camisa polo cinza-carvão.

E então, na parada da avenida Myrtle, sobe a escada no meio da multidão rala que marcha, sitiada. Onze e quarenta da manhã no trem L rumo a Canarsie não é hora nem destino daqueles que estão prosperando no mundo e lá em Bushwick propriamente dita, que poderia ficar nos limites da Cracóvia (onde ele admite nunca ter estado), ou em qualquer uma das numerosas cidades antes soviéticas da Europa Oriental sombriamente industriais sob o regime soviético e que continuam sombrias e industriais, mas também cada vez mais decrépitas. Assim como uma cidade da Europa Oriental, Bushwick é desolada, não há como negar. Bushwick claramente nunca pretendeu ser nada *além* de desolada. Sempre foi periférica e utilitária. As pessoas que construíram esses armazéns, estacionamentos e depósitos com certeza jamais imaginaram que alguém fosse realmente morar ali.

Ali nos distritos externos, neste pelo menos, nos vemos na presença de uma postura diferente de intenções fundadoras. Se Manhattan brotou fundamentalmente das ambições grandiosas da Era Industrial, todos aqueles musculosos deuses do trabalho sustentando colunas, todos aqueles edifícios encimados por zigurates subindo para o céu que nunca parece tão próximo, Bushwick (só Deus sabe a idade que tem) é inerentemente modesta e despojada, destinada (ao que parece), desde o início, a ser remota, destinada ao fabrico de pequenas peças, ao armazenamento de bens, como o tio de uma família ilustre, velho, forte, mas limitado, um homem decente sem beleza nem imaginação que tem algum trabalho menor e nunca se casou, que é conhecido, embora não exatamente amado.

E, no entanto, por trás de alguns desses armazéns envidraçados, há artistas trabalhando.

Peter se pergunta: será que o semiexílio urbano marginal em que vive a maioria dos artistas afeta sua produção? Claro, espera-se que artistas jovens sejam pobres, eles *devem* ser pobres, mas artistas pobres de outras gerações moravam em Paris, Berlim ou Londres, moravam em Greenwich Village. Até que ponto os impressionistas chegaram a existir porque, de repente, era tão mais barato viver em Paris do que ir para a Provence? Sim, viviam economicamente, porém moravam em lugares de beleza real, mesmo que às vezes decadentes; moravam em cidades ou aldeias que podiam ser rústicas, no entanto não tinham dúvidas acerca de sua anciã profundidade, seus direitos de majestade não apenas de existir, mas de exultar em seus próprios hábitos e particularidades. Bushwick, por outro lado, está bem perto de lugar nenhum. Seus fundadores não cuidaram muito dela; até os prédios mais antigos foram obviamente construídos da forma mais barata e rápida possível. Num lugar como esse, não pareceria um pouco... *tolo* pensar em produzir uma obra séria que aspire, mesmo que imperfeitamente, à profundidade? Quer dizer, olá, Bushwick, olá, América, olá, *mega-shopping centers* e pátios de engorda. Eis aqui minha tentativa de rasgar a pele da mortalidade e ver o que brilha do outro lado. Até que ponto *isso* pode ser embaraçoso?

Quem foi que disse que um país tem o governo que merece? A América tem a arte que merece?

E aqui, agora, está o prédio de Groff, na metade de um quarteirão industrial na Wilson. Peter aperta a campainha.

"Oi, cara." Uma voz que é um violoncelo grave, potente.

"Oi." Peter Harris, cara legal.

O porteiro eletrônico zune e ele está dentro do saguão, se a palavra é essa para aquilo: está dentro da fluorescência tremulante da entrada de linóleo bege, despida de qualquer traço característico a não ser um quadro-negro desbotado atrás de um vidro rachado no qual, com letras adesivas brancas com falhas intermitentes, estão listados os nomes de pequenas companhias que provavelmente morreram há pelo menos vinte anos.

Peter entra no elevador, que, estranhamente, tem cheiro de chiclete de uva. A porta se fecha asmaticamente e Peter pensa na possibilidade de ficar preso naquela coisa, ou, pior, despencar pouco antes de chegar ao sexto andar, onde fica o estúdio de Groff. Tente não pensar nos cabos roídos por ratos que estão erguendo sua carcaça, por favor, Deus (ou qualquer divindade possível a que Peter se volta em momentos nervosos), não me deixe morrer num elevador a caminho de ver uma obra sobre a qual não tenho certeza, seria muito horrivelmente adequado: Peter Harris encontra seu fim quando se dispunha a ver um artista cuja obra não é nem primordial nem seminal, que está produzindo alguma coisa bem boa que Peter pensa ser capaz de vender.

Quando o elevador chega ao sexto andar e para, tremendo ligeiramente, a porta ainda fechada, Peter fica envergonhado ao perceber, quando a porta chia e abre, que ficou de fato com as mãos úmidas.

Abre diretamente no estúdio de Groff. O filho da puta tem o andar inteiro. Deve ser dinheiro da família. Mesmo um jovem bem-sucedido como Groff não ganha tanto assim, tão depressa.

Peter sai do elevador para uma vastidão crepuscular cheia de colunas, como um grande *foyer* de algum palácio sujo e dilapidado, tudo menos vazio (a não ser por um arranjo de estar ligeiramente surrealista, um sofá velho e batido e duas poltronas Windsor, vários tons de massa de vidraceiro e osso), luz suja entrando enviesada pelas janelas enegrecidas de fuligem. E ali, precedido pelo som dos saltos das botas nas tábuas lascadas do piso, está o próprio artista. Peter conhece o protocolo: eles nunca ficam parados na porta do elevador, esperando para cumprimentar você. O maior pecado, neste mundo, é o excesso de atenção e o desejo de agradar, embora seja claro que a maioria dos que são bem-sucedidos é assolada por ambas as coisas. Aqueles que real e verdadeiramente não se importam em geral acabam como excêntricos de cidades pequenas em algum lugar ao longo do vale do Hudson, discutindo com quem quiser ouvir sobre a integridade como única virtude que tem algum significado, se preparando perpetuamente para sua exposição anual em alguma galeria local.

E, agora, Rupert Groff.

Ele está na moda. Pálido e atarracado à maneira de um astro do rock (como alguns desses rapazes fazem, como conseguem ficar esfarrapados e fora de forma, e assim serem considerados inefavelmente *cool*?), fartos cabelos ruivos escuros despenteados, cara grande mole e enternecedora, como um Charles Laughton jovem. Usa camiseta fina como papel de seda com o logotipo Oscar Mayer, calça de trabalho Dickie cinzenta.

"Oi, oi", ele diz. Não há como negar que tem uma voz musical rica, maravilhosa. Em outra vida, provavelmente sabia cantar.

"Peter Harris. Prazer."

Ele estende a mão, que Groff aperta. Peter é um homem de terno, pelo menos vinte anos mais velho que esse menino, há um limite para a disposição a aceitar o tratamento de "oi, oi".

"Obrigado por vir até aqui", Groff diz. Ótimo, ele não é arrogante, ou pelo menos não insuportavelmente arrogante. Ou está, de alguma forma, esperando para deixar a arrogância aparecer depois.

"Obrigado por me receber."

Groff se volta e vai para a penumbra interior do loft. Peter vai atrás.

"Então", diz Groff. "Como eu disse no telefone, só tenho uns dois bronzes agora, mas são bons. São... eram da minha exposição na Bette."

Não vamos tocar nesse assunto, não ainda.

Peter diz: "E, como eu te disse, tenho uma ótima cliente, acho que ela é perfeita para um dos seus bronzes".

"Como ela se chama?"

"Carole Potter."

"Não conheço. Como ela é?"

Esperto. Mesmo para dinheiro imediato, você não quer vender seu trabalho para qualquer um.

"Ela mora em Greenwich. É eclética, mas não pedante. Tem um Currin e um Gonzales-Torres e um Ryman muito especial que ela comprou quando ainda dava para comprar."

Melhor não mencionar as coisas mais antigas, a Agnes Martin, a escultura de Oldenburg no jardim norte. A maior parte dos novos adora alguns dos mestres mais velhos e despreza outros, e não há como adivinhar qual figura venerável vai acabar sendo um deus para algum jovem artista e qual será o diabo encarnado.

"Acha que eu sou um pouco arriscado para ela?", Groff pergunta.

"A coleção precisa de mais risco e ela sabe disso. Francamente, a sua peça vai substituir um Sasha Krim."

"Essa merda é foda."

"Foda demais para Carole Potter."

Mais para os fundos dessa vastidão imersa em penumbra há uma velha cortina cor de rato pendurada numa longa barra de ferro. Groff abre a cortina e entram no estúdio propriamente dito. Ao que parece, ele resolveu, por razões que Peter não consegue nem começar a decifrar, deixar o loft com uma entrada absurdamente grande — um saguão mesmo, se preferir assim. Talvez seja um truque tipo Mágico de Oz, voltado sobretudo para visitantes como Peter, uma estratégia tipo "espere até ver o que tem atrás da cortina".

Atrás da cortina está o estúdio, uma sala rusticamente parecida com uma sala, de uns cinco metros quadrados talvez. Groff é mais organizado que alguns. Instalou uma prancha na parede na qual estão penduradas várias ferramentas, algumas bem bonitas, raspadores de arame variados, longas espátulas de madeira e implementos com cabo de madeira que parecem furadores, todos destinados à modelagem de cera e barro. O estúdio tem cheiro de cera quente, o que não só é uma delícia como estranhamente tranquilizador, como se ligado a alguma lembrança de infância, embora Peter não consiga imaginar qual atividade infantil poderia estar associada a cera quente. O primeiro oráculo de Delfos era uma cabana feita de cera de abelhas e asas de passarinhos. Talvez seja uma memória sensorial racial.

E ali, sobre uma mesa industrial de aço com pernas pesadas, o objeto em si. Uma urna de bronze de um metro e vinte, lindamente polida, com aquele tom ocre-esverdeado específico do bronze, com pé e alças, clássica no cerne, porém com proporções pós-modernistas, a base menor e as grandes argolas maiores do que qualquer artesão do século v a.C. pensaria fazer; aquele toque de cartum, de graça animal, que a resgata não só da imitação, mas de qualquer insinuação de tumba.

Tudo bem. À primeira vista, aquilo passa no teste de contexto. Tem peso e carisma. Embora gente de galeria não goste de falar disso, nem mesmo entre eles, este é um dos problemas que podem surgir: o simples fato de que numa sala branca silenciosa com piso de concreto polido quase qualquer coisa pode parecer arte. Não pode haver um único comerciante de arte em Nova York, ou em qualquer lugar, que não tenha recebido variações daquele telefonema: adoramos na galeria, mas agora parece todo errado na nossa sala. Há uma resposta-padrão: a arte é sensível ao ambiente, permita que eu vá até aí e, se não conseguirmos resolver, eu, evidentemente, recebo de volta... Mas realmente, no mais das vezes, o que acontece com a obra ao chegar a uma sala é que ela não tem potência para enfrentar uma sala de verdade, mesmo que a sala em si seja horrenda (como muitas vezes são essas salas: os ricos tendem a gostar de dourados e granito, do tecido berrante de estofados que custa três e quarenta o metro). A maioria dos membros do grupo de Peter põe a culpa nas salas, e Peter entende, as salas muitas vezes são não apenas espalhafatosas e excessivas, como têm em si aquela sensação do conquistador, e a pintura ou escultura em questão em geral entra em tais recintos como a última captura. Peter, entretanto, tem outras sensações. Ele acredita que uma verdadeira obra de arte pode ter dono, mas não deve estar sujeita a captura; que ela deve irradiar tamanha autoridade, tamanha beleza (ou não beleza) bizarra, mas segura, que não pode ser desfeita nem mesmo pelos mais ridículos sofás e mesinhas. Uma verdadeira obra de arte deve dominar uma sala, e os clientes deviam telefonar não para reclamar da obra de arte, e sim para dizer que a obra de arte os ajudou a perceber como a sala toda era um equívoco horrível, Peter poderia sugerir um designer para ajudá-los a começar tudo de novo?

A urna Groff, isso tem de ser dito, dá a sensação de um objeto capaz de se impor. Tem aquela que é a mais vital e menos descritível das qualidades fundamentais: autoridade. Você sabe assim que a vê. Certas obras ocupam espaço com uma força que está relacionada, mas não é exatamente contingente a seus méritos observáveis, enumeráveis. Isso é parte do mistério; é parte do motivo pelo qual as amamos tanto (aqueles que as amam). A Capela Sistina não é apenas pintada com brilhantismo, ela é como uma orquestra. Aquilo preenche a capela de um jeito que uma superfície plana pintada não conseguiria, em termos das leis comuns da física.

Peter chega mais perto. Ali na lateral da urna estão gravados protestos e atrocidades, organizadamente como hieróglifos, feitos numa caligrafia controlada, ligeiramente feminina. No lado voltado para Peter: no mínimo quarenta termos de gíria repulsivos para o órgão sexual feminino; a letra de uma canção de hip-hop realmente vil, misógina e homofóbica (Peter não a reconhece, nunca chegou nem perto dessa onda); uma parte do Manifesto da Sociedade pela Eliminação dos Homens de Valeria Solana (isso ele reconhece); algo repreensível de um website sobre um sujeito à procura de mulheres em aleitamento que possam esguichar em sua boca.

É boa. É tortuosa, mas é boa. Não só tem presença como objeto, tem conteúdo real, o que é raro hoje em dia... isto é, conteúdo além de um fragmento de um fragmento de uma ideia simples. Refere-se simultaneamente a toda a história embelezada com que fomos formados, todos aqueles tributos artísticos aos Grandes Monumentos e Duras Vitórias que passam por cima de todo o gemido sofrimento humano, e ao mesmo tempo se apresenta como uma coisa que poderia, pelo menos em teoria, sobreviver até o futuro distante, um futuro em que (seg. Groff) outras verdades domésticas serão ditas.

Talvez Peter tenha sido duro demais consigo mesmo. E com Groff.

E, sim, Peter já está preparando seu discurso para Carole. Na verdade, de fato, é mais que boa. É uma ideia corporificada, uma única ideia, que pode não levar a lugar nenhum em particular, mas que não é, na superfície, uma ideia ingênua ou estéril. Além do que, coisa rara hoje em dia, é uma peça bonita. São valores.

"Esta é ótima", diz Peter.

"Obrigado."

Carole ficará (provavelmente) estimulada pelo feminismo implícito em toda essa maliciosa misoginia. Ela não é fã de chocar por chocar (o que ele estava pensando ao vender o Krim para ela?), mas esse objeto sereno e venenoso lhe dará algo sobre o que falar, algo a explicar aos Chen e aos Rinx, a qualquer um.

"Gostaria muito de mostrar essa peça a Carole. Ainda acha que seria uma boa ideia?"

"Acho, sim."

"E contei que ela gostaria de ver a peça na casa dela, assim, *imediatamente*."

"Dona Carole está acostumada a conseguir tudo que quer, hã?"

"Bom, é. Mas ela de fato não é nada babaca. E se conseguirmos instalar a peça no jardim dela até amanhã, no dia seguinte será vista por Zhi e Hong Chen. Como você deve saber, os Chen são grandes compradores."

"Vamos lá."

"Vamos."

Os dois ficam parados lado a lado um momento, olhando a urna.

"Meus rapazes vão passar lá amanhã para tirar o Krim", Peter diz. "Podiam levar a urna com eles quando forem."

"O que Krim coloca *dentro* daquelas coisas?", Groff pergunta.

"Piche. Resina. Crina de cavalo."

"E..."

"Francamente, ele é um tanto reservado sobre alguns dos seus materiais. Eu respeito isso."

"Ouvi dizer que alguns respingaram por todo o chão do MoMA."

"Por isso é que o chão lá é de concreto. Então. Que tal se eu passar aqui com minha equipe amanhã ao meio-dia?"

"Você trabalha depressa, Peter Harris."

"Trabalho. E posso prometer a você que Carole não vai regatear o preço. Não quando estamos fazendo um favor como esse."

"Ótimo. E meio-dia está bom", Groff diz.

"Levo papéis e essas coisas comigo amanhã. Não estou pedindo que simplesmente me empreste a peça."

"Claro que não."

"Então, tudo bem", Peter diz. "Prazer em conhecer você."

"Igualmente".

Apertam-se as mãos, voltam para o elevador. Groff deve viver num espaço relativamente minúsculo atrás do estúdio: o loft não pode ser assim *tão* grande. É uma espécie de fetiche, principalmente com esses caras mais novos: o espaço de trabalho é impecável e a área de moradia tende ligeiramente para o quarto de adolescente. Peter se pergunta às vezes se isso é uma compensação pelo toque de efeminação implícito no ato de se declarar um artista plástico.

Groff chama o elevador. E agora, um breve momento de estranheza. Disseram o que tinham de dizer, e o elevador é *leeento*.

Peter: "Se Carole resolver se comprometer com a peça, tenho certeza de que ela adoraria que você fosse até lá para ver a obra instalada".

"Eu sempre insisto nisso, na verdade. Está em experiência para nós dois, certo?"

"Certíssimo."

"Jardim, certo?"

"É muito bonito. Não dá para ver a água do jardim, mas dá para escutar."

Groff assente com a cabeça. O que acontece com essa transação, por que a sensação de... por que dá a sensação de *o quê*? É sempre assim.

É a parte dos negócios, claro que é isso, Velázquez, Leonardo, todo mundo fazia negócios. Mesmo assim, há algo em Groff, na maioria dos artistas, sensatez, em relação ao comprador e ao trabalho. Certa calma de proprietário. E será que Peter preferiria trabalhar com histeria, preferiria trabalhar com malucos que exigem demonstrações de reverência, que se ofendem com observações inocentes, que acabam se recusando no último minuto a se separar da obra? Claro que não.

Mas mesmo assim. E então.

Enquanto o elevador sobe gemendo, Peter se dá conta: em termos históricos, quase todos eles, Groff e tantos outros, são membros de uma agremiação, os entalhadores e moldadores; eles são os que pintam os fundos e aplicam a folha de ouro. Sentem orgulho disso e distanciamento de seu trabalho. Têm o conjunto usual de hábitos nebulosos, mas não são malucos, são trabalhadores, têm de ser nessa economia. Investem suas horas. Dormem à noite.

Onde estão os visionários então? Será que se perderam todos para as drogas e o desânimo?

As portas do elevador se abrem resmungando e ele entra.

"Até amanhã ao meio-dia então", ele diz.

"Isso. Até."

O elevador desce gemendo para o térreo.

Peter sente as entranhas se retorcerem. Porra, vai ficar enjoado *de novo*? Apoia-se na fórmica cor de cadáver do elevador para se equilibrar. E pensa, de repente, sem querer, em Matthew, agora só ossos e trapos do terno com que foi enterrado debaixo do chão ainda duro de um cemitério de Milwaukee (abril é inverno por lá). É demais, não é, todos esses rapazes e moças ganhando bem ou ganhando mal, mas vivos, vivos, quando Matthew era (tudo bem, *talvez* fosse) mais bonito, mais inteligente, mais dotado que qualquer um deles; Matthew, cuja graça e beleza não só não o salvaram como (ideia terrível) ajudaram a aniquilá-lo; que agora jaz na tumba a mil e quinhentos quilômetros de Daniel (onde quer que Daniel esteja enterrado, deve ser em algum lugar na Costa Leste), que no fim das contas foi o verdadeiro e duradouro amor de Matthew; sua verdadeira Beatrice (por isso Peter insistira no nome?), dois rapazes apagados do mundo ainda não realizados, ainda nascentes; e quem sabe o que isso quer dizer, se quer dizer alguma coisa, Peter não consegue suportar isso, o nada em que a vida de Matthew resultou, quem sabe se isso não tem a ver com a necessidade que Peter sente de ajudar, se ajudar ele pode, na procriação de algo maravilhoso, algo que irá durar, algo que dirá ao mundo (pobre mundo esquecido) que a evanescência não é tudo; que alguém algum dia (um arqueólogo alienígena?) terá de saber que nossa luta e nossos encantos existiram, que nós fomos amados, que nós tivemos sentido não apenas nas coisas que deixamos para trás, mas em nossa carne orgulhosa, mesmo que perecível?

Piso térreo. Você sobreviveu ao elevador. Pegue seu estômago enjoado e saia para a South Williamsburg, leve a si mesmo de volta à vida.

Essa noite, Rebecca encontra Peter na porta com um beijo inesperadamente apaixonado.

"Como foi?", Peter pergunta. Porra, esqueceu de ligar para ela durante o dia. Mas ela também não ligou para ele, ligou?

"Nada mau", ela diz. Ao falar, Rebecca entra na cozinha, para preparar seus martínis pós-trabalho. Ainda está com a roupa de trabalho. Ela, na verdade, voltou à saia justa preta e ao *cashmere* marrom.

"Acho que ele vai fazer uma proposta", ela diz. "Acho que vamos aceitar."

Peter, conforme o hábito, começa a se despir enquanto vaga pela sala. Sapatos chutados longe, paletó tirado e jogado sobre o encosto do sofá.

Espere um pouco.

"Mizzy está em casa?", ele pergunta.

Ela põe os cubos de gelo dentro da coqueteleira. Som adorável, reconfortante.

"Não. Vai jantar com uma amiga. Alguma garota que ele conhece."

"Nós... estamos preocupados com isso?"

"Um pouco preocupados com tudo. Ele me parece ligeiramente estranho desta vez."

Ele está usando drogas de novo, Rebecca. Peter Harris, conte para sua esposa que o irmãozinho dela voltou às drogas. Faça isso. Agora.

"Mais estranho que o normal?", ele pergunta.

"Não sei dizer." Ela verte a vodca na coqueteleira e uma dose grandinha de vermute. Ultimamente eles têm carregado no vermute: estão chegados a martínis de verdade, estilo anos 1950.

Ela diz: "Ele me deixou uma mensagem no telefone, disse que ia jantar com uma antiga namorada e não queria atrasar".

"Isso não parece suspeito."

"Eu sei. Mesmo assim, fico pensando, será que 'antiga namorada' é algum código? Você sabe para quê. Tenho de parar com isso, não acha?"

"É, talvez."

"Eu era assim com a Bea?"

"Bea não usava drogas."

"Será que a gente sabe ao menos isso? Quer dizer, como poderíamos saber?"

"Bom. Bea está viva e bem."

"Bea está viva. Rezo todo dia para que ela esteja bem."

"Bem ou melhor."

"Ahn-hã."

Rebecca sacode o gelo e a bebida e de repente vira uma deusa que ainda dá para o gasto, trabalhando numa taverna em algum lugar, precisaria trocar de roupa, mas olhe para ela, olhe a segurança macha com que ela sacode aquele drinque, imagine como ela o levaria para a sala dos fundos de algum bar e comeria você em cima das caixas de cerveja, tranquilamente apaixonada e assustadoramente experiente, e então, depois de vocês dois gozarem, ela voltaria para o trabalho, lhe daria uma rápida piscada maliciosa de detrás do balcão e diria que o próximo drinque é por conta da casa.

Ela serve os martínis em duas taças. Peter entra na cozinha para pegar o dele, desabotoando a camisa.

"Sabe o que me deixa realmente puta com Mizzy?", ela pergunta.

"O quê?"

"Eu estou falando dele há cinco minutos e ainda não te contei nada da proposta."

"Me conte da proposta."

Ele pega a taça do balcão. Batem os copos, bebem. Nossa, está delicioso.

"O principal é o seguinte. Esse sujeito, Jack Rath, parecia muito melhor no telefone do que a gente esperava. É terrível, eu sei, mas acho que nós esperávamos que ele fosse soar como John Huston em *Chinatown*."

"E em vez disso ele soou como..."

"Em vez disso ele soou como um homem inteligente, articulado, que morou em Nova York, Londres e Zurique e, sabe como é, *Júpiter*, e agora voltou a sua cidade natal, Billings, Montana."

"Porque..."

"Porque é bonita, as pessoas são boas, e a mãe dele está começando a sair na rua com três chapéus na cabeça."

"Convincente."

"Ele parecia convincente *mesmo*. Eu tenho de ficar lembrando a mim mesma que quase todo mundo está sempre mentindo."

"Sabe-se por que ele quer comprar a revista?"

"Ele quer que Billings se transforme num centro plausível para as artes, mesmo que remoto. Como Marfa."

Ah, rá.

"Então", Peter diz, "deixe eu adivinhar. Ele quer mudar todo o processo para Billings."

"*Não*. Isso não foi falado, tenho certeza de que ele sabe que isso seria impossível. Não. Em troca de nos manter vivos, ele quer que a gente dê uma assessoria sobre cultura e, ah, sabe. Dê uma ajuda para ele planejar como *começar* alguma coisa."

Ela olha para ele, preocupada, toma um gole do drinque. *Peter, não fique puto com isso.*

"O que ele quer que vocês comecem?"

"Bom, essa é a questão, não é?" Ela é paciente, ela é calma. E, tudo bem, está *lidando* com ele, porque sabe como ele pode ficar com toda a ideia de "começar alguma coisa cultural" em Billings ou em *qualquer parte*, toda aquela avaliação, aquele bafejo do corporativo. "Alguma coisa cultural" não deveria começar por si mesma?

Mas Rebecca não quer uma briga, não agora, não hoje.

Ela diz: "Não pode ser um festival de cinema, nem uma bienal, nada assim. É um desafio interessante. Nós todos resolvemos pensar na coisa como um desafio interessante".

Peter ri, ela ri de volta, tomam grandes goles de seus drinques.

Ela diz: "Parece um preço pequeno. Não acha?".

"Acho."

"Você foi ao estúdio daquele cara?"

"Fui. O trabalho é bom."

"Bom?"

"Vamos pedir alguma coisa, estou morrendo de fome."

"Chinesa ou tailandesa?"

"Você escolhe."

"Tudo bem, chinesa."

"Por que não tailandesa?"

"Vá se ferrar."

Ela aperta a tecla de discagem rápida do celular, pede o de sempre. Frango com gengibre, camarões com molho de feijão-preto, vagens secas fritas, arroz integral.

"Então", diz ela, ao desligar. "*Bom?*"

"Não, não, muito melhor que isso. São incríveis. Têm uma presença que não aparece de fato nas fotos."

Peter baixa a calça, sai de cima dela, deixa-a amontoada no chão. Vai pegar suas roupas depois, não é algo que espere que a mulher faça, mas adora atirá-las para qualquer lado. Ele é agora um homem com reservas, que veste cueca branca (pequena mancha de xixi, mal perceptível).

"Acha que Carole Potter vai querer uma?", ela pergunta.

"Eu não ficaria nem um pouco surpreso. Ela devia comprar uma. Groff vai durar bastante, eu acho."

"Peter?"

"Hã?"

"Nada."

"Não faça isso."

Ela toma o drinque, faz uma pausa, respira, toma de novo. Está pensando em alguma coisa para dizer, não está? Alguma coisa diferente do que ia dizer?

"Eu estou com uma sensação horrível sobre o Mizzy", diz ela. "E estou com medo de esgotar sua paciência."

Às vezes, quando fala sobre Mizzy, volta o seu sotaque da Virgínia há muito desaparecido. *Ah'm afrayd ah'm exhausting yer pay-shunce.*

"Eu te informo."

"É que... não sei se é imaginação minha ou não. Mas posso jurar que já tive essa sensação lá atrás quando ele. Sofreu o acidente."

Vocês, Taylor. Nunca vão abandonar essa palavra "acidente", não é?

"Que tipo de sensação?", Peter pergunta.

"Uma sensação. Não me faça agir como *mulher* com você."

"Descreva a sensação. Estou curioso. Como cientista, sabe?"

"Hum. Bom, Mizzy sempre fica com esse *ar* em torno dele quando está para fazer alguma coisa que ele acha uma boa ideia e todo mundo sabe que na realidade é uma ideia muito, muito ruim. É difícil descrever. É quase como aquelas auras que as pessoas que têm enxaqueca veem. Vejo uma aura assim em torno dele."

"E está vendo isso agora?"

"Acho que estou, sim."

Peter conhece a litania. Mizzy indo a Paris aos dezesseis anos porque tinha de conhecer Derrida. Mizzy começando a usar heroína logo depois de ser trazido de volta de Paris, e subsequentemente fugindo da reabilitação para ir a Nova York fazer sabe Deus o quê. Mizzy, depois de um ano em Manhattan, recolhido e mandado a repetir seu terceiro ano e depois o quarto ano em Exeter, onde de repente se transformou em aluno-modelo e dali seguiu para Yale, onde continuou a se dar muito bem durante os primeiros dois anos, mas depois, sem nenhum aviso, desistiu e foi trabalhar numa fazenda no Oregon. Mizzy de volta a Yale, e de volta às drogas, cristal dessa vez. Mizzy sofrendo um "acidente" com o Honda Civic de seu amigo. Mizzy infeliz em Yale, recusando-se a se formar. Mizzy fazendo o Caminho de Santiago a pé. Mizzy voltando a Richmond, onde ficou em seu antigo quarto durante quase cinco meses. Mizzy livre do cristal (disse ele que sim). Mizzy indo ao Japão, para ficar sentado junto a cinco pedras.

Mizzy saiu, a partir dos doze anos de idade, com as seguintes pessoas conhecidas (sem falar das desconhecidas): uma engraçada, estrepitosa garota estilo Charlotte Gainsbourg que estava no segundo ano do ensino médio quando Mizzy estava no nono ano; o estranho e breve período da imensa popularidade de Mizzy no ensino médio, durante o qual ele saiu com a garota mais convencional, bonita e rica que se pode imaginar e foi eleito representante da classe de formatura; a garota negra em Yale que é agora, ao que parece, uma assessora de alto nível na administração Obama; o (possível) caso com um jovem professor de letras clássicas que levou a um segundo caso (mais confiavelmente possível) com um rapaz estudioso, de motocicleta, do seminário de letras clássicas; a bela garota mexicana de Mazatlán que quase não falava inglês e que (o que também é apenas possível) deixou Mizzy com o coração partido de um jeito que ninguém conseguiu antes ou depois; o período de celibato bem ruidosamente proclamado quando voltou a Yale (quem fica dependente de cristal e continua celibatário?); a elegante poeta sul-americana que provavelmente tinha mais que os quarenta anos que dizia ter; a garota inexplicavelmente meiga e alegre à qual se seguiu, é lógico, a bela psicopata jovem inglesa que tentou queimar a casa e conseguiu torrar o lado leste da varanda... isso é o que ele e Rebecca sabem. Impossível dizer quantas mais existiram.

E depois há Mizzy ali, agora, hospedado com Rebecca e Peter, e que hoje saiu com uma amiga sem nome.

"O que você acha que a gente deve fazer?", Peter pergunta.

Ela acaba o martíni. "Além do que *estamos* fazendo? Me diga você."

Tem alguma coisa aí, não tem? Como exatamente a instabilidade de Mizzy virou culpa de Peter?

"Não faço ideia."

"Gosto de saber que ele está falando sério em trabalhar com artes. Você me faria um favor?"

"Diga."

"Você levaria Mizzy com você à casa de Carole Potter amanhã?"

"Se quiser que eu leve, claro."

"Eu sei como ele é. É capaz de ficar enfiado aqui durante semanas, dizendo que quer trabalhar com arte e, de repente, ficamos sabendo que conheceu alguém que está juntando uma tripulação para velejar até a Martinica. Poderia ajudar se você mostrasse a ele um pouquinho do que significa estar envolvido com artes."

"Tentar vender um objeto muito caro a uma pessoa muito rica seria bem indicativo, sem dúvida."

"O que eu penso é que, quanto menos ilusões ele tiver, melhor. Se ele detestar o que vai ver amanhã, posso conversar e dizer a ele que deveria pensar em se envolver com alguma outra coisa. Quer dizer, alguma coisa diferente de mais um projeto amalucado."

"Não acredito que você falou 'projeto amalucado'."

"Estou virando Lucy Ricardo, não posso evitar."

"Não vejo por que Mizzy não vá gostar de Carole Potter."

"Então vai ser bom. Ei, vou tomar mais um martíni. Quer?"

"Claro."

Rebecca começa a preparar a segunda rodada. Talvez tomem uma terceira. Talvez os dois precisem se embebedar hoje, porque seus dias estão no mínimo um pouco duros demais para eles e porque ambos sabem que Mizzy pode muito bem estar por aí atrás de uma mortezinha ou outra.

"Rebecca?", Peter diz.

"Hum?"

"Eu fui realmente tão péssimo assim com Bea?"

"Bea não foi uma filha fácil. Nós dois sabemos disso."

"Não é essa a questão."

"Não. Você esteve presente em tudo. Ajeitava as cobertas dela toda noite."

"Pelo menos é o que eu me lembro."

Ela serve outro drinque a ele.

"Você fez o melhor possível com ela. Não fique se castigando tanto, ok?"

"Fui duro demais com ela?"

"Não. Tudo bem. Pode ser que você tenha esperado dela mais do que ela era capaz de dar."

"Não é assim que eu me lembro."

Por que Bea e Rebecca estão tão decididas a fazer dele a causa de tudo o que deu errado?

"Ela ficava furiosa comigo também, sabe? Porque às vezes eu atrasava para ir buscá-la na escola. E eu já achava incrível conseguir pegar a menina."

"Seria covardia demais achar que ela está passando por uma fase?"

"Eu acho que ela está passando por uma fase. Mas a gente se preocupa mesmo assim."

"É. Se preocupa."

"E tudo bem", ela diz, "francamente estou um pouco cansada de me preocupar com os jovens e confusos."

Não, não está. Não está realmente cansada de se preocupar com Mizzy. Mizzy é, aparentemente, mais dramático. O que você está, o que ambos estamos, é exaustos com nossa filha. Você e eu podemos, no mínimo, meter a mão nos problemas de Mizzy, podemos compreendê-los. A determinação de Bea de viver essa vida miúda, de usar uniforme de hotel e viver com uma moça mais velha e estranha que parece estar boiando e não ter namorados (identificáveis)... É mais difícil, não é? Quando ela não conta nada além dos fatos mais simples.

"Quanto a Mizzy."

"Ahn-hã?"

O que exatamente ele quer dizer? Quer contar a ela toda a história, embora parte de *toda a história* tenha alguma coisa a ver com sua preocupação de que ela e suas irmãs estejam, com a melhor das intenções, determinadas a arruinar Mizzy, a salvá-lo tornando-o normal, e que... porra... não, claro que ele não devia estar usando drogas de novo, mas não devia estar voltando a ser sensato também; ele não devia estar *entrando* em alguma coisa "promissora", quer dizer, é certo que isso o manteria em maior segurança, mas será que "segurança" é o melhor que ele pode conseguir no mundo? Bea está em segurança, a seu modo. Mizzy é, talvez seja, quem sabe?, uma daquelas raras criaturas inquietas, inteligentes e complexas o suficiente para ganhar do inescrutável Poder Que Existe, uma vida que não o esgote.

E então Peter vai sugerir a sua esposa que seu querido irmãozinho tenha a permissão de continuar usando drogas? Certo. Será que vai colar?

"Nada", diz Peter. "Vai ser gostoso Mizzy ir junto amanhã. Carole vai gostar dele, ela é bem chegada a rapazes inteligentes e bonitos."

"Quem não é?"

Ela joga um punhado de cubos de gelo na coqueteleira.

E então, Peter sabe. Ele não vai ser o sóbrio responsável. Não vai contar a Rebecca que seus temores são, ao menos até certo ponto, justificados.

Rebecca, me desculpe, se puder. Estou me afogando em minha própria culpa. Temo que eu possa morrer disso.

Naturalmente, Peter está acordado na cama quando Mizzy volta. Duas e quarenta e três. Não cedo, mas não tarde, não pelos padrões dos jovens de Nova York. Fica ouvindo os passos macios, cuidadosos de Mizzy, que atravessa o loft até seu próprio quarto.

Onde você esteve?

Com quem esteve?

Está andando com passinhos de gato porque não quer nos acordar, ou porque está de barato? Está pondo um pé adiante do outro deslumbrado pelas tábuas do assoalho eletrificadas, brilhantes?

Mizzy entra em seu quarto. Antes de se despir para deitar, começa a falar, baixinho demais para ser ouvido. Por um momento, Peter imagina que ele trouxe alguém com ele, mas não, está apenas falando com alguém no celular. Peter escuta o subir e descer da voz de Mizzy, no entanto, através da parede de papelão, não consegue discernir o que ele está dizendo. Está, porém, falando com alguém às... 2h58.

Peter fica deitado, aflito. Quem é, Mizzy? Seu fornecedor? Acabou a sua, você vai se encontrar com ele na esquina dentro de vinte minutos? Ou é alguma garota que você comeu, está tentando deixá-la menos infeliz pelo fato de tê-la abandonado na cama?

Ok. Tudo bem. Ele prefere que seja o fornecedor. Não quer

que Mizzy esteja saindo com moça nenhuma. Não quer porque, diga, quer ser dono de Mizzy, do jeito que quer ser dono da arte. Quer a cabeça torta de Mizzy, quer sua autodestruição, quer seu... *ser* ali, tudo ali, não quer vê-lo desperdiçando isso com ninguém, com toda a certeza não com uma garota que pode dar a ele uma coisa que Peter não pode. Mizzy está se transformando... Peter não é burro, é louco, mas não burro... em sua obra de arte favorita, uma performance se quiser, e Peter quer colecioná-lo, quer ser seu mestre e confidente (lembre-se, Mizzy, posso apitar a qualquer momento), Peter não quer que ele morra (realmente não quer), mas quer ser o curador de Mizzy, quer ser seu único... seu único. Isso basta, de fato.

Matthew está numa cova em Wisconsin. Bea muito provavelmente está sacudindo um coquetel para algum empresário lascivo.

Melhor tomar dois daqueles comprimidos de Rivotril esta noite.

Galinhas premiadas

O trem da Grand Central para Greenwich atravessa um pântano de subúrbios que, melhor dizer, gostaríamos de esconder de um visitante extraterrestre. Olhe ali, aquele é o Jardin du Luxembourg, e permita, por favor, apresentar um pequeno edifício que chamamos de Mesquita Azul. Não preste nenhuma atenção no que circunda a cidade de Nova York: os muros encimados por rolos de arame protegendo fábricas que podem ou não ter fechado, os sombrios monólitos de projetos residenciais, os pequenos interlúdios fragmentados de florestas juncadas de lixo destinados, ao que parece, a demonstrar a fragilidade da natureza diante do descaso humano. Os olhos do dr. T. J. Eckleburg não estariam inteiramente deslocados aqui.

Mizzy senta na frente de Peter, olhando a desolada paisagem urbana passar. O livro *A montanha mágica* está aberto em seu colo, mas não está sendo lido. Os Taylor têm esse dom da presença imperturbável. Não são conversadores nervosos. Os Harris, por outro lado, sempre foram conversadores constantes, não tanto pelo divertimento ou pela informação, mas porque, se um silêncio se firmasse e durasse demais, eles podiam deslizar numa discórdia enfezada e sem-fim, uma quietude mútua gélida que nunca seria quebrada porque não haveria, nem poderia haver, um tópico comum de suficiente importância ressuscitadora (pelo menos nenhum que seus pais pudessem suportar abordar), e então precisavam planar juntos por aquela lisura sempre reabastecida de observação e opinião, de aversões ritualizadas (*Sabe, jamais confiei naquele homem*) e entusiasmos bem conhecidos (*Eu sei que comida chinesa é imunda, mas não me importa*). Como interlocutora, a mãe de Peter era grande à sua própria maneira. Ela conseguia reclamar quase incessantemente sem nunca parecer trivial ou choramingas. Era régia, mais que excêntrica, tinha sido enviada a viver neste mundo vinda de um mundo melhor, e se salvara da mera mesquinharia espiritual oferecendo resignação no lugar de mau humor: insinuando com isso, a cada hora de sua vida, que, embora fizesse objeção a quase tudo e todos, o fazia porque presidira alguma utopia e portanto sabia por experiência própria o quanto todos nós podíamos ser melhores. Mais que qualquer outra coisa, ela queria viver sob o poder de um ditador benevolente que fosse exatamente como ela sem ser ela: se ela própria governasse, abandonaria seu direito de objetar, e sem o seu direito de objetar, quem e o que seria?

O pai de Peter entretinha a esposa. Ele apontava a beleza e a ternura, pegava a mão dela e, como um macaco, mordiscava as pontas de seus dedos, revirava o *TV Guide* em busca de filmes antigos que sabia que ela ia gostar e cuidava que jantassem fora uma vez por semana num "bom" restaurante, mesmo quando estavam apertados de dinheiro. Na meia-idade, tornaram-se um casal misterioso, um daqueles casais do tipo "o que ele está fazendo com *ela*" (a beleza dele se aprofundara, a dela começara a empalidecer), mas Peter sabia que estavam simplesmente envelhecendo numa corte juvenil bastante comum: ela havia sido uma garota arrebatadora que não se satisfazia com facilidade, e ele um belo embora magérrimo rapaz que superava em adoração sua liga de concorrentes.

Sim, leitor, ela se casou com ele.

Não foi exatamente um mau casamento, mas bom também não foi. Ela parecia demais com um prêmio, e ele demais com o suplicante agradecido.

E, assim, uma infindável e bastante irritada conversa entre eles, uma corrente subjacente de som provocador que lembrava que estavam casados, tiveram dois filhos, estavam vivendo sua vida, tinham preparativos a fazer e desastres a evitar, e um mundo a interpretar, signo a signo, símbolo a símbolo, um para o outro, e naquele ponto o único destino pior do que continuar juntos seria cada um deles tentar viver sozinho.

Os Taylor de Richmond não tinham problemas com conversa, mas o propósito subjacente a elas era diferente. Nada era perpetuado, nada evitado. Essa ausência de nervosismo fundamental parece ter afetado os quatro filhos na medida em que cada um deles era muitas coisas, mas nenhum era inseguro. Mizzy possuía, sem dúvida, aquele jeito Taylor de ocupar o espaço sem pedir desculpas. Não se trata tanto de orgulho, e sim de segurança, que se torna *extra*ordinária apenas por sua escassez entre a população em geral. Olhe para ele, um grande livro volumoso no colo, observando a paisagem, não altivo, mas calmo como um príncipe seria por seu direito de estar onde está, e se alguém é responsável por prover entretenimento e diversão, certamente não é ele.

Peter diz: "Difícil acreditar que estamos a meia hora de onde Cheever viveu".

Mizzy diz: "Este deve ser o trem que ele tomava para ir a Nova York".

"Deve ser. Você é fã de Cheever?"

"Hum."

Deve ser um sim, e aparentemente não há muito mais a dizer sobre o assunto. Mizzy continua olhando a devastação passar e Peter se pergunta se ele não estará, além de absorto pela vista, tentando exibir a Peter aquele perfil de queixo firme e nariz romano. Ele é, o quê?, três anos mais velho que Bea? Poderia ter trinta também.

Bea, menina perdida, toda inimizade alerta e unhas roídas, enrolada naquele grande suéter peruano barato que promove a sobrevivência naquilo que deve ser o seu apartamento vagamente aquecido, você e eu sabemos que você me odeia em parte porque passou a acreditar que eu a fiz acreditar que não era bonita. Não dissemos isso a ninguém, com certeza não um ao outro, só que nós dois sabemos, não é? Fiz o melhor que pude, mas, sim, franzi a testa para aquelas meias amarelas que você adorou quando tinha quatro anos e fiquei frio diante do conjunto de quarto branco e ouro que você queria aos sete anos e, sim, é verdade, não aprovei aquele colar de prata estilo Nouveau que você comprou numa feira de artesanato com seu próprio dinheiro, sua primeira compra independente. Eu me afastei daquilo que você gostava e, embora nunca tenha dito nada (tentei não ser um monstro, tentei de verdade), tínhamos essa telepatia e você sempre sabia. E mais tarde, quando seus quadris alargaram e seu rosto irrompeu em espinhas, e eu juro, *juro*, não te amei menos por ser desajeitada, mas era tarde demais, não era?, eu tinha uma fama e não havia nada que eu pudesse fazer, atenção que eu pudesse dedicar, declarações de amor que pudessem convencer. Se eu havia detestado a meia cor de mijo e a cama de princesa com dossel branco, como eu podia amar a menina em si, agora que ela encrespava o cabelo e seu corpo havia abruptamente, na puberdade, ativado uma faixa até agora adormecida de DNA (*meu*, Bea, não é sua mãe que descende de ordenhadeiras e lenhadores), que falava com terrível e carnal clareza: sólida, terrena, grandes seios de mulher e quadris de parideira, bem antes de seus catorze anos. Seus pais são esguios e atraentes e você, por algum capricho da genética, não é.

Eu faço você se sentir feia. Para você, é terrível o simples ato de ter de falar comigo ao telefone.

"Está gostando de Thomas Mann?", Peter pergunta a Mizzy. Como um Harris, não consegue suportar muito silêncio. Parece acreditar que vai desaparecer.

"Adorando. Bom, 'adorar' talvez não seja a palavra exata para Mann, admiro ele."

"É a primeira vez que está lendo *A montanha mágica*?"

"Sim e não. Tem uma porção de livros que eu li numas cinco horas na faculdade, só para acompanhar. Agora estou voltando e lendo todos pra valer."

Peter diz: "Eu nunca teria me formado sem café e bolinhas".

E agora, finalmente, Mizzy se volta da janela e olha para Peter. Mizzy e Peter se perguntam, ambos, em silêncio: por que Peter diria uma coisa dessas? Está declarando de novo sua lealdade em manter o segredo de Mizzy? Está só tentando ser legal?

Pense no velho maquiado e de peruca que Peter viu outra noite na Oitava Avenida. Pense no próprio Aschenbach, maquiado e de cabelo tingido, morto numa cadeira de praia enquanto Tadzio chapinhava na beira do mar.

Não. Isto é a minha vida e não *Morte na Porra de Veneza* (engraçado, porém, que Mizzy tenha trazido Mann nesta viagem). Sim, eu sou um homem mais velho que aninha certa fascinação por um homem muito mais jovem, mas Mizzy não é um menino como Tadzio era, e eu não estou obcecado como Aschenbach (ei, não fui eu que impedi outro dia mesmo que Bobby tingisse meu cabelo?).

Peter acrescenta, careta: "Estava na faculdade, claro".

"Você vai contar para ela, não vai?", Mizzy pergunta.

"Por que acha isso?"

"É sua mulher."

"Casais não contam absolutamente tudo um para o outro."

"Isso não é uma coisa comum. Ela fica histérica com esse assunto."

"Por essa razão eu não contei para ela ainda."

"Ainda."

"Se não contei ainda, parece muito provável que eu não venha a contar. Por que está tão preocupado com isso?"

Mizzy emite outro daqueles suspiros graves de oboé, não há como negar que fazem Peter se lembrar de Matthew.

Ele diz: "Não vou aguentar minha família inteira caindo em cima de mim agora. Não vou. Acham que seria a coisa certa a fazer, eles só querem o meu bem, mas realmente tenho medo de que isso me mate".

"Bem dramático, isso."

Um longo olhar sombrio. Ensaiado?

"Francamente, estou me sentindo um pouco dramático."

Ensaiado. Claro. E, no entanto, eficiente.

"Está?"

Obrigado, sr. Desconfiado.

Mizzy cai na risada. Ele tem esse jeito de criticar a si mesmo: é como um personagem de desenho animado que sai correndo de um penhasco, dá meia dúzia de passos no ar, depois para, olha para baixo, olha para a plateia com uma expressão aflita, e cai. Ele diz alguma coisa séria, depois ri de si mesmo. Também ajuda seu sorriso ser o que é, e que seu riso tenha essa qualidade grave, de instrumento de sopro. *Hu-hu-hu-hu-hu*, uma risada mais grave que a voz com que fala, mais cheia, como se emanasse de algum cerne de humor que fosse, poderia ser, sua natureza mais verdadeira. Como se toda aquela merda de rapaz torturado fosse uma farsa, e o verdadeiro Mizzy, lá dentro, achasse toda a história hilariante. Como se o Mizzy de verdade tivesse patas de bode e chifres e tocasse uma flauta.

"Estou", ele diz, rindo, resposta que não é a que Peter estava esperando. Desta vez, Peter tem o bom senso de ficar calado.

"Eu estou fodido", Mizzy diz. Não está rindo mais, porém manteve um sorriso tristonho no rosto que empresta uma nova seriedade, uma veracidade, àquilo que está dizendo.

"Eu sou meio louco", continua. "Você sabe disso. Todo mundo sabe disso. O negócio é o seguinte."

Ele olha pela janela como se buscasse algum marco à espera. Olha de novo para Peter.

"O negócio é o seguinte, está piorando. Eu consigo sentir. Ficou muito ruim no Japão. É como um vírus. Não é tanto na minha cabeça, é mais no meu corpo, como se eu estivesse com uma febre ou alguma coisa assim, como se fosse uma gripe, mas que me deixa agitado em vez de cansado. E você sabe. O que ninguém entende, o que ninguém que me ama de verdade entende, é que neste momento eu sei melhor que ninguém do que eu preciso. Não é que eu não agradeça a atitude delas. Da minha família e tudo. Mas, se eu deixar, tenho medo de que me matem. Com a melhor das intenções."

"Posso falar francamente com você?", Peter pergunta.

"Por favor."

"Isso soa como delírio. Parece um viciado falando."

Mais uma vez, a risada grave e musical.

"Isso é o que todo mundo pensa, menos o viciado", Mizzy responde. "Posso te dizer uma coisa?"

"Por favor."

"Cada vez que eu me dou bem, quer dizer, todas as vezes em que fui aquele cara brilhante, eu estava na droga. Quando estava em Exeter, quando estava em Yale. Fico pensando claro, focado, apaixonado e, se posso dizer, inteligente pra caralho. Foi quando eu parei que resolvi que era melhor ir cavar trufas com um bando de pirados no Oregon."

"Que tal as drogas que um médico receitaria?"

"Tentei todas. Você sabe disso, não sabe?"

"Bom, é, acho que sei", Peter responde.

"Acha que eu não ia querer uma receita de alguma coisa que fizesse de mim o Bom Ethan para sempre?"

Como ele pode parecer tão persuasivo e tão errado? O que Peter deve dizer a ele agora?

"Você acha que tentou de verdade?", é o que ele diz.

Resposta errada. Dá para saber pela forma como alguma coisa recua no rosto de Mizzy: alguma luz urgente se apaga.

"Eu posso estar me enganando", Mizzy diz. Sua voz está mais inexpressiva agora, mais comum. Ficou um pouco metódico. "Mas eu acredito mesmo de verdade, eu sinto que *sei*, que estou pronto para ser um adulto. Eu quero um trabalho, quero um apartamento, quero uma namorada. Só que. Só que preciso chegar nisso do jeito que eu sei que vai funcionar para mim. Se Becka, Julie e Rose começarem a inventar uma interferência e me internarem em alguma clínica, tenho certeza de que vou apagar de novo. Essas clínicas são horríveis, por sinal. Talvez haja algumas para ricos que sejam melhores, mas as que nós podemos pagar... bom, você também ia querer escapar delas."

"Então você acredita que..."

"Eu acredito que estou pronto de um jeito que nunca estive antes para ter uma vida de verdade, e todo mundo tem simplesmente de me deixar ir do meu jeito."

Ele está mentindo? Está delirando? Será possível que esteja certo e todo mundo errado?

Desembarcam em Greenwich e lá está Gus, o motorista, um homem de olhos ávidos de seus trinta anos, sujeito de cidade pequena (Peter acha) de um daqueles povoados de Connecticut que fornecem à aristocracia local, bem, gente como Gus. O mundo está cheio de pessoas como Gus: rapazes e moças bonitos que receberam a melhor herança genética possível de pais, avós e bisavós que não se deram bem nem mal por muitas gerações; que geram esses filhos decentes e lhes dão apenas o suficiente para sobreviver no mundo, mas nada mais: nenhuma beleza espetacular, nenhum brilhantismo irresistível, nenhuma ambição fatal, régia.

Não é função da arte aclamar essa gente, enobrecê-la? Pense na Olímpia. Uma moça da rua se torna uma divindade.

E aqui, parado ao lado do BMW dos Potter, está Gus, cara vermelha, orelhas de abano, sorridente, impossível não gostar dele. Carole não disse que ele está noivo do que qualificou de "uma adorável moça local"? Tudo bem, é condescendente esse uso da palavra "local". Mas ao mesmo tempo é preciso dizer que os Potter pagam a seus funcionários mais do que o costume exige, que lhes dão as férias devidas e não esperam que trabalhem duro demais ou por tempo demais sem compensação extra. Os Potter são da escola "nossos funcionários são como família", o que é grotesco à sua maneira, mas, com efeito, como pode alguém *ter* funcionários e não se comportar ao menos um pouco grotescamente?

"Bem-vindo, senhor Harris", Gus fala, avançando com uma mão quadrada e vermelha estendida.

"Obrigado, Gus. Este é Ethan."

Gus aperta a mão de Peter, depois a de Mizzy e diz: "Bem-vindo, bem-vindo", abre as portas de trás do BMW para Peter e Mizzy. Gus, o motorista, que está para se casar com uma adorável moça local. Gus, o motorista, está em toda parte e no entanto não aparece em lugar nenhum, nem em retratos ou fotos, nem mesmo nos contos de homens como Barthelme e Carver, que eram todos sobre sujeitos com empregos e perspectivas como as de Gus, mas que insistiam em mais tristeza, mais ansiedade, do que Gus remotamente manifesta. Se Gus chora às vezes sem nenhuma razão, se ele fica parado em desespero no corredor de um Wal-Mart, isso não aparece em seu comportamento diário, e Peter não acredita de modo algum que ele seja esse tipo de cara, o que não quer dizer que não tenha alma ou profundidade, mas que seria preciso uma grande cirurgia para enxergar por dentro do cara alegre, do bom sujeito que gosta de seu trabalho, gosta de seu carro, de seu apartamento e de qualquer *hobby* ou interesse que ocupe seus fins de semana, que já está engrossando, perdendo a beleza da juventude sem aparentemente lamentar (quando veio trabalhar para os Potter, cinco anos atrás, ele era como um jovem camponês) porque já se divertiu e, ei, o que você vai fazer, além do mais aos trinta, que não é de jeito nenhum uma idade sem esperança, ele está para se casar com uma adorável moça local.

Gus os leva pelas ruas verdejantes e prósperas de Greenwich. Ah, Greenwich, Connecticut, sua rica *sensatez*. Essas ruas arborizadas que oferecem casas vitorianas enfeitadas, verdadeiros clássicos americanos, mantidas como as peças de museu que com efeito são, e mais adiante, longe do olhar público, as pilhas realmente vastas de pedra e madeira, discretas por trás de portões e cercas vivas, invisíveis para a maior parte a não ser por um telhado aqui, uma chaminé ali. O dinheiro é silencioso, nada como Hamptons ou Hills, e embora, com certeza, seja a pose que é, para Peter ao menos, uma pose mais agradável, e tenha seu efeito, para Peter ao menos, de passar uma sensação não tanto de enorme, horrendo privilégio, e sim de realidade enfatizada. Em Greenwich, simplesmente se desliza para dentro de uma dimensão paralela, em que as pessoas estão se dando melhor, e ninguém aqui nesta dimensão acha esse fato notável. Fazer uma fortuna? O que há de tão difícil nisso?

O carro sobe um morro no qual se ergue a casa dos Potter. Os Potter são ricos, mesmo para os padrões de Greenwich, mas não megarricos, nem ricos de ter avião particular, nem ricos de ter cinco casas, e então a casa deles é escondida, mas não inteiramente secreta: da rua dá para ver mais da metade da fachada norte.

Não é a casa de Gatsby, é a casa de Daisy Buchanan; é a fonte da luz verde do outro lado da água. Se Fitzgerald descreveu a casa de Daisy, Peter não se lembra, mas essa certamente *não* é o exagero de torres e paredes cobertas de hera de Gatsby. Quer venha de Fitzgerald ou da imaginação de Peter, a casa que Tom comprou para Daisy tinha de ser ao menos um pouco parecida com a casa dos Potter, uma casa que Nathaniel Hawthorne teria entendido, grande, decerto, mas nem falso castelo, nem monumento de arenito (pense naqueles monstros sepulcrais e solenes em Newport); mais que qualquer outra coisa, uma enorme *casa* esparramada, toda pedra bruta e telhados, cercada de três lados por varandas; concebida, de alguma forma, com um senso de absoluta autenticidade, para parecer que sofreu ampliações diversas ao longo dos anos, quando na verdade foi construída inteira, exatamente como é, em meados dos anos 1920. Pousada placidamente, mas com leveza (todas aquelas janelas envidraçadas, as vastas asas maternais dos beirais) em sua miniatura de mar interno de gramado cuidado com perfeição, parece um pouco um sanatório, como o lugar para onde mandam Bette Davis em... hã, era em *Estranha passageira* ou em *Vitória amarga*... de qualquer modo, é como algum esconderijo mítico de milionários com colapso nervoso, um santuário perfeito do tipo que certamente não existe mais e provavelmente também não existia quando fizeram o filme de Bette Davis. Existiriam mesmo lugares como a clínica nos Alpes de *A montanha mágica*? (Talvez por isso Peter esteja pensando em sanatórios agora.)

E não é absolutamente, com toda a certeza, para onde Mizzy seria enviado para uma nova leva de reabilitação. Ele havia sido mandado para um hospital, repleto de pisos de ladrilhos marrons e poltronas rasgadas e manchadas. Peter consegue enxergar tudo com clareza. Por que alguém iria voluntariamente para um lugar desses?

Gus estaciona, e olhe, louvado seja Deus, ali está a van de Tyler. Quando Peter avança para a entrada, com Mizzy a seu lado (Gus abriu a porta do carro para eles e desapareceu em algum obscuro reino de sua propriedade), Peter espia pela janela de trás do veículo. Ah, sim, há um caixote ali dentro, que ele contenha o Krim rejeitado, que Tyler e Branch estejam instalando o Groff neste momento.

Svenka atende a porta. É uma mulher de rosto largo e ar surpreso de seus trinta anos, há algo esticado nela (não através de cirurgia); algum sinal de uma praga lançada contra seu bercinho (*A criança ficará grande demais para sua pele*). Se esta casa fosse o solar inglês que aspira parecer, Svenka seria a governanta, mas, como estamos na América no século XXI, ela é chamada de... o quê?... zeladora ou algo assim; de qualquer forma, ela administra o lugar, supervisiona os funcionários (três fora de temporada, sete no verão), sabe como obter flores decentes enviadas de Darfur, é capaz de arranjar um helicóptero na cidade em vinte minutos. Tem um MBA, ganha um bom dinheiro trabalhando ali. Uma vez, Svenka confidenciou a Peter que ela se mostrara doméstica demais para seu trabalho de consultora gerencial ("semprre em aerroporto e hotel, sem vida pessoal"), e insiste que não considera esse trabalho de forma alguma inferior àquele; e, no entanto, como os Potter tratam os funcionários como "parte da família", como aprova casamentos com "boas moças locais", Svenka se dispõe (ou é levada a se dispor) a atender a porta quando ocorre de ser a pessoa que está mais perto ao chegar alguém. Em outras casas desse tipo, Svenkas, Ivans e Grishas (todos tendem a ser bem-educados europeus orientais) nunca se dignariam a atender a porta. Uma criada faria isso.

"Olláá, Peter", ela diz, sorrindo com algo que uma vez Peter achou se tratar de lascívia, mas que, como acabou se dando conta, é na verdade uma sensação de cumplicidade, porque Svenka sabe que, embora Gus vá buscar Peter na estação, embora seja convidado para jantares, ele é na verdade um criado, tanto quanto ela.

"Olá, Svenka. Este é o Ethan."

"Olláá, Ethan. Entrem."

O vestíbulo da casa Potter, como o resto da casa Potter, é uma imitação perfeita de si mesmo. O que o *foyer* oferece mais imediatamente é um gabinete chinês baixo, de laca preta. Peter não é conhecedor de antiguidades chinesas, mas não é preciso nenhum treino formal para ver que aquilo é antigo, aquilo é coisa de alguma dinastia reverenciada e que custou duzentos e quarenta mil dólares no mínimo. Serve de suporte para um par de sólidos candelabros franceses, de latão ou bronze, do começo do século xx, patinados num rico marrom-enegrecido, e para um vaso de cerâmica Roseville, creme, sempre cheio de flores do jardim de Carole: grandes gardênias espalhafatosas agora. E assim a casa se anuncia: eclética, mas demoniacamente cuidada, próspera, mas não empetecada, livre de dourados, linda de um jeito que provavelmente o encantará se você for ignorante a respeito de móveis e artes plásticas, mas o assombrará e humilhará se tiver conhecimentos a respeito desses ramos.

Enquanto Svenka os leva para a sala, Peter lança um olhar sub-reptício a Mizzy, para ver como ele está absorvendo tudo aquilo, mas não há nada no rosto de Mizzy, e ocorre a Peter que Mizzy pode de fato sentir uma espécie de volta ao lar ali: é possível que há muito tempo não entre por essa porta alguém tão bonito e bem-feito quanto os objetos ali presentes.

Mesmo assim, ele se pergunta: Mizzy está impressionado por todo esse tranquilo esplendor, ou desconcertado por ele? É evidente que seria mais atraente ao caráter de Mizzy se ficasse desconcertado (quer dizer, claro, é bonito, estão passando agora na frente do Ryman do vestíbulo, um dos verdadeiros prêmios dos Potter, perfeito de quase parar o coração à esquerda do gabinete chinês, mas, não obstante, a preciosidade de tudo, a cansativa preciosidade...), embora Peter espere que Mizzy fique impressionado, ao menos um pouquinho. Mizzy, este é o meu mundo, lido rotineiramente com gente que tem todo esse dinheiro e poder, e se isso lhe interessar um pouquinho que seja, então você estará interessado em mim também; por outro lado, se você achar tudo isso um pouquinho ridículo que seja... hum, eu tenho de ser ridículo também? É só negócio, afinal de contas. Ainda sou capaz de cabriolar ao luar. Ainda sou capaz de dançar ao som das flautas.

E então: a sala dos Potter.

É uma sala grande, na qual seria mais adequado entrar com um floreio de trombetas, talvez Bach, algo pequeno, mas perfeito e imperecível na linha de Bach. A casa *toda* é perfeita, e um tantinho assustadora por causa disso, a não ser por aquela sala de estar, que tão magnificamente transcende as próprias pretensões, com suas janelas francesas abrindo para um gramado quadrado ladeado por uma moita de rosas (a vista de Long Island Sound fica em outro lugar), como se a própria natureza (tudo bem, as *melhores* partes da natureza) fosse uma série de salas não diferentes desta em que você está parado: salas externas com tapetes verdejantes, nuvens de Michelangelo no teto e paredes verde-escuras floridas e farfalhantes. E então, claro, deste lado das portas de vidro o jardim tem, como respostas, os sofás gêmeos Jean-Michel Frank estofados com veludo cor de estanho de ambos os lados de uma mesa Diego Giacometti que realmente devia estar num museu; abajures delgados e abajures maciços, e um velho espelho enevoado com moldura de madeira (nada de ouro, ouro é proibido aqui) encostado à parede, não pendurado, em cima do aparador de calcário; e na única parede sem janelas o Grande Kahuna, o Agnes Martin, dominando a sala como o deus visitante que é, satisfeito, parece, com essas oferendas de sofás e mesas criadas por gênios, pelas pilhas de livros e esse bando de santos de madeira com olhos de vidro e esses vasos japoneses cheios de rosas (amarelas para a sala) e essas estantes cheias de diversas coleções (cerâmicas decô, estatuetas dogon de madeira entalhada, velhos cofrinhos de ferro fundido) e essa enorme tigela de ébano cheia de caquis, hoje. Nesta sala, mesmo à luz do dia, há uma sensação de velas tremulando no limite de seu campo de visão. Há um aroma de lavanda (e é de verdade, de um spray).

"Acho que devem ser meus rapazes ali", Peter diz.

"São, estão instalando a urna agora."

Peter percebe que ela não aprova: alguma coisa se contrai em torno de seu queixo. Ela não gosta da urna de Groff ou da arte em geral? Ou, tudo bem, lembre-se: você, Peter, é aquele que tentou (sem sucesso, no fim das contas) vender à patroa dela uma bola de piche e pelos por uma pequena fortuna. Svenka, será que posso censurar você por isso?

"Vou dizer a Carole que você está aqui", diz ela e se retira.

"Linda sala", Mizzy diz, depois que ela sai. Ele não está sendo irônico, está? Não. Peter provavelmente viveu muito tempo entre pessoas fluentes em ironia.

"Os Potter são muito bons no que fazem."

"O que eles fazem exatamente?"

"Bom, sinceramente, o trabalho principal deles, pelo que todos podem dizer, é ser os Potter. O dinheiro vem de lavadoras e secadoras, mas Carole e o marido não têm nada a ver com isso. Eles apenas, sabe. Recebem os cheques."

Carole entra (ah, meu Deus, ela não ouviu isso, ouviu?) com o ar ritualizado de desculpas ligeiramente apressadas. Isso, Peter já aprendeu, é um dos costumes dela. Ela nunca está disponível de imediato, mesmo que o visitante em questão tenha chegado precisamente na hora marcada. Os visitantes são sempre recebidos por Svenka ou algum outro membro da família, e deixados a esperar, por um breve tempo, nesta sala espetacular, até Carole aparecer. (Quanto de sua vida Peter passa esperando alguém entrar na sala?) No caso de Carole, isso é feito, pelo que Peter pode dizer, por diversas razões. Há o simples elemento do teatro: e agora, a dona da casa! E tem de ficar claro que Carole é ocupada, que ela tem dificuldade para encontrar tempo mesmo para o mais esperado dos hóspedes.

"Olá, Peter, desculpe, eu estava olhando os seus rapazes instalarem a urna."

Carole é uma mulher pálida, sardenta, que pisca muito e parece ter sempre alguma coisa pequena e maravilhosa na boca, um seixo redondo do Himalaia, uma pérola, que cria uma ligeira dificuldade para ela falar, mas passa, ao mesmo tempo, a ideia de que agradecidamente sacrificou a dicção precisa pelo minúsculo objeto precioso que está atrás da língua. Ela tende a usar blusas brancas cheias de babados, que lembram vagamente Barbara Stanwyck, que não é o estilo de indumentária que você esperaria de um proprietário daquelas obras de arte, daqueles sofás.

Peter dá a mão a ela. "Estou contente que eles tenham chegado. O que você acha?"

"Eu gosto. Acho que posso gostar muito dela."

Bingo.

"Carole, este é meu cunhado, Ethan. Ele está pensando em entrar para o negócio da família, que Deus o ajude."

"Prazer em conhecer, Ethan. Obrigada por vir."

Com essa mesma régia sinceridade fingida, Carole agradeceria a qualquer um por vir, até mesmo e inclusive o xá do Irã. É o que se faz.

Mizzy diz: "Espero que não se importe. Estou só acompanhando, na verdade".

"E Peter", Carole diz, "queria que você conhecesse uma das últimas americanas vivas que compram uma ou outra obra de arte. É assim que nós somos."

Ela dá um rápido giro, exibindo-se inteira. Ela sabe ser encantadora, não há como negar. As minibotas de borracha verde que ela tem nos pés devem ser o calçado de jardinagem.

"Tá-rá", Mizzy diz, e ele e Carole dão uma risada breve, que Peter acompanha um pouquinho tarde demais. Mizzy permanece, pelo que Peter pode perceber, nada intimidado. Carole pode ser a rainha de seu reino, mas Mizzy é um príncipe em seu próprio país, o qual, embora atualmente um pouco empobrecido, tem uma rica e nobre história.

"Gostariam de tomar alguma coisa?", Carole oferece. "Café, chá, água com gás?"

Peter diz: "Que tal um pouquinho mais tarde? Mal posso esperar para ver como ficou o Groff no jardim".

"Um homem com uma missão." Ela dá uma piscada conspiradora a Mizzy: "Então vamos".

Ela os leva de volta à porta de entrada, atravessa o cascalho que conduz do caminho de entrada até a extremidade da casa, na direção do jardim inglês, conversando com Mizzy e não com Peter enquanto caminham. Ela está sendo a boa anfitriã ou está fascinada? As duas coisas, talvez.

Ela diz a Mizzy: "Tenho certeza de que Peter contou que

eu não tive coragem de ficar com a última obra que comprei dele. Acho que ele estava planejando apresentar você para alguém um pouco mais valente que eu".

Peter diz: "Não tem nada a ver com coragem. O Krim é errado para você, só isso".

"O Krim", ela diz a Mizzy, "provocou no nosso *schnauzer* miniatura um ataque de epilepsia de verdade. Não posso ficar famosa por perturbar os cachorros da vizinhança."

"Estou vendo que os rapazes já encaixotaram o Krim", Peter diz.

"Esses moços são muito bons no que fazem. Você está com uma ótima equipe."

Carole, esses rapazes são assassinos da arte. Depois de hoje, você nunca mais vai ver os dois.

"Tenho uma equipe ótima. Não faço mais quase nada."

"Groff é novo com você, certo?"

"É. Não faz parte oficialmente dos meus artistas ainda. Estamos nos experimentando."

Nunca minta para essa gente. Eles odeiam, acima de tudo, ser enganados pelos criados.

Viram uma esquina e ali está. Ao contrário do jardim francês podado e com topiaria diante da sala de estar, o jardim inglês é falsamente selvagem, como os ingleses por tradição preferem que sejam seus jardins. O efeito que se tenciona provocar é de que àquele modesto trecho de lavanda e lilás foi acrescentado apenas o caminho reto de cascalho que leva ao tanque circular, rodeado de pedras. Do outro lado do tanque, Tyler e Branch estão movendo a urna com um pé de cabra para que ela fique centralizada no pedestal baixo de aço.

É. Ficou ótima ali.

Esperto ter marcado a entrega para a luz do final da tarde. O bronze não poderia ser mais brunido e verde-ouro do que está agora. E a forma, seu equilíbrio entre o clássico e o cartum, é exatamente certa para esse jardim cuidadosamente "descuidado", com sua grama exótica que sobe até o joelho e numerosas ervas floridas. A urna fica como Narciso à beira do tanque, refletida na superfície verde-pálida da água de um jeito que enfatiza sua estranha mas poderosa simetria, a peculiar correção romântica de suas duas asas em forma de orelha.

"Ótimo", Peter diz. "Não acha?"

"Acho", Carole responde.

"Você olhou de perto?"

"Ah, sim, olhei. Me fez ficar vermelha e acho que não fico vermelha desde, ah, algum momento em meados dos anos 1980."

"Espero que o *schnauzer* não saiba ler", Peter diz.

Isso produz uma risada. Ok, hora de admitir que ele está sentindo uma pontinha de ciúme de Mizzy. Como não se sentir, ao menos um pouco, como um velho picareta, uma figura parecida com Willy Loman?

Carole diz: "Vai ser divertido traduzir uns trechos escolhidos para os Chen".

Eu te amo, Carole, por ser, bom, você mesma. Quantos moradores de Greenwich são assim valentes?

Tyler e Branch estão barbudos e vestidos de boêmios (obrigado, Tyler, por não usar sua camiseta Eat the Rich), o que é excitante para Carole, que, obviamente, não teria como saber como os dois estão furiosos por ter de instalar o que consideram uma merda de um milhão de dólares. E (claro) estão bem-comportados depois do acidente do rasgo. Peter vai até eles como se fossem muito amigos.

"Está bom, meninos", ele diz. No momento, os dois estão movendo um centímetro para a direita, de modo que a urna fique exatamente centralizada na coluna de aço quadrada.

É decoração, é o que é. Afaste essa ideia.

Tyler geme apenas. Ele com certeza já sabe que está se despedindo desse emprego e sem dúvida acredita que vai se dar melhor sem ele (será que ele não foi à casa da namorada na noite de anteontem e disse algo como: "Tenho de encontrar outro trampo, da próxima vez acho que eu corto é a porra do Peter Harris e não só aquelas bostas de obras de arte"?). Branch, porém, é todo sorrisos e saudações, nenhuma razão para suspeitar que esteja mais feliz que Tyler (Branch produz construções bem semelhantes às de Krim, com restos de madeira, pedaços quebrados de espelho, ele parece não saber ou não se importar que a beleza esteja de volta), mas não quer perder o emprego.

Carole e Mizzy param ao lado de Peter. Carole diz para Tyler e Branch: "Vocês dois gostariam de um café e um lanche quando terminarem?".

"Não dá", Tyler responde. "A gente tem de voltar para a estrada depressa."

"Mas muito obrigado", Branch abre um sorriso. É possível que ele esteja puto com Tyler também. *Obrigado por ser rude com uma velha que compra obras de arte, filho da puta.*

"Então", Peter diz. "Se você acha que gosta, conviva com ela um pouco, mostre para os Chen, mostre para alguns *schnauzers* e depois conversamos."

Sem pressão, nem um pouquinho.

"Tudo bem", Carole diz, "mas eu tenho certeza. Você me conhece, não sou de indecisões. Eu tinha dúvidas com o Krim desde o começo."

"Por favor, por favor, me diga que eu não forcei a peça para você."

"Peter Harris. Ninguém, homem ou mulher, me *força* a nada sobre coisa nenhuma."

Ela o brinda com um sorriso surpreendentemente adorável, duro e irônico. Por um momento, ele a vê como a moça rica cujos pais ricos (o dinheiro vem dos avós) foram bem-sucedidos em um dos muitos sonhos americanos: criaram uma moça que nasceu para aquilo, que sabia montar a cavalo, jogar tênis, e flertar o suficiente com os homens certos. Em apenas três gerações (os avós eram os Grig, da Croácia), criaram uma moça sólida, bonita, capaz, que irradiava vivacidade atlética. Carole seria bonita, vigorosa, viva e inteligente. E teria, como diziam, seu escolhido. Bill Potter, sessenta e dois anos agora, ofereceu a ela um corpo de astro das pistas e o que a aristocracia local deve chamar de um bom nome (*presto*, uma Grig se torna uma Potter) e a dose certa de burrice brâmane para deixar claro que Carole é que sempre resolveria tudo.

"Quero que todos os meus clientes sejam como você", Peter diz, o que provavelmente não é o mais sábio dos comentários ("clientes" não é palavra para dizer de qualquer jeito), mas foda-se, ele acha mesmo isso, gosta de Carole Potter, respeita Carole Potter; ele passa tempo demais com clientes que têm dinheiro e ambição e mais nada.

Mizzy está vagando pelo jardim. Carole olha para ele, contemplativa, e diz: "Lindo rapaz".

"Irmão loucamente mais novo de minha mulher. É um daqueles meninos que têm potencial demais, se sabe o que eu quero dizer."

"Sei exatamente o que quer dizer."

Maiores detalhes seriam redundantes. Peter conhece a história dos Potter: a filha bonitinha e incontrolável que está ralando em seu doutorado em Harvard *versus* o filho mais velho que, ao que parece, foi estragado por sua sorte e aos trinta e oito anos ainda está surfando e fumando maconha à guisa de ocupação, atualmente na Austrália.

Uma sombra passa pelo rosto de Carole. Quem pode decifrar a profundidade e a natureza de suas aflições? Ela só pode estar entediada com Bill (que deve ter alguma Myrtle Wilson escondida em algum lugar), provavelmente está satisfeita com a filha (mães e filhas, porém, quem sabe?) e incrivelmente preocupada com o filho, o seu ano de vagar pelo mundo se transformou numa *vida* de vagar pelo mundo. Ela é invejável, ela é uma força, tem *tudo isso*, faz parte da diretoria de uma dúzia de entidades assistenciais e Peter, por acaso, sabe que aquelas blusas de babados vêm de viagens de compras anuais a Paris, mas será que isso pode ser o que ela esperava quando era uma moça bonita e inteligente que era convidada para todos os eventos? O marido semiapagado, dolorosamente simples, que era um deus aos vinte e cinco anos (saído diretamente daqueles anúncios das roupas Abercrombie and Fitch, Peter viu as fotos), contudo dá uma sensação consideravelmente menos divina como um analista de seguros envelhecendo no ramo local da Smith Barney; os dias ocupados, porém solitários, aqui no alto do morro, fazendo jardinagem e criando galinhas exóticas.

Que bem fará a ela, depois que passar o jantar para os Chen, possuir uma urna de bronze inscrita com obscenidades cuja intenção, ao menos em parte (até que ponto Carole entende isso?), é insultar a ela?

Claro que ela entende. Isso é parte da atração, não é?

E Bill vai ficar perplexo e incomodado com a obra. Isso talvez faça parte da atração também.

Peter e Carole ficam parados um momento em silêncio, olhando Mizzy passear pelo caminho de cascalho. Pinte isso, filho da puta: duas figuras de certa idade paradas com uma obra de arte às costas, a atenção fixa no jovem que caminha entre gramas e ervas.

Carole diz: "Por que não mostra a casa para ele um pouquinho? Eu não me importaria de ficar um tempinho com a urna".

Há, Peter pensa, algo muito ligeiramente estranho nessa oferta de Carole. Será que ela acha que ele gostaria de ficar a sós com Mizzy? Será que ela imagina mesmo que ele não seja um cunhado, e sim um namorado que Peter mantém em segredo?

Ele e Carole trocam breves olhares. Difícil dizer o que ela desconfia, mas parece evidente que ela está acostumada a arranjos discretos. Se Bill tem uma garota em algum lugar, talvez Carole tenha alguma coisa rolando também. Peter espera que sim.

"Tudo bem", ele diz, e por um momento sente que a vida é inteiramente povoada por mulheres de uma certa idade, mulheres brilhantes, rigorosas, porém generosas, muito mais irmãs que mães, e parece que todas elas, mesmo a pobre Bette moribunda, e sim, mesmo Rebecca, querem para ele algo que ele não parece conseguir por si mesmo.

Será Mizzy? Será possível que até mesmo Rebecca gostaria, no mais fundo de seu coração, de se livrar de Peter sem culpa, de ser abandonada de um jeito tão chocante, tão, como dizem, *inadequado*, que ninguém poria a culpa nela, por nada?

"Comungue com a sua arte", ele diz. "Volto daqui a pouco."

Ele diz um breve e falsamente amigo até logo e agradece a Tyler e Branch, que fizeram o que vieram fazer e estão para voltar com o Krim para a galeria. Ele desce o caminho até Mizzy.

Peter diz: "E então, você se encontra num jardim outra vez".

"Este aqui não é tão exigente", Mizzy responde.

"Não diga isso a Carole."

"Parece que ela vai comprar aquela coisa."

"Aquela *coisa*? Você detestou tanto assim?"

"Acho que não gosto dela tanto quanto você."

"Mas eu não detesto nem um pouco aquilo."

"Nem eu."

Alguma coisa acontece entre eles. Peter entende que Mizzy entende que ambos estão fazendo o melhor possível, e ambos estão fracassando: Mizzy fracassou na tentativa de se comover com as pedras sagradas e Peter fracassou em encontrar o artista capaz de aniquilar e redimir. Os dois chegaram perto, os dois tentaram, Deus sabe que tentaram, mas ali estão eles, dois homens parados no jardim de uma senhora rica, um pouco inseguros sobre como chegaram ali e inteiramente inseguros sobre o que fazer em seguida, a não ser voltar ao que estavam fazendo antes, o que parece, no momento, intolerável.

Ele poderia conversar com Mizzy, mesmo que demoradamente, sobre suas dúvidas, não poderia? Mizzy é que estaria disposto a ter essa conversa.

Peter diz: "A questão da arte é complicada".

"É?"

"Bom. Digamos que não se encontra um Rafael todos os dias. Pense sobre, ah, aqueles saleiros de Cellini. A importância deles está muito além de sua capacidade de conter sal."

"Mas Cellini fez o Ganimedes também."

Ok, Mizzy, você sabe um pouco demais para o discurso persuasivo de tio Peter, não é?

"Vamos andar até a praia", Peter diz, porque alguém tem de sugerir alguma coisa.

Começam a descer juntos a longa encosta gramada que leva ao estreito, que é todo velas e rebrilhos de sol, com suas duas ilhas verdes boiando no reluzir azul bronzeado. A casa de Carole dá para uma pequena configuração como um porto, que depositou, na base de seu grande gramado, uma modesta praia em forma de U de areia muito clara, pontilhada por pedras e ramas de algas.

Enquanto caminham para a praia, Peter diz a Mizzy: "Não vendo arte de que eu não gosto. Só isso. Bom. Genialidade, falo de *genialidade* genial, é rara".

"Eu sei disso."

"Talvez não seja o que você quer realmente fazer."

"O quê?"

"Alguma coisa com as artes."

"Quero. Quero, sim, de verdade."

Chegam à areia. Mizzy tira os sapatos (velhos tênis Adidas esfarrapados, sem meias), Peter fica com os seus (mocassins Prada). Caminham devagar na direção da água.

"Posso te contar uma coisa?", Mizzy pergunta.

"Claro."

"Estou com vergonha."

"Por quê?"

Mizzy ri. "Por que você acha?"

Há algo duro, de repente, algo prostituído em sua voz. Poderia ser a voz de um garoto de programa, prematuramente cínico.

Chegam à borda da água, onde a maré está avançando em modestas, quase silenciosas dobras que avançam, se retraem e avançam de novo. Mizzy enrola as pernas dos jeans, entra até a água atingir pouco acima dos tornozelos. Peter fala com ele num tom de voz ligeiramente elevado, vários metros atrás.

"Acho que vergonha não ajuda muito."

"Eu não quero fazer *nada*. Mas parece que não tenho alguma faculdade que outras pessoas têm. Algo que diz a elas faça *isto* ou *aquilo*. Ir para a escola de medicina, ou se filiar ao Peace Corps, ou ensinar inglês como segunda língua. Tudo me parece perfeitamente plausível. E não consigo me ver fazendo nada disso."

Ele está começando a ficar choroso ou é só o sol em seus olhos?

O que exatamente Peter deve dizer a ele?

"Você vai encontrar alguma coisa" é o melhor e mais inconvincente que consegue. "Mesmo que acabe não sendo vender obras de arte. Ou ser curador. Qualquer coisa."

Claro que Mizzy não consegue nem fingir que se consolou com isso. Ele vira as costas, olha para o estreito.

"Sabe o que eu sou?", pergunta.

"O quê?"

"Eu sou uma pessoa comum."

"Ora."

"Eu sei. Quem não é uma pessoa comum? É horrivelmente pretensioso querer ser qualquer outra coisa. Mas tenho de dizer para você. Eu fui tratado como uma coisa especial durante tanto tempo e tentei o máximo possível *ser* uma coisa especial, só que não sou, não sou excepcional, sou inteligente, sim, mas não sou brilhante e não sou espiritual, nem assim tão focado. Acho que consigo aguentar isso, mas não tenho certeza se as pessoas à minha volta conseguem."

E Peter sabe: Mizzy vai morrer. Peter sabe disso em algum nível profundo do seu ser. É como a convicção que tem acerca de Bette Rice. É como se conseguisse sentir o cheiro da mortalidade, embora seu odor seja muito mais detectável numa mulher de certa idade com câncer no seio do que num rapaz com boa saúde. Peter sabia que Matthew ia morrer? Sim, provavelmente, ainda que fosse jovem demais para identificar isso, até para si mesmo. Não foi essa a verdadeira mensagem daquele dia, décadas atrás, em que Matthew e Joanna caminhavam no lago Michigan e Peter achou que eram a beleza encarnada? Por que aquele momento? Porque eles eram amantes condenados, porque eles estavam no limiar de alguma coisa, Joanna a caminho de uma comunidade fechada e Matthew rumo a um leito de hospital no St. Vincent. Como o desesperado, tesudo Peter de doze anos de idade, sacou o fato de que estava tendo a sua primeira visão da mortalidade, e de que era a coisa mais comovente e fabulosa que jamais vira? Não está à procura de outro momento como aquele desde então?

Mizzy vai morrer de overdose. Ele disse essencialmente isso, não apenas para Peter, mas para a água e o céu. Ele está disponível para as forças da mortalidade. Ele não pode, não vai, encontrar nada que o prenda suficientemente à vida.

Peter esperou nas margens e parou ao lado de tubarões com pessoas em condições mortais. Então, ele tira os sapatos e as meias, enrola a barra da calça, caminha dentro da água e para ao lado de Mizzy. Mizzy de fato está chorando, olhando o horizonte.

Peter fica parado quieto ao lado de Mizzy. Mizzy se volta para ele e lhe oferece um sorriso de olhos úmidos.

E então, ao que parece, eles se beijam.

Em sonhos

O beijo não foi longo. Foi apaixonado, bem apaixonado, mas não exatamente, não inteiramente sexual. Podem dois homens se beijar por camaradagem? Foi a sensação que deu a Peter. Não houve língua, nem toque. Eles apenas se beijaram, não brevemente porém. O hálito de Mizzy era limpo e um pouco doce e Peter não se abandonou a ele a ponto de esquecer a preocupação de que tinha o hálito áspero de um sujeito de meia-idade.

Os dois separaram os lábios no mesmo momento — nenhum deles foi o primeiro a se afastar — e sorriram um para o ouro, simplesmente sorriram.

Peter não se sentiu mal, ele nem mesmo sentiu que tivesse feito alguma transgressão, embora fosse difícil convencer qualquer pessoa que estivesse olhando (uma rápida verificada: ninguém estava) de que não havia sido lascivo. Ele estava apatetado e exultante, mas não envergonhado.

Depois do beijo, ele afagou a cabeça de Mizzy, como se estivessem em algum tipo de brincadeira de briga inocente. Depois, virou-se e foi chutando a água até a praia.

É Mizzy quem fala quando sobem descalços pelo gramado. Peter preferiria o silêncio dessa vez.

"E então, Peter Harris", Mizzy pergunta. "Sou o seu primeiro?"

"Ah, é. Aposto que não sou o seu primeiro, sou?"

"Beijei três outros caras. Isso faz de você o meu quarto."

Mizzy para. Peter avança dois passos, se dá conta, retorna. Mizzy olha para ele com aquela profundidade de olhos úmidos.

"Eu tinha uma coisa por você desde que era pequeno", ele diz.

Não me diga isso.

"Não tinha, não", Peter diz.

"A primeira vez que você veio em casa. Sentei no seu colo e você leu Babar para mim. Você acha que foi completamente inocente?"

"Claro que sim. Pelo amor de Deus, você tinha quatro anos."

"E tive uma sensação quente e profunda que não entendi."

"Então. Você é gay."

Mizzy suspira. "Acho que sou gay por você", ele diz.

"Ora."

"Isso é demais, não é?"

"Um pouco, sim."

Mizzy diz: "Só quero dizer isso. E depois nós podemos, não sei. Nunca mais falar disso de novo, se você não quiser".

Peter espera. Vamos falar de tudo, mesmo eu tendo de fingir reticência.

Mizzy diz: "Com os outros caras, eu estava pensando em você".

"É uma espécie de coisa paterna", Peter diz, embora machuque dizer isso.

"Isso quer dizer que não é nada?"

"Quer dizer que... não sei. É o que é."

"Eu nunca mais te beijo, se você não quiser."

O que eu quero? Meu Deus, eu queria saber.

Ele diz: "Não podemos. Eu sou, provavelmente, o único homem do mundo com quem você não pode transar. Bom, além de seu pai verdadeiro".

É isso que torna a coisa atraente para Mizzy? O seu desejo declarado é de alguma forma pessoal?

Mizzy assente com a cabeça. Impossível dizer se ele concorda ou está condescendendo.

Que tipo de homem iria atrás do marido da irmã?

Um homem desesperado.

Que tipo de homem deixaria isso chegar a esse ponto? Que tipo de homem sustentaria o beijo por tanto tempo quanto Peter fez?

Um homem desesperado.

Ele e Mizzy continuam subindo para a casa em silêncio.

Carole os recebe no jardim com um entusiasmo tão ávido e nervoso que Peter acha, por um momento, que ela pode ter observado os dois. Ela não estava observando. É o seu jeito de cumprimentar todo mundo entusiasticamente, o tempo todo.

"Acho que é permanente", ela diz.

"Ótimo", Peter responde. E acrescenta: "Você sabe que é um empréstimo de momento, certo? Em função dos Chen. Groff quer vir ver a peça *in situ*".

Carole olha, pisca, faz que sim com a cabeça. Ela não é uma neófita, sabe que, com certos artistas, o colecionador está sujeito a aprovação.

"Espero ser aprovada", ela diz.

"Posso garantir que será."

Ela se volta para olhar a urna. "É tão bonita e sórdida", ela diz.

Mizzy se dirige, de novo, para o jardim, como uma criança que não se interessa por conversas de adultos. Ele apanha um ramo de lavanda, leva ao nariz.

* * *

Carole insiste que Gus os leve de carro de volta à cidade, e Peter aceita, agradecido, depois de uma brevíssima demonstração de falsa relutância. Ele, Peter o Covarde, está louco para se livrar da viagem de trem com Mizzy. Sobre o que conversariam? A presença de Gus vai impor um silêncio que seria muito incômodo no trem. Obrigado, Carole e Gus.

Então ele e Mizzy se sentam no banco de trás do BMW, rodando pela normalidade consoladora da I-95, cercados por outras pessoas em outros carros, a maior parte das quais, muito provavelmente, nunca beijou seu cunhado.

Peter tem inveja deles, ou pena?

Ambas as coisas, na verdade.

Uma fúria brota dentro dele, rápida como pânico, fúria por sua filha de tornozelo grosso, por sua esposa distante e companheira, por Uta, pela porra de Carole Potter e por tudo e todos, pelo cabelo moicano de Gus e suas orelhinhas irlandesas vermelhas; tudo e todos exceto o rapaz perdido sentado a seu lado, a única pessoa com quem ele efetivamente *devia* se zangar, o rapaz que propôs um beijo impossível (ele propôs *mesmo*?) e completou-o com implausíveis elogios (foi isso que aconteceu, certo?). Não há como dizer o quanto de Mizzy é enganoso, o quanto é delirante, e o quanto (Deus o ajude, Peter Harris) genuíno. Porque, tudo bem, ele quer que seja verdade, e pode ser, pode ser que seja verdade, que Mizzy pensa amorosamente nele desde que Peter leu Babar para ele, aos quatro anos. Peter não se considera, nunca se considerou, uma pessoa em quem se pensa amorosamente. Sim, ele é um cara de aparência aceitável, sedutor, mas ele é o cara, sempre foi o cara, que olha do jardim para o balcão lá no alto. Ele é o servo da beleza, não a beleza em si, essa é função para Mizzy, assim como um dia foi de Rebecca.

Como um dia foi de Rebecca.

A raiva cede tão depressa quanto se anunciou, e em seu lugar incha uma tristeza, uma onda de tristeza visceral, quando ele olha (discretamente, ele espera) o perfil solene de Mizzy, o nariz aristocraticamente adunco, a cabeleira escura que treme sobre sua testa pálida.

É isso que Peter quer da arte. Não é? Essa náusea da alma; essa sensação de estar na presença de algo deslumbrante e evanescente, algo (alguém) que brilha através da fragilidade da carne, sim, como a deusa puta de Manet, uma beleza lavada de sentimentalidade porque Mizzy é (não é?) um deus puto à sua própria maneira, ele seria menos atraente se fosse a entidade benigna, brilhante, espiritual que ele diz que gostaria de ser.

A beleza, a beleza que Peter deseja, é esta, então: um pacote humano de graça, perdição e esperança acidentais. Mizzy deve ter esperança, deve ter, ele não brilharia desse jeito se estivesse verdadeiramente desesperado, e é claro que é jovem, quem neste mundo se desespera mais lindamente do que os jovens?, coisa que os velhos tendem a esquecer. Cá está ele, Ethan, apelidado o Mistake, sem-vergonha e devasso, viciado, incapaz de querer qualquer coisa que ele acredite dever querer. Seria o momento de fazer um bronze dele, de tentar captar os nervos em carne viva dele, os estágios finais quase insuportáveis de seu fulgor juvenil, à medida que ele começa a dar os passos necessários para viver semipacificamente no mundo real.

Nesse meio-tempo, ele não precisa morrer.

Gus os deixa na frente do loft. Despedidas e agradecimentos. Gus vai embora. Peter e Mizzy ficam parados juntos na calçada.

"Bom", Peter diz.

Mizzy sorri, um sátiro agora. Para onde foi a versão ardente, de olhos úmidos?

Ele diz: "Só aja como se nada tivesse acontecido".

"O que aconteceu?"

"Me diga você."

Vá se foder, homem-menino.

"Não podemos ter um caso."

"Eu sei disso. Você é marido da minha irmã."

E como, exatamente, Mizzy, você de repente se tornou a voz da retidão?

"Eu gosto de você", Peter diz. Frouxo, frouxo.

"Eu também gosto de você. Evidentemente."

"Acha que consegue me dizer o que você quer? Quer dizer, do melhor jeito que conseguir."

"Eu quero ter beijado você numa praia. Não faça tanto drama."

Drama? Quem está fazendo *drama* aqui?

Peter diz: "Acho que eu não consigo fingir que não foi nada".

"Bom, não precisa casar comigo também."

Juventude. Impiedosa, cínica, desesperadora juventude. Ela sempre vence, não é? Reverenciamos Manet, mas não o vemos nu numa pintura. Ele é o cara barbudo atrás do cavalete, prestando homenagem.

"Bom. Vamos entrar então."

"Você manda."

Como *isso* aconteceu? Como Peter pode estar parado na frente de seu próprio prédio, desejando de todo o coração que Mizzy declare seu amor mais uma vez, assim Peter pode ralhar com ele por isso? Será que foi muito brusco lá no gramado dos Potter? Terá perdido alguma chance crucial?

Alguma chance de quê, exatamente?

Tolos humanos. Batucando num tambor para fazer um urso dançar quando faríamos as estrelas chorar de pena.

Eles entram. Nenhum dos dois fala mais nada.

Rebecca já está em casa, na cozinha, fazendo o jantar. Peter vive um espasmo de convicção de que ela sabe o que está acontecendo, chegou cedo em casa para um confronto. O que, claro, é ridículo. Ela vem até a porta enxugando as mãos na calça jeans, beija Mizzy no rosto e Peter nos lábios.

"Estou fazendo macarrão", ela diz. Para Mizzy, acrescenta: "Não esqueça que eu *não* sou mamãe. Tenho alguma aptidão doméstica".

"Nem mamãe era exatamente mamãe", Mizzy diz.

"Vocês se sirvam de um copo de vinho", Rebecca diz, voltando à cozinha. "Vai levar uns vinte minutos."

Ela é uma mulher vital, capaz, cujo marido e irmão se beijaram numa praia. Não que Peter tenha esquecido. Mesmo assim, há algo ao vê-la...

"Eu pego o vinho", Mizzy diz. Normal normal normal.

"Como foi em Greenwich?", Rebecca pergunta.

Você não faz ideia de como foi em Greenwich.

"Perfecto", Peter diz. *Perfecto?* Quem é ele, de repente, Dean Martin? Ele acrescenta: "Tenho certeza de que ela vai comprar a peça. Só preciso levar Groff até lá agora para ele aprovar a dona".

"Ótimo."

Mizzy traz um copo de vinho para Peter. Quando lhe entrega o copo, quando suas mãos se tocam, Mizzy lhe dá um olhar? Não. O horror da coisa é que ele não olha.

Rebecca pega seu copo semivazio do balcão. "Ao comércio de obras de arte", ela diz. E por um momento Peter pensa que ela está sendo irônica.

Ele levanta o copo. "Ao pagamento da mensalidade escolar do próximo semestre", ele diz.

"Se ela voltar para a escola", Rebecca responde.

"Claro que ela vai voltar. Pode crer. Nada como preparar drinques para bêbados para fazer a faculdade parecer boa de novo."

Normal normal normal.

Rebecca planejou ficar em casa essa noite. Ela não só fez o jantar, ela alugou um DVD, *oito e meio*. É um gesto simples, bem simples, embora Peter saiba que ela está dando início a uma campanha para seduzir Mizzy a confortos comuns. Ele sabe, também, que ela se sente culpada por alguma negligência, em grande parte imaginária, de sua parte nos últimos dois dias, porque estava com a cabeça na venda da revista.

Eles representam, os três, o que Peter só pode considerar uma maravilhosa imitação do comum. Durante o jantar, conversam sobre a venda de coisas (obras de arte, revistas). Mizzy faz (um novo talento revelado) uma imitação perfeita de Carole Potter: ele capta seu pneumático balançar de cabeça, a úmida avidez dos olhos, até a corrente subjacente de sons de *mmm* enquanto escuta ou parece escutar. Para Peter é uma branda revelação: Mizzy não está tão absorto em seu mizzynismo como se poderia imaginar. Isso parece (será uma ilusão romântica?) falar da capacidade de Mizzy falar a verdade: quando ele fala, ah, por exemplo, que amou Peter toda a sua vida, é possível que esteja sendo sincero. Vaidoso Peter, você sempre foi o perseguidor, que estranho e maravilhoso seria ser agora, uma vez na vida, o perseguido. Então Rebecca especula sobre o tipo de Grande Acontecimento Artístico que poderia ser inventado em Billings, Montana, ao que Mizzy e Peter, de repente uma gangue de meninos, oferecem apenas sugestões de farra: dar poetas para ursos devorarem num estádio de futebol, encomendar esculturas de gelo: não são piadas muito boas, mas a questão não é essa, é rapazes contra garota, que Rebecca topa, sabendo, como sabe com certeza, que pode conversar com Peter mais tarde, na cama.

Assistem a *oito e meio*, que continua tão bom como sempre foi, enxugando uma terceira garrafa de vinho. Os três são, durante a projeção do filme, uma família saída diretamente de um comercial de tevê, três pessoas sentadas num sofá assistindo absortas enquanto a joia viva da tela da televisão as transporta para fora de suas vidas e as entrega a outras. Marcello Mastroianni parte numa vespa com Claudia Cardinale na garupa, Marcello Mastroianni, dançando na base de um foguete morto, lidera uma fila de todas as pessoas que conheceu.

Quando o filme termina, Rebecca entra na cozinha para pegar a sobremesa. Peter e Mizzy ficam sentados lado a lado no sofá. Mizzy põe um braço camarada nos ombros de Peter.

"Ei", ele diz.

"Eu amo esse filme", Peter diz.

"Você me ama?"

"Shh."

"Responda só com a cabeça então."

Peter hesita, assente com a cabeça.

Mizzy sussurra: "Você é lindo, cara".

Cara? Que tipo de palavra é essa para um rapaz como Mizzy usar?

Resposta: uma palavra jovem, é uma palavra de um *homem* jovem, e por um momento Peter consegue ver como seria os dois juntos: brincalhões, inteligentes, turbulentos de um jeito (no geral) bem-humorado, uma dupla alerta, brincando de lutar, saída de alguma romântica e implausível Grécia antiga. Mizzy é negligente, não tem vergonha de declarar seu amor no sofá da irmã. Poderiam ser felizes juntos? Não está fora de questão.

Peter diz, baixinho: "Não sou um cara".

"Tudo bem, é só lindo."

Para seu embaraço, Peter fica contente de ser chamado de lindo.

Então, Rebecca aparece com as sobremesas. Sorvete de café e chocolate.

Terminam o sorvete, enquanto conversam sem rumo, e depois vão para a cama. Peter e Rebecca vão para a cama. Mizzy diz que vai para seu quarto, vai ficar acordado um pouco mais, lendo *A montanha mágica*, e então com tranquilas despedidas marcha para seu quarto com o livro pesado, o velho Thomas Mann em pessoa, santo patrono dos amores impossíveis.

Uma vez na cama juntos, Peter e Rebecca ficam castamente lado a lado, de costas. Mantêm a voz baixa.

Rebecca diz: "Acha que ele se divertiu hoje?".

Você não faz ideia.

"Difícil dizer", Peter responde.

"Foi bondade sua."

"O quê?"

"Ficar com ele desse jeito."

Ah, meu Deus, não me agradeça.

"É um bom rapaz."

"Honestamente, não tenho tanta certeza de que seja um bom rapaz. Ele tem bom coração. E, sabe. Sobrou para mim."

É. Nem me diga.

Agora provavelmente é a chance, muito possivelmente a última, de contar para ela que ele está usando drogas de novo. Isso, de certa forma, resolveria o problema, não? Ele podia despachar Mizzy para a reabilitação, bastava dizer a palavra. Ele sabe como seria. Mizzy está esgotando a paciência local, e Rebecca é perfeitamente capaz de tomar uma ação decisiva. Basta dizer a coisa certa, na hora certa, agora, e Peter poderia levar a efeito uma espécie benigna de assassinato: Peter podia se juntar aos adultos e livrar-se de Mizzy, que teria apenas duas alternativas: submeter-se às determinações de suas irmãs (Julie viria de Washington pelo próximo trem, difícil dizer se Rose pegaria ou não um avião da Califórnia) ou fugir e viver ou morrer sozinho. Claro que não há mais espaço para concessões. Para as moças já basta.

Peter diz: "Sobrou para nós dois".

E, então, ele entende. Ele quer, ele precisa, fazer o que é imoral, irresponsável. Ele quer deixar esse rapaz cortejar sua própria destruição. Ele quer cometer essa crueldade. Ou (numa versão mais suave, mais gentil) não quer reconfirmar sua lealdade ao reino do sensato, de todas as pessoas que assumem responsabilidade, que vão às festas certas e necessárias, que vendem obras de arte feitas de caibros e restos de tapete. Ele quer, pelo menos durante um breve tempo, viver aquele outro mundo, mais sombrio: a Londres de Blake, a Paris de Courbet; lugares ruidosos, insalubres, onde o bom comportamento era o território de gente decente, comum, que não produzia obras de gênio. Deus sabe, Peter não é um gênio, e Mizzy também não, mas talvez os dois possam sair um pouco do mapa, talvez seja o que ele está esperando, e como a vida é, como dizem, cheia de surpresas, chegou não na forma de um grande jovem artista, mas na forma de uma jovem versão masculina da esposa de Peter, sua esposa quando ela era sob todos os aspectos a moça mais desejada de Richmond; uma moça capaz de jogar no chão o idiota que tinha humilhado sua irmã e se aproveitar dele. Ela é maravilhosa, mas não é mais aquela garota. Aqui, praticamente na concha das mãos estendidas de Peter, está a juventude, libertina, autoimolante e morta de medo; aqui está Matthew trepando com metade dos homens de Nova York; aqui está a Rebecca que não existe mais. Aqui está o terrível fogo purificador. Peter passou muito tempo de luto, pelas pessoas que desapareceram, pela sensação de inspiração perigosa que sua vida se recusa a fornecer. Então, sim, ele fará isso, sim. Ele e Mizzy não vão, não podem, tocar os lábios outra vez, mas ele vai ver aonde isso o leva, essa terrível fascinação, essa chance (se "chance" é a palavra) de dar uma virada em sua vida.

Rebecca diz: "Só quero ter certeza de que você sabe que fico agradecida. Não foi com isso que você se comprometeu quando casou comigo".

"Foi, sim. Eu me comprometi, sim, quando casei com você. É a sua família."

E, realmente, Peter casou com a família dela, não foi? Isso era parte da atração, não apenas Rebecca, mas seu passado, aquela adorável história fitzgeraldiana, sua gente excêntrica e peculiar.

"Boa noite", ela diz.

Ela se acomoda para dormir. Não há como negar a sua beleza, ou a força de seu ser. Peter sente uma pontada de inveja. Claro que ela tem suas preocupações, porém ela habita em si mesma tão completamente, ela se preocupa com questões reais e ignora as teóricas; ela recorta o mundo. Olhe a sua testa pálida e aristocrática e a firmeza das sobrancelhas. Olhe os discretos parênteses de rugas que emolduram sua boca: ela daria risada da ideia de colágeno. Ela vai envelhecer bravamente e fazer um bom trabalho no mundo difícil, amará as pessoas que ama com ferocidade direta e resoluta.

Então parece que não vai haver nenhuma reviravolta por causa daquela modesta traição ao jantar, a pequena lufada de piadas juvenis sobre arte em Montana. Ela está (não está?) farejando uma traição de magnitude muito maior.

"Boa noite", Peter responde.

Ele sonha que mijou em algum lugar da galeria (ah, a desfaçatez do inconsciente) e está tentando limpar antes que alguém veja, mas é claro que não consegue encontrar o xixi, ele apenas sabe que está lá. Em algum lugar. Ele acorda, volta a um semissonho no qual uma estranha mulher que ele sabe ser Bette Rice lhe diz: *Eles todos foram embora anos atrás*, e quando retorna à vigília parece menos um sonho do que um pensamento exaltado, perdido. São apenas duas e quinze, não é a hora da insônia ainda. Mesmo assim, ele se levanta para seu drinque e seu comprimido. Na sala... Loucura ter pensado mesmo brevemente que Mizzy podia estar esperando por ele, nu, e o quanto isso *é* gay, o quanto *não é* gay, Peter quer vê-lo daquele jeito de novo, como Rodin o teria esculpido, a flexibilidade muscular daquele corpo jovem, os traços azulados das veias debaixo da pele rosada, os olhos vacilantes e os pés largos. Não, Mizzy está na cama. Do outro lado da porta... O quê? Nenhum som, Mizzy consegue dormir? Foda-se se consegue. Peter deveria entrar? Claro que não. Ele se serve de vodca, pega o comprimido do armário de remédios, vai até a janela e lá está, como pode ser?, o sujeito do quarto andar do outro lado da rua, aquele que ele nunca viu, na porra da *janela*, deve ser a hora dele. Está plenamente visível, as luzes da sala acesas. É um homem mais velho, talvez de setenta e cinco anos, com uma nuvem de cabelo branco flutuando em torno do crânio rosado. Está usando uma camiseta azul e o que parece (ele só é visível da cintura para cima) calça de pijama. Não uma figura heroica, a barriga quase grudada ao vidro da janela, bebendo numa grande caneca de cerâmica. Existe, poderá existir, algum plano aqui, algum maldito *desígnio*, quer dizer, por que, justamente hoje, Peter afinal se vê cara a cara com seu parceiro de insônia? Não, o que acontece é que Peter está acordado e na frente da janela antes do que de costume, ele foi ao encontro do padrão de insônia do outro. Não sabe dizer se o velho o vê, como poderia não ver?, no entanto não há nenhum contato. Peter não esperaria um aceno (não em Nova York, não entre dois homens na condição de semivestidos), mas um aceno de cabeça talvez, ou um pequeno reposicionamento que indicasse reconhecimento. Nada, é como se Peter não estivesse ali e lhe ocorre (será o remédio fazendo efeito?) que ele pode de fato ser invisível, que ele pode ser seu próprio fantasma, morto no sono, que levantou invisivelmente para observar a si mesmo com mais de setenta anos, ainda parado numa janela na escuridão da noite. Talvez os mortos não entendam que estão mortos. Isso, claro, é apenas uma fantasia, será que os comprimidos promovem sonhos acordados ou alguma coisa além da sonolência... Mas de qualquer modo, ali está ele, finalmente, depois de quantos anos, o outro, o duplo, acordado em seu próprio mundo, talvez ele também tenha uma esposa que dorme olimpicamente, e Peter não consegue deixar de se perguntar: chegou à velhice e ainda está olhando pela janela o vazio alaranjado da rua Mercer? Você não deveria estar... onde? Em Paris? Numa cabana no litoral norte do Pacífico? E o que, em qualquer desses lugares, o impediria de ficar olhando a noite, cheio de desejo (ele deseja e, se sim, o quê?).

Peter sai da janela. Se isso era para ser algum tipo de epifania, não rolou.

E então, talvez por não ter tido uma epifania, mesmo tendo visto afinal o homem de aspecto triste do outro lado da rua (não é o eu mais velho de Peter, não é tão simétrico assim), ele vai até a porta do quarto de Mizzy e silenciosamente, muito silenciosamente, a abre um pouquinho.

É muita loucura?

Não muita. Se Rebecca acordar, há mil razões para ele estar no quarto de Mizzy. *Ouvi gemidos, achei que ele podia estar passando mal, só um pesadelo, todo mundo dormindo de novo.*

A porta se abre silenciosamente, leve demais para ranger. Dentro: a respiração adormecida de Mizzy, e seu cheiro, a mistura agora familiar de algum xampu de ervas, um toque de cedro e, subjacente, o cheiro de suor de rapaz, parte acre, parte cloro. Sim, ele está dormindo pesadamente, sonhando sabe Deus com o quê. Ali está sua forma escura debaixo da coberta.

Peter já ficou parado ali, quando era o quarto de Bea. Ia, de fato, olhar Bea quando ela gritava durante a noite (Bea tinha onze anos quando se mudaram para ali, nenhuma lembrança dela como bebê naquele quarto), e lhe ocorre... será realmente uma coisa de criança perdida? Será possível que Mizzy não seja Rebecca reencarnada, e sim Bea; Mizzy, o filho com que Peter teria sabido lidar melhor, Mizzy, o agradecido e sensível... será que Peter poderia resgatá-lo da falta de objetivo drogada adquirida (talvez, quem sabe) por ter chegado tarde demais à família Taylor, por crescer enquanto seus pais abandonavam as excentricidades da juventude e envelheciam numa demência de baixa intensidade? Porque Bea, vamos falar com franqueza, foi uma criança exigente, determinada, mas estranhamente não curiosa, nem particularmente interessada na escola ou, na verdade, em quase nada. Será que Peter está destinado a ser não o amante platônico de Mizzy, mas seu pai perdido?

Até que ponto exatamente ele falhou com Bea? Por que ele quer defender com tanto ardor seu caso em algum tribunal celeste? Até que ponto é repreensível que queira que sua filha compartilhe algo da culpa?

Filhos não fazem isso. Eles não compartilham culpas. Pais são os criminosos confusos, piscando nas docas, piorando tudo para si mesmos a cada palavra que pronunciam.

Ele fecha a porta e volta para a cama.

Na cama, mais sonhos. Restam apenas fragmentos quando acorda pela segunda vez: ele vagando por Chelsea, não consegue lembrar onde é sua galeria; está sendo procurado, não pela polícia, por alguém mais assustador que a polícia. Dessa segunda vez, ele está bem no horário: 4h01. Rebecca se mexe e resmunga a seu lado. Será que ela também vai acordar? Não. Será que ela sente que está acontecendo alguma coisa? Como poderia não sentir?

Um dilema: a única coisa pior que Rebecca desconfiar e Rebecca não desconfiar; Rebecca indiferente à agitação e infelicidade dele. Será que ela se acostumou com a agitação e infelicidade de Peter a tal ponto que nem as registra mais? Terá se transformado para Rebecca simplesmente em sua natureza?

Uma fantasia, espontânea: ele e Mizzy numa casa em algum lugar, talvez na Grécia (ah, humilde imaginaçãozinha), lendo juntos, só isso, sem sexo, eles resolveriam o sexo com alguma outra pessoa, seriam amantes platônicos, falsos pai e filho, sem o rancor de amantes ou a fúria da família.

Tudo bem, segure essa fantasia um minuto. Aonde ela leva? Mais cedo ou mais tarde, Mizzy se apaixona por alguma garota (ou rapaz) e vai embora? Pode apostar que sim. Não há outro resultado plausível.

A pergunta: seria tão ruim ser abandonado naquela casa na colina com sua vista do pomar e da água, velho, mas não velho *velho*, sua vida aplainada e evacuada, sem nada para fazer além de dar um novo passo rumo ao desconhecido?

A resposta: não. Ele seria alguém a quem algo grande, estranho e escandaloso acontecera. Ele seria capaz de, seria forçado a, surpreender a si mesmo.

Um fato isolado: insetos não são atraídos por chamas de velas, são atraídos pela luz do outro lado da chama, entram na chama e queimam até o nada porque estão desejosos demais de entrar na luz do outro lado.

Ele se levanta e vai ao banheiro tomar outro comprimido. O loft continua habitado pelo sono de seus dois entes queridos e pelo inquieto, ainda vivo, fantasma de Peter, que no momento podia facilmente ter morrido sem saber, podia estar no começo de sua vida como uma sombra errante.

De volta à cama, então;

Dez minutos, mais ou menos, de obstinada vigília, e então a maré do comprimido número dois.

Na manhã seguinte, Mizzy foi embora. Há apenas a cama muito bem-arrumada e a ausência de suas roupas e mochila.

"Aquele merdinha", Rebecca diz.

Ela se levantou antes de Peter, cuja dose dupla fez efeito. Quando ele se levanta, encontra-a sentada desconsoladamente na cama de Mizzy, como se estivesse esperando um ônibus para levá-la a um lugar aonde ela não quer ir.

"Foi embora?", Peter pergunta na porta.

"É o que parece", ela responde.

Ele deve ter se esgueirado para fora durante a noite, depois que ambos dormiram.

É, os comprimidos funcionaram. Se Peter não estivesse drogado, teria ouvido Mizzy ir embora.

E, se tivesse ouvido, o que ele acha que teria feito?

Ele e Rebecca procuram desanimados por um recado, sabendo que não há nenhum.

Desamparada, Rebecca fica no meio da sala, as mãos ao lado do corpo.

"O merdinha", ela repete.

"Ele já é grande", é o melhor que Peter consegue dizer.

"O que ele é é um menino *pequeno* com um corpo que já é grande."

"Consegue deixar que vá embora?"

"Acha que eu tenho escolha?"

"Não. Acho que não. Telefonou para ele?"

"Claro. Acha que ele atendeu?"

Aí está, portanto: a solução. Mizzy se mandou. Melhor para todos. Obrigado, Miz.

E, claro, Peter está com o coração partido.

Claro, tudo o que Peter quer é que Mizzy volte.

Tristeza e inquietação trepidam por dentro dele como um choque elétrico.

Rebecca diz: "Aconteceu alguma coisa ontem?".

Trepidação. Uma onda vertiginosa de sangue em sua cabeça.

"Nada especial", ele responde.

Rebecca vai até o sofá e senta-se, rígida. Podia ser uma paciente numa sala de espera. Não há como negar: é igual a perder Bea de novo. É como voltar para casa depois de tê-la levado de carro a Tufts, aquele vazio amortecido misturado (nenhum dos dois consegue dizer isso) com certo alívio. É o fim das zangas e acusações. Uma nova forma de preocupação, mais dura porque ela está longe de seus olhos, mas ao mesmo tempo abafada, separada. Está por sua conta agora.

"Talvez tenha realmente chegado a hora de desistir dele", ela diz.

Peter mal consegue escutá-la por causa do sangue pulsando nos ouvidos. Como é possível ela não saber? Ele fica, por um breve instante, mortalmente zangado com ela. Por conhecê-lo tão pouco. Por não entender que ele foi, o tempo todo, objeto de uma fixação; que o belo rapaz tem fantasias a seu respeito há vinte anos (Peter resolveu, por ora, que o amor de Mizzy é genuíno, e que cada palavra que ele disse no gramado de Carole Potter é verdadeira). Peter, o Cético, desapareceu junto com o próprio Mizzy.

Ele vai sentar ao lado dela, passa o braço por seus ombros, se pergunta como ela não consegue sentir o cheiro da traição nele, como ela não consegue escutar seu zumbido.

"Você não pode salvar a vida dele por ele. Sabe disso, certo?", ele diz.

"Sei. Sei, sim. Mas. Ele nunca desapareceu desse jeito. Ele sempre me disse onde estava."

Ah, certo. Parte disso, para ela, é a ideia de que ela é a amiga especial dele. Que ele prefere Rebecca a Julie e Rose.

Tolos humanos.

Ficam sentados quietos um momento. E então, como não há mais nada a fazer, se vestem e vão trabalhar.

Os Victoria Hwang já estão quase todos instalados, obrigado, Uta. Peter fica com o seu Starbucks matinal no meio do que já está pronto (Uta está em sua sala, fazendo as suas Dez Mil Coisas). São mais obras da mesma coisa: não é hora de Vic mudar de rumo. Uma das instalações (haverá cinco) está inteiramente montada: um monitor (apagado agora) que, quando ligado, mostrará um vídeo de dez segundos de um negro majestoso de meia-idade, correndo para algum lugar, vestido para o sucesso, o cabelo cortado curto, usando um terno cinza-carvão apresentável, mas barato, debaixo do ubíquo sobretudo, uma capa de chuva bege, na qual ele evidentemente gastou um pouco mais, levando uma pasta surpreendentemente velha, será que não sabe que isso entrega tudo, não se pode ir a uma reunião com uma pasta toda marcada e arranhada daquele jeito, ele acha que é legal e despojado (não é) ou é simplesmente caro demais comprar outra agora? O homem atravessa uma rua na Filadélfia no meio de outros pedestres com aspecto de empresários, atleticamente desvia de um saco plástico soprado pelo vento, e é isso. Isso é o filme.

Vic arrumou, em estantes bem iluminadas, a mercadoria complementar, enviada de alguma dimensão paralela em que esse sujeito é um superastro. O bonequinho (ela tem alguém que os fabrica na China), as camisetas, os chaveiros, as lancheiras. E, novidade desta temporada, uma fantasia de Dia das Bruxas para crianças.

É bom. É irônico, mas humano, toda a noção de estrelismo arbitrário que pode, no sentido de Warhol, ser atribuído literalmente a qualquer pessoa. É sagaz. É óbvio que tem elementos de ironia e condescendência, entretanto no fundo é uma homenagem (isso fica especialmente claro quando você conhece Vic Hwang). Todo mundo é uma estrela, em seu planeta de origem. As estrelas verdadeiras, as pessoas que de fato são reproduzidas em bonequinhos e lancheiras, são periféricas: sabemos muita coisa sobre Brad Pitt e Angelina Jolie, mas nossa sensação a respeito deles empalidece ao lado de um salto rápido para evitar um saco plástico quando estamos a caminho de uma reunião matinal na Filadélfia.

E, no entanto, não dá nada a Peter. Não agora. Não hoje. Não quando ele precisa... mais. Mais que essa ideia bem executada. Mais que o tubarão no tanque com a intenção de assustar, mais do que o sujeito na rua pretende dizer incisivamente sobre a celebridade. Mais que isso.

Melhor entrar em sua sala, talvez, e mandar e-mails. Dar telefonemas.

Onde você está, Mizzy?

Dezoito novos e-mails, todos de gente que acha que seu assunto é urgente. O único ato necessário: ligar para Groff a respeito de ontem.

"Oi, aqui é Groff, você sabe o que fazer."

Ele é outra daquelas pessoas que nunca atendem o telefone.

"Oi, Rupert, Peter Harris. Carole Potter adorou a obra e, pelo que eu posso dizer, está vendida. Telefone para mim e vamos marcar uma hora para eu levar você até lá."

E então, ok, deixar uma mensagem para Victoria.

"Oi, Vic, Peter Harris. O trabalho é incrível. Você deve estar chegando por volta do meio-dia para instalar o resto, certo? Mal posso esperar para te ver. Parabéns. É uma bela exposição."

Não consegue responder aos e-mails. Não consegue telefonar para mais ninguém.

Encostado numa parede de sua sala, o Vincent danificado. O rasgo está um pouco pendurado, mostrando uma linha de tela turva. Peter vai até a pintura e cuidadosamente, como se ela pudesse sentir dor, pega a aba rasgada de papel pardo encerado e rasga mais (está arruinada, não há como consertar, está nas mãos da companhia de seguros agora). Demora para rasgar o papel pesadamente encerado. O som dele se dilacerando é úmido, vagamente carnal.

O que ele descobre é uma pintura comum, cores Philip Guston, uma técnica de manchar e raspar roubada diretamente de Gerhard Richter. Nada original, e inapta.

Peter vai à sala de Uta. Ela está carrancuda diante do computador, caneca de café preto na mão direita.

Ela diz: "Está gostando dos Hwang até agora?".

"São bons. Posso te contar o que eu acabo de fazer?"

"Sou toda ouvidos."

"Tirei todo o papel do Vincent fodido."

Ela olha para ele sombriamente. "Não devia ter feito isso."

"Estava destruído mesmo. Ele não ia consertar."

"Vai ser mais difícil de explicar para o pessoal da seguradora, sabe como eles são. Poderia me dizer por que fez isso?"

"Curiosidade."

"E o que descobriu, seu Curioso?"

"Uma merda de pintura de estudante."

"Está brincando."

"Não."

"Bom. Aquele sacana."

Uta e Rebecca são, no fundo, a mesma pessoa? Ele está duplamente casado?

"Muda as coisas, não acha?", ele pergunta.

“Acho que sim.”

“Acha?”

“São conceituais. Se você acredita que tem uma coisa maravilhosa por baixo, mas nunca vê...”

“Como o gato de Schrödinger.”

“Eu não definiria melhor.”

“Acho que não podemos mais ser representantes dele.”

“Não podemos mais ser representantes dele”, diz Uta, “porque o trabalho dele não vende.”

O celular de Peter toca seu interlúdio de Brahms. Número desconhecido. “Vou atender isto aqui”, ele diz e sai para o corredor estreito.

Quem poderia ser? É possível?

“Alô.”

“Oi.”

É.

“Onde você está?”

“Com um amigo.”

“O que quer dizer isso?”

“Quer dizer que estou na casa de um amigo. O nome dele é Billy, mora em Williamsburg. Não estou em nenhum antro de drogas num porão.”

E realmente, Mizzy, por que nós deveríamos estar nos lixando se você está ou não?

O que Peter diz é: “Então, está tudo bem?”.

“Não sei se eu diria tudo bem. Estou bem, se sabe o que eu quero dizer. Você, como está?”

Ora, obrigado por perguntar.

“Já estive melhor.”

“Quero ver você.”

“E?”

“Nós temos de conversar.”

"É, acho que sim. Imagina o quanto Rebecca ficou perturbada?"

Um breve silêncio preenchido por respirações do outro lado.

"Claro que sim", Mizzy diz. "Acha que eu queria que ela ficasse mal?"

"Um bilhete qualquer teria sido muito eficiente para fazer com que ela se sentisse menos mal."

"O que eu diria num bilhete?"

Vá se foder, moleque mimado.

"Tem razão", Peter diz, "temos de conversar. Quer vir até a galeria?"

"Que tal a gente se encontrar em algum outro lugar?"

"Tem alguma coisa em mente?"

"Tem um Starbucks na Nona Avenida."

Certo. Starbucks. Não há nenhum campo enevoado para eles se encontrarem, há? Nenhuma torre de castelo. Starbucks, por que não?

"Ok. Quando?"

"Tipo, daqui a quarenta e cinco minutos?"

"Nos vemos lá."

"Certo."

Ele desliga.

"Era Victoria?", Uta pergunta de sua sala.

"Não. Não era ninguém."

Peter vai a sua sala, onde o Vincent ainda está encostado, com um halo de papel rasgado.

Seria romântico, não seria, se Peter ficasse olhando longa e concentradamente a empenhada inépcia, mas Peter não consegue se concentrar. Se é uma metáfora, é fraca. Aquilo é na verdade um truque feito por um artista de segunda linha. Nem mais nem menos que isso.

Peter tem outras coisas em que pensar.

O que Mizzy tem em mente? Que cena está para se desenrolar dentro de quarenta e dois minutos no bendito Starbucks da porra da Nona Avenida? Mizzy terá preparado um discurso sobre como não consegue aguentar fingir? Ele vai pedir a Peter que fuja com ele, que deixe displicentemente a carnificina para trás e vá para... aquela casa na Grécia, ou para um apartamento em Berlim? O que Peter vai dizer se for isso que Mizzy quiser?

Sim. Deus o ajude, ele muito provavelmente dirá sim. Sem nem o fantasma de uma ilusão sobre como aquilo vai acabar. Ele está pronto, ao menor estímulo, a destruir sua vida, e ninguém, nem uma única pessoa que ele conhece, vai ficar do seu lado.

Peter responde a seus e-mails. Normal, normal. Ele tenta ignorar a passagem do tempo, mas é claro que o tempo aparece no canto superior direito da tela de seu computador, cada minuto que passa. E então, faltando vinte e seis minutos, Victoria chega. Ele ouve Uta abrindo a porta para ela, vai até a galeria cumprimentá-la.

Sorrisos. Todo sorrisos.

Victoria é uma excêntrica ardente, uma chinesa alta com a cabeça raspada, tendência a brincos do tamanho de pires e vastos cachecóis enrolados.

"Oi, gênio", Peter diz. "Está maravilhoso."

Ele e Victoria trocam um dos rápidos, espinhosos abraços que Victoria permite. Lábios não tocam carne.

Ela diz: "Acha que estou ficando previsível?".

Uta, uma verdadeira profissional, diz: "Você ainda está formulando alguma coisa. Estas são variações. Vai saber quando for hora de uma mudança maior".

"Você vai me dizer, certo?", Victoria diz a Peter. Ela odeia mulheres.

"Nós diremos", Peter responde. "Você está fazendo a coisa

certa agora e, a propósito, está a ponto de se transformar num grande sucesso. Pode crer."

Victoria dá um sorriso de magro otimismo, cético. Ela é, de fato, um dos artistas menos iludidos de Peter. Há nela algo de menina pequena, ela é séria, mas nervosa, cheia de esperança, do jeito que meninas vestem bonecas e as arrumam em composições, que mostram a adultos com uma mistura de orgulho e vergonha, temendo todas as vezes não receber os elogios abundantes (ligeiramente condescendentes?) com que aprenderam a contar. Seria bom que Peter amasse seu trabalho só um pouquinho mais, ou sentisse por Victoria só um pouquinho menos.

"Pronta para começar a trabalhar?", Peter pergunta.

"Ahn-hã."

"Quer um chá?" Ela toma chá.

"Seria ótimo, sim."

Peter vai buscar, recebe um rápido olhar agradecido de Uta. Por que Uta haveria de ir buscar chá para uma mulher que a ignora?

Peter entra no depósito onde ficam as coisas do café e do chá, liga a chaleira elétrica. Ali estão as caixas de armazenamento, nas quais são guardadas as obras de vários artistas da galeria, prontas para serem mostradas a qualquer cliente interessado, todas cuidadosamente embrulhadas em plástico, todas etiquetadas. Peter e Uta administram um navio muito organizado.

Isso também não é uma metáfora. É? Artistas produzem obras de arte e algumas ficam à espera, numa sala, até alguém demonstrar interesse. Nada errado com isso. Nada triste.

E, no entanto, Peter precisa sair dali.

Ele é capaz de esperar até a água ferver e preparar uma xícara de chá verde para Victoria, não está tão desesperado.

Na galeria, Vic e Uta estão no meio da discussão sobre a segunda instalação, que ficará no canto norte. Peter leva o chá a Victoria. Ela o aceita com ambas as mãos, como se fosse uma oferenda.

"Obrigada."

"De nada."

Peter diz: "Tenho de sair um minuto, volto já".

Ele evita o olhar interrogativo de Uta: Peter nunca "sai um minuto", não em uma tarefa que seja um mistério para Uta. Eles não têm mistérios.

"Até daqui a pouco então", Uta diz.

Pobre fodido, pare no banheiro e confira o cabelo antes de ir. Certifique-se de que não tem nada grudado nos dentes.

E saia, então. E se você não voltar? Consegue imaginar Uta dizendo às pessoas: *Ele não me disse nem aonde ia*? Consegue, sim.

Ele faz um esforço para chegar exatamente sete minutos atrasado, porque não suporta a ideia de ser encontrado esperando, embora seja evidente que Mizzy pode atrasar mais do que sete minutos e Peter se pergunta, lá no fundo da cabeça, se ao chegar sete minutos atrasado não terá perdido Mizzy de uma vez por todas, se Mizzy não terá chegado e partido, e misturada a esse específico espasmo de pânico louco, ao se aproximar da familiaridade das portas do Starbucks, há a sensação de doloroso deslumbramento de se preocupar tanto assim. Há quantos anos ele efetivamente espera, em algum canto remoto de seu cérebro, que alguma reunião não acontecesse, que ele se visse livre, que lhe fosse devolvida a hora dedicada a algum negócio ou amigo (bem, na realidade, ele não tem nenhum amigo de fato, a menos que conte Uta: como exatamente isso aconteceu? Tinha uma porção de amigos quando era mais jovem).

Ele experimenta uma das portas duplas de vidro, descobre

que está trancada (por que em Nova York um lado das portas está sempre trancado?), sobrevive ao pequeno embaraço, entra pela porta destrancada. No meio da manhã o Starbucks está metade ocupado, algumas mulheres em duplas, dois rapazes separados diante de laptops, é o melhor preço da cidade, quatro e quarenta por um café e você pode ficar sentado ali o dia inteiro.

E lá, numa mesa junto à vitrine mais ao fundo, está Mizzy.

"Oi", Mizzy diz. Por que, realmente, o que mais poderia dizer?

Peter diz: "Que bom te ver". O sarcasmo foi registrado?

Mizzy já pediu um café (um cappuccino grande, impossível não guardar essa informação). Ele diz: "Quer um café?".

Peter quer. Na verdade, não quer, mas parece estranho sentar na frente de Mizzy sem nada para tomar. Ele vai e fica na fila (duas pessoas na sua frente, uma negra carnuda e um rapaz com o cabelo comprido das laterais penteados sobre a careca usando um suéter de um time de beisebol, dois de uma multidão que por acaso não fazem parte das camisetas e lancheiras de Victoria, mas poderiam facilmente fazer). Peter consegue suportar o melhor possível o terrível interlúdio de sempre de ter de ficar numa fila para pedir um café.

Depois volta à mesa de Mizzy, escondendo a absurda noção de que um café grande com leite desnatado é, de alguma forma, o pedido errado.

Mizzy está inalterado. Talvez sua beleza pálida, principesca, seja acentuada por aquele lugar comum. Ali está a complexidade romana de seu nariz, os grandes olhos castanhos saídos de Disney. Ali está o cabelo negro separado no meio da testa.

Ali, jogada no chão ao lado da mesa, está a mochila que trouxe com ele a Nova York.

Peter dissimula. Terá essa dignidade ao menos.

Ele diz: "Você deu um puta susto em Rebecca".

"Eu sei. Sinto muito. Vou telefonar para ela hoje."

"Vamos começar com por que você foi embora?"

"Por que você acha?"

"Eu perguntei", Peter diz.

"Não posso simplesmente ficar lá e tocar as minhas coisas como se nada tivesse acontecido."

"Espere um pouco. Não foi você que insistiu que nada tinha *de fato* acontecido?"

"Eu estava me defendendo. Pelo amor de Deus, Peter, nós estávamos a ponto de entrar e jantar com minha irmã. Eu não podia exatamente cair nos seus braços na porta da sua casa, podia?"

Uma sensação terrível, embriagadora, brota no fundo da garganta de Peter. Um jato de bile como uma droga. Está acontecendo então. Esse rapaz, essa nova versão da jovem Rebecca, essa graciosa e enternecedora Bea, essa obra de arte viva, está declarando seu amor.

"Não", diz Peter. "Não podia." Há um tremor em sua voz? Talvez.

Um breve silêncio. Por um momento, um momento, Peter recua. Não pode fazer isso. Rebecca e Bea não fizeram nada para merecer isso, e como Rebecca irá se recuperar? (Bea, muito provavelmente, embarcará numa carreira vitalícia de odiar o pai, o que será certa consolidação para ela, além do que ela tem já bastante prática.) Uma tonta trepidação lhe sobe à cabeça. Está a ponto de cometer um ato inominável. Ele nunca mais vai conseguir pensar em si mesmo como um bom homem.

"Contou para ela?", Mizzy pergunta.

O quê?

"Claro que não."

"E não vai contar. Certo?"

"Bom. Isso é uma coisa que temos de conversar, você não acha?"

"Por favor, não conte para ela."

E então, ao que parece, Peter diz isto:

"Mizzy, eu tenho sentimentos por você. Penso em você. Sonho com você"... *Não é verdade, você sonha com mijadas com perseguições, mas ainda assim.* "Não sei se estou apaixonado por você, mas estou envolvido em alguma coisa com você e, sendo honesto, não acho que eu possa simplesmente voltar à minha vida."

Mizzy recebe isso com peculiar impassividade. Apenas seus olhos demonstram alguma coisa. Assumem aquele brilho molhado. Agora, pela primeira vez, seus olhos ligeiramente estrábicos o deixam com um ar de bobo.

Ele diz: "Eu estava falando das drogas".

Ah.

Um horrível entendimento paira sobre ele, mas não chega a baixar de fato. Peter sente a pele picar. Um calor lhe sobe à cabeça e, por um momento, parece que vai vomitar de novo.

Ele ouve a si mesmo dizendo: "O que te preocupa é se eu contei para ela que você está usando drogas de novo".

Mizzy tem o bom gosto de não responder.

É chantagem, então. Ele foi enganado. Nem mais, nem menos que isso. Sim, Peter, mantenha em segredo as drogas e eu, Mizzy, não conto nada do beijo.

Agora Peter parece estar dizendo: "Você inventou tudo isso então? A história da...".

Não chore, filho da puta. Não chore numa Starbucks na frente desse menino sem coração.

"Ah, não", Mizzy diz. "Eu sempre tive uma paixão por você, não vou mentir. Mas eu. Você é marido da minha irmã."

Eu sou, de fato, marido da sua irmã. O que você acha que vai acontecer?

Ele achou que uma força além de si próprio iria arrebatá-lo desta vida para outra. Ele acreditou nisso.

"Eu sinto tanto", Peter diz. E o que quer dizer com isso? Por quem ele sente tanto?

"Não sinta."

"Ok, não sinto. O que você vai fazer agora?"

"Acho que vou para a Califórnia. Tenho uns amigos na Bay Area."

Você acha que vai para a Califórnia. Tem uns amigos na Bay Area. Na *Bay Area*, nem mesmo em São Francisco.

"O que você vai fazer lá?" A voz de Peter chega de uma certa distância. Ele está parado atrás de si mesmo.

"Um dos meus amigos trabalha com computação gráfica, precisa de um sócio. Eu sou bom com computadores."

Você é bom com computadores. Você vai entrar num negócio de computação gráfica com um amigo na Bay Area. Você não quer amar brevemente e depois abandonar um sujeito mais velho numa casa no alto da colina na Grécia. Essa possibilidade nunca lhe passou pela cabeça.

Você só quer que suas irmãs larguem do seu pé na questão das drogas. Você precisava aprontar alguma coisa comigo para servir de seguro.

"Isso parece muito razoável", diz a voz que vem de algum lugar acima do ombro esquerdo de Peter.

"Você promete que não conta a Rebecca."

"Se você prometer que vai se despedir dela antes de ir embora."

"Claro que vou. Vou dizer para ela que fui embora hoje de manhã porque estava com vergonha de não querer ser um *marchand* de artes plásticas afinal de contas. Ela vai entender."

Ela vai. Vai entender.

Peter diz: "Contanto que funcione".

"Você foi muito bom comigo."

Bom. Talvez. Ou talvez tenha ficado tão entorpecido que

traí você, como amantes fazem tantas vezes. Quando exatamente vamos receber o telefonema sobre a sua overdose na Bay Area?

"Não foi nada", Peter diz. "Você é da família afinal."

E então, realmente, não resta mais nada senão ir embora.

Eles se despedem na banalidade cheia de vento da Nona Avenida com a rua 70. Um saco plástico passa voando, acima da cabeça deles.

Peter diz: "Então, nos vemos em minha casa hoje à noite?".

Mizzy ajusta a correia da mochila. "Se você concordar, acho que vou passar no escritório de Rebecca e me despeço dela lá."

"Nem uma noite mais?"

Arrumada a correia, Mizzy dá a Peter o que será de fato o último daqueles olhares de olhos úmidos.

"Não consigo passar por outra noite como a noite passada", ele diz. "Você consegue?"

Obrigado, Mizzy, obrigado por admitir que alguma coisa, *alguma coisa*, aconteceu. Alguma coisa sobre a qual você sente uma emoção identificável como vergonha.

"Acho que não. Você acha que..."

Mizzy espera.

"Você acha que vai parecer estranho para Rebecca você ir embora assim com tanta pressa?"

"Ela está acostumada. Ela sabe como eu sou."

Sabe? Ela sabe que, entre as suas atraentes qualidades, você é desprezível e pelo menos um pouquinho oco?

Provavelmente não. Mizzy não é uma obra de arte para Rebecca, como é (foi) para Peter? Ele não deveria, de fato, permanecer assim?

"Bom, então", Peter diz.

"Eu telefono da Califórnia, ok?"

"Como vai chegar lá?"

"De ônibus. Não tenho muito dinheiro."

Você não vai pegar o ônibus, Mizzy. Rebecca não vai deixar. Ela vai tentar impedir que você vá, mas, quando entender que não consegue, *não consegue* impedi-lo de fazer o que quer que seja (a não ser, claro, o que ela não sabe que você está fazendo de fato), ela vai pegar o telefone e comprar uma passagem de avião para você. Você e eu sabemos disso.

"Faça boa viagem."

São essas as palavras de despedida?

"Obrigado."

Apertam-se as mãos. Mizzy se afasta.

E pronto. Peter havia imaginado que podia ser arrebatado, podia arruinar a vida de outros (sem falar da sua própria) e mesmo assim conservar algum aspecto de ausência de culpa porque a paixão supera tudo, por mais iludida, por mais condenada que seja. A história favorece os amores trágicos, os Gatsby e Anna K., os perdoa, ainda que acabe com eles. Mas Peter, uma figura pequena numa esquina indistinta de Manhattan, terá de perdoar a si mesmo, terá de acabar consigo mesmo porque parece que ninguém fará isso por ele. Não há estrelas folheadas a ouro sobre lápis-lazúli acima de sua cabeça, apenas o cinza de uma tarde loucamente fria de abril. Ninguém vai esculpi-lo em bronze. Ele, como todas as multidões que não são lembradas, está esperando polidamente pelo trem que com toda a probabilidade nunca virá.

O que fazer senão voltar ao trabalho?

Ele tem isto, ao menos: tem a determinação de que nada aconteceu. É um amargo alívio. Tem de volta sua vida (não que tivesse sido tirada dele); tem a real esperança de aumento da prosperidade (Groff provavelmente vai fazer parte de sua lista e quem sabe quem poderá vir a seguir, uma vez que um artista como Groff está a bordo); ele tem a esperança ligeiramente mais complicada de que ele e Rebecca vão ser felizes de novo. Felizes o bastante.

O problema é que...

O problema é que ele consegue prever tudo até o melhor final possível. Sua galeria passa para o primeiro time, ele e Rebecca recuperam juntos a tranquilidade. E lá estará ele.

Está esfriando, exatamente como o Canal do Tempo previu hoje de manhã: uma queda de temperatura inesperada para a estação. Peter, porém, não está tão pirado (ele gostaria de ter maior capacidade de se preocupar consigo mesmo) a ponto de desfalecer por um friozinho em abril. Não está tão pirado a ponto de ignorar a exuberância das ruas por onde passa: os vários transeuntes apressados encolhidos; uma fileira impassível e rebolante de cinco garotas conversando (*Ele nunca, eu falei pra ela, sua bolsa, Rita, Dymphna e Inez*); a mulher surpreendentemente bem vestida revirando um latão de lixo em busca de latas; os risonhos, os que olham vitrines, os que falam ao celular. É o mundo, você vive nele, mesmo que um rapaz o tenha feito de bobo.

Quando ele volta à galeria, a segunda instalação de Vic acabou de ficar pronta. Uta e os rapazes (talvez ele não consiga nunca mandá-los embora, sempre há alguma coisa urgente aparecendo, não é?) estão arrumando as estantes com os produtos enquanto Vic observa com a expressão de surpresa juvenil que lhe é usual: olhe no que está se transformando!

Uta diz: "Voltou". Com o que ela quer dizer, onde diabos você esteve?

"Voltei", ele responde. "Está ficando bom."

"Íamos parar para almoçar", Uta diz. "Acho que vamos terminar lá pelas nove, dez da noite."

"Bom. Está bom."

Ele entra em sua sala. Lá está o Vincent estragado, que não significa nada em especial. Senta-se à mesa, pensando que devia fazer alguma coisa. Tem muita coisa para fazer.

Um momento depois, Uta está ali.

"Peter, o que está havendo?"

"Nada."

"Ora."

Conte para ela. Conte para alguém.

Ele diz: "Parece que eu me apaixonei pelo irmão mais novo de minha mulher".

Uta tem uma vida inteira de prática na arte de dar a impressão de que não se surpreende. "Aquele menino?", ela pergunta.

"Não é patético?", ele diz. "Que coisa burra, triste, patética."

Ela inclina a cabeça, olha para ele como se ele tivesse de repente sido obscurecido por fumaça. "Está me dizendo que você é gay?"

Um breve mergulho de volta ao gramado de Carole Potter, ao momento em que Peter disse a Mizzy: "Então você é gay". Sim e não ao mesmo tempo. Queria que fosse assim tão simples.

Ele diz a Uta: "Não sei. Quer dizer, como eu posso amar outro homem e não ser gay?".

"Fácil", diz Uta.

Ela apoia o peso em um lado do quadril, arruma os óculos. Hora de começar a aula.

Ela diz: "Quer me contar?".

"Você quer saber?"

"Claro que quero."

Ok, então. Vá em frente.

"Não aconteceu nada. Um beijo."

"Um beijo é alguma coisa."

Amém, irmã.

"Para ser absolutamente sincero, acho que eu me apaixonei

por... não sei se consigo dizer isso a sério. Pela beleza em si. Quer dizer, manifestada nesse rapaz."

"Você sempre foi apaixonado pela beleza em si. Isso é que é engraçado em você."

"É verdade. Engraçado. Desse jeito."

"E quer saber de uma coisa, Peter..."

O sotaque dela, o incessante, adorável e pesado sotaque utaesco, parece ter ficado um pouco mais pesado com a gravidade do momento. *E querr saberr de um coisa, Peder...*

"...sabe, teria sido mais simples você se apaixonar por alguma mocinha. Coitado, você nunca pega a saída mais fácil."

Focê nunca pega o saída maish fácill. Ah, meu Deus, Uta, eu te amo.

"Acha que estou querendo sair de alguma coisa?"

"Você acha?"

"Eu amo Rebecca."

"Não é essa a questão."

"E qual você diria que é a questão?"

Ela faz uma pausa, arruma aqueles óculos.

"Quem foi que disse que a pior coisa que você consegue imaginar provavelmente já está acontecendo? Frase de psiquiatra. Mas verdadeira."

"Está pronta para o final da história?", Peter pergunta.

"Estou sempre pronta para um final."

"Ele estava só me sacaneando."

"Claro que estava. É um garoto, certo?"

"Fica melhor ainda."

"Estou ouvindo."

"Ele me chantageou."

"Isso é muito século XIX", ela diz.

"Descobri que ele estava usando drogas de novo e ele me seduziu para eu não contar a Rebecca."

"Upa. Essa é foda."

Há uma corrente subjacente de admiração na voz dela?

Haja ou não, Peter entende: ele, Peter, é um personagem cômico. Como pôde acontecer de ele imaginar, mesmo brevemente, que não era? Ele é o bobo saltitante em quem todos pregam peças. Ele é um alvo fácil, todo vaidade e gel no cabelo.

Batucando num tambor para fazer um urso dançar quando faríamos as estrelas chorar de pena.

"Eu sou um idiota", ele diz.

"É, sim", ela responde.

Uta vai até o lado dele da mesa, passa o braço por seus ombros. Só um braço, pendurado de leve, mas, mesmo assim, é muito para Uta. Ela não é de abraços.

"E você não é o primeiro idiota por amor", ela diz.

Obrigado, Uta. Obrigado, minha amiga. Mas não vai adiantar, vai? Parece que eu fui além da consolação, não resta muita coisa para mim na imagem de mim mesmo como mais um triste cidadão fazendo uma dancinha, por mais verdadeira que seja essa imagem.

Seria melhor se eu pudesse uivar e chorar com você. Não posso, porém, mesmo que eu quisesse, mesmo que achasse que você conseguiria suportar o espetáculo. Estou seco por dentro. Tem uma bola de piche e pelos abrigada na minha barriga.

"Não", ele diz. "Não sou." Porque, realmente, o que mais pode dizer?

O resto do dia passa, de algum jeito. Por volta de quinze para as nove da noite, a exposição está instalada. Tyler, Branch e Carl foram para casa. Peter fica parado no meio da galeria com Uta e Victoria.

"Está bom", diz Uta. "É uma boa exposição."

Arranjados em torno deles, nas paredes e pisos da galeria estão cinco super-heróis de Victoria: o negro com sobretudo; uma mulher de meia-idade procurando moedas na bolsa para pôr no parquímetro; uma moça majestosa, de rosto duro, saindo de uma padaria com um saquinho branco na mão (o pão *bagel* de seu almoço, sem dúvida); um menino asiático andrajoso, de uns doze anos, que passa zunindo num skate; e uma garota hispânica empurrando um carrinho de bebê duplo em que seus gêmeos berram com toda a força. Os vídeos são exibidos simultaneamente enquanto a *Nona sinfonia* de Beethoven ribomba sem parar em três discretas caixas de som pretas. Os adoráveis produtos estão nas prateleiras: as camisetas, os bonequinhos, as lancheiras, e as fantasias para o Dia das Bruxas.

"Está certo, não?", Victoria pergunta.

"Está mais que certo", Peter diz, embora fosse dizer isso para qualquer artista.

Hora de desligar tudo, apagar as luzes e ir para casa. Os curadores virão amanhã, junto com alguns clientes mais importantes da galeria. A matéria na *Artforum* sai no começo da semana que vem. Bendita seja, Victoria, em sua ascensão no mundo artístico. Se eu conseguir pegar Rupert Groff, talvez você não me abandone afinal.

Tente considerar isso. Faça o melhor possível para agir como se você se importasse.

O que você faz quando não é mais o herói de sua própria história?

Você fecha à noite e vai encontrar a esposa em casa, certo? Toma um martíni, pede o jantar. Você lê ou assiste televisão.

Você é o minúsculo Ícaro de Brueghel, se afogando anônimo num canto de uma vasta tela na qual homens cuidam dos campos e apascentam carneiros.

Uta diz: "Por que não vamos jantar em algum lugar?".

Hum. Não posso mesmo. Não esta noite. Não posso sentar num restaurante e bater papo, nem mesmo com a doce e retraída Victoria Hwang.

Ele diz: "Por que não vão vocês duas?". Para Victoria, Peter acrescenta: "Eu ando um pouco adoentado ultimamente e tenho de estar muito brilhante amanhã com todo o agito dos seus fãs".

Como ela pode protestar?

Uta lhe lança um olhar professoral. Ele deve ser dispensado?

Ela diz: "Podemos só comer alguma coisinha rápida, sabe".

"*Eu* sou uma coisinha rápida agora", Peter responde. Rá rá rá. "Realmente, teremos um grande jantar com muita bebida na noite da abertura. Preciso ir para a cama agora."

"Se é assim que você quer", Uta responde.

"Fora, vocês duas então", Peter diz. "Eu vou ficar aqui mais um pouquinho. Gostaria de passar algum tempo sozinho na exposição."

Como alguém pode protestar?

Uta e Victoria pegam os casacos e param ao lado de Peter na porta.

Victoria diz: "Obrigada por tudo, Peter. Você é ótimo".

Obrigado, Victoria, por ser uma pessoa gentil e decente. Engraçado como as virtudes simples são importantes.

Uta diz: "Me ligue se precisar, certo?".

"Claro, ligo, sim."

Ela aperta a mão dele. Como ele fez com Bette, quando estavam na frente do tubarão.

Obrigado, Uta. E boa noite.

Então ali está ele, sozinho com cinco cidadãos comuns atravessando breves interlúdios de seus dias normais enquanto a Orquestra Sinfônica de Londres elabora, repetidamente, os acordes iniciais da *Nona sinfonia*. Beethoven roda e roda.

Como essas pessoas foram resgatadas ou decepcionadas? O

que acontecerá com elas, o que está acontecendo com elas agora? Pouca coisa, provavelmente. Tarefas e horários pesados, escola para o menino, a televisão noturna de cada um. Ou alguma coisa mais. Quem sabe? É claro que cada um deles leva dentro de si uma joia de indivíduo, não apenas as feridas e as esperanças, mas uma intimidade, o que Beethoven poderia chamar de alma, aquela brasa do eu que carregamos, o simples fato de viver, tudo enredado em sonho e lembranças, porém diferente de sonho e lembrança, diferente do momento (atravessar uma rua, sair de uma padaria); aquela infinitude menor, o universo privado no qual você sempre esteve e sempre estará zunindo com um skate ou procurando moedas no fundo da bolsa ou voltando para casa com os filhos irritados. O que disse Shakespeare? Nossas vidas são rodeadas de sono.

Peter adoraria dormir agora. Dormir, dormir, dormir.

Ou chorar. Chorar seria bom, poderia ser bom, limpar, mas ele está seco por dentro, o que ele sente parece estar mais perto de uma indigestão do que de desespero.

Ele é um pobre homenzinho engraçado, não é?

Fica um pouco na exposição, que poderá vender ou não. Que será desmontada de novo e substituída por outra. De Groff, se ele tiver sorte. De Lahkti, se ele... tiver menos sorte. Não que Lahkti seja um prêmio de consolação, aquelas pequenas pinturas minuciosamente intrincadas de Calcutá, Peter gosta mesmo delas (o suficiente) e de fato, embora Lahkti não seja uma sensação (pinturas pequenas simplesmente não vendem tanto quanto as grandes), seria um alívio não ter de se chocar com ele para abrir espaço para Groff. Peter poderia continuar se sentindo honrado assim, poderia continuar vivendo com um sólido membro do segundo time, respeitado, mas não temido. Conseguir Groff e se formar (talvez) no primeiro time; não conseguir Groff (e, realmente, ele poderia censurá-lo por ir para uma galeria maior?) e estabelecer, talvez para sempre (ele não está na vanguarda há mais de dez anos já), uma carreira de determinada semiderrota, um campeão dos negligenciados e dos que quase chegaram lá.

Os cidadãos comuns de Victoria rodam e rodam e rodam. Beethoven ressoa triunfante. Mizzy muito provavelmente está no avião agora, atravessando o país, acima das luzes da América noturna.

Seria bom dormir ali, bem ali, no chão da galeria, enquanto cinco estranhos randômicos vivem, repetidamente, breves interlúdios do que é agora o seu passado esquecido.

Hora de desligá-los, silenciar a música, apagar as luzes e ir para casa.

E no entanto ele fica. Isto aqui pode não ser grande arte, mas é arte perfeitamente boa e ele se consola com isso, está acompanhado por isso e isso nunca mais lhe dará a sensação tão imaculada de hoje, antes de os compradores virem olhar.

Ele pega um dos bonequinhos, o negro com a pasta arrebentada. A figura é intencionalmente mal-acabada: os olhos pintados ligeiramente fora do lugar, a pele de uma cor de cacau sem vida, o terno feito de qualquer jeito com um tecido sintético brilhante, cinza-revólver. Idolatria tende a compreender rebaixamento, não é? Até mesmo aquelas Virgens Marias policromadas, até mesmo aqueles Budas dourados. Carne, a coisa verdadeira e viva, frustra todas as tentativas de representação.

Qual artista seria a escolha mais provável de Peter agora? Teria de ser Francis Bacon, não teria? Um daqueles nus de meia-idade, rosa-carne, em poses torturadas. E ele na verdade se imaginara em bronze. Tinha sido vaidoso a esse ponto.

Batucando num tambor para fazer um urso dançar quando faríamos as estrelas chorar de pena.

Mas é alguma coisa, porém, não é um nada, ter um tambor ao ritmo do qual dançar. Não se você for um urso.

* * *

Quando Peter chega em casa, encontra Rebecca na cama. Passa um pouco das nove e meia apenas.

Ela está encolhida, virada para a parede, enrolada numa manta. Peter pensa brevemente numa esposa indiana, amortalhada para a pira.

Ela sabe. Mizzy contou tudo a ela. Peter perde o equilíbrio por um momento, como se o piso oscilasse debaixo dele. Ele vai negar? Seria fácil. Mizzy é um mentiroso inveterado, Peter podia proclamar plausivelmente sua inocência. Mas, se mentir, terá mentido sempre, Mizzy, apesar de todas as suas transgressões, terá sido sempre acusado falsamente. Peter luta contra o impulso de simplesmente virar as costas e ir embora, deixar o apartamento, escapar para... o quê, exatamente? O que há lá fora para ele?

Entra no quarto. Ali estão os abajures que compraram anos atrás, no mercado das pulgas de Paris. Ali, pendurados em cima da cama, estão os três desenhos de Terry Winters.

"Oi", Peter consegue dizer. "Está doente?"

"Só cansada. Mizzy foi embora hoje."

"Foi?"

É muito horrivelmente transparente se fazer de bobo desse jeito? Rebecca consegue sentir o cheiro da mentira emanando dele?

Ela não se vira para olhar para ele.

"São Francisco", ela diz. "Parece que alguém lá arrumou um emprego pra ele."

Peter luta para soar e agir como ele mesmo, embora seja difícil se lembrar como ele soa, como age.

"Que tipo de emprego?"

"Computação gráfica. Não me pergunte o que é isso exatamente. Em termos do que pode ser como emprego."

"Por que você acha que de repente ele quis fazer isso?", Peter pergunta e sente um arrepio na espinha. Me mate agora, Rebecca. Acabe com isso de uma vez. Nós dois sabemos por que ele foi para São Francisco. Estou parado diante de você, uma merda total. Grite comigo. Me jogue na rua. Seria um alívio, para nós dois.

Rebecca diz: "Achei que ele ia mudar dessa vez. Achei mesmo".

"Talvez esteja na hora de aceitar a possibilidade de que ele não vai mudar nunca", Peter diz, hesitante.

"Talvez."

Há tamanha tristeza na voz dela. Peter se senta na beira do colchão. Muito suavemente, põe a mão no ombro dela debaixo da coberta.

Seria mais viril confessar? Claro que seria. Ele podia ao menos ter essa dignidade.

Ele diz: "Mizzy provoca as pessoas. As pessoas reagem a ele".

Uma fraca introdução. Mas já é alguma coisa. Continue.

Ela diz: "Demais para seu próprio bem".

Pronto? Vá em frente.

"O que ele te disse hoje à tarde?"

Peter não sabe se vai mentir ou não. Não consegue enxergar tão longe em seu próprio futuro. Só pode esperar, desamparado, para ver o que irá fazer.

"Ele me contou uma coisa", ela diz.

Ah. Aí está. Adeus, minha vida. Adeus, abajures e desenhos.

Peter luta para manter a voz normal.

"Acho que sei. Eu sei?"

A verdade, então. Ele vai contar a verdade. Terá isso, ao menos.

Ela diz: "Ele disse que me ama, mas que tem de ficar longe por algum tempo. Parece que eu inibo o crescimento dele debruçada sobre ele como eu fico".

É mesmo? Espere um pouco. Verdade mesmo? É *isso*?

"Bom, talvez ele tenha razão", Peter diz. Será possível que ela não escute a hesitação em sua voz?

"O negócio é o seguinte..."

Peter hesita. Ele sente, mais que ouve, um minúsculo sussurro na janela, as batidas mais tênues. Neve. Uma leve lufada de neve, como predisse o homem do tempo.

Rebecca diz: "Ele me adora e blá-blá-blá, mas precisa ficar sozinho".

Ah.

Talvez Mizzy não tenha precisado chantagear Peter então. Talvez ele saiba que não teria merecido crédito. Ou talvez (pior) ele tenha tido certa satisfação em derrubar todo mundo e depois ir embora. Talvez ele estivesse brincando com os dois, vendo até que ponto podia ir.

Rebecca se vira para olhar para Peter. Seu rosto está pálido, com um brilho baço de suor.

Ela diz: "Eu entendi uma coisa".

"O quê?"

"Venho vivendo uma porra de uma ilusão."

Aí vem, então, afinal. Ela está vivendo com a ilusão de um marido honrado, um homem que tem suas falhas, mas que não faria, nunca, o que Peter fez.

"Hum?", ele faz.

"Achei que se eu conseguisse deixar Mizzy feliz, alguma coisa mágica iria acontecer."

"Qual mágica?"

"Eu ficaria feliz também."

O estômago dele se retorce.

Ele achava que ela *era* feliz.

"Acho que você está chateada agora", ele diz.

Ela respira entrecortado. Não chora.

"É", diz. "Estou chateada. E sabe de uma coisa?"

Ele mantém silêncio.

Ela diz: "Quando Mizzy me contou que estava indo para São Francisco para algum trabalho inexistente, e descolou comigo uma passagem de avião, eu não fiquei brava. Bom, fiquei brava, claro que fiquei, mas fiquei outra coisa também".

"O quê?", Peter nunca se sentiu tão idiota.

"Fiquei com inveja. Eu não queria ser eu. Eu não queria ser uma pessoa madura, equilibrada, que podia preencher um cheque para ele. Eu queria ser jovem, fodida e, não sei, livre."

Não, Rebecca, você não quer isso. Você quer continuidade. *Eu* é que quero ser livre. Eu é que faço as coisas indizíveis.

"Livre", ele diz. A voz está oca, estranha aos seus ouvidos.

Rebecca, você não pode ter essa fantasia. Essa fantasia é minha.

Um silêncio. Ele escuta a neve tamborilando na janela. Sente como se pudesse perder a consciência, simplesmente apagar.

Ele se ouve dizendo: "Quer se libertar de nós?".

"Quero", ela responde. "Acho que quero."

O quê? *O quê?* Não. Você, Rebecca, a feliz, a suficientemente feliz. Você é quem está satisfeita com nossa vida movimentada (mesmo que árida às vezes); você é de quem eu, Peter, estava pensando em fugir; você é quem eu não queria ferir.

"Querida", ele diz. Só isso.

"Você também está infeliz, não está?", ela pergunta.

Ele não responde. *Sim, sim, claro que ele está infeliz,* mas infelicidade é o reino *dele*, ela não tem direito a isso, ela é firme e formidável, ela é capaz de se machucar, mas não tem direito à infelicidade. Ela é a que, com a melhor das intenções, o está limitando.

Ele diz: "Está me dizendo que quer que a gente se separe?".

"Desculpe. Venho pensando nisso há bastante tempo."

Quanto tempo? Há quanto tempo você vem representando satisfação?

"Não sei o que dizer."

Ela se senta, olha diretamente para ele. Seus olhos estão baços. Ela diz: "Parece que eu fiz uma espécie de acordo tácito comigo mesma que, se eu deixasse Mizzy feliz, eu poderia ser feliz também".

"Não acha que isso é um pouco..."

Ela ri, um som cavo. "Maluco? É."

"E você realmente me deixaria porque Mizzy mudou para São Francisco."

"Eu não deixaria você", ela diz. "Ficaríamos quites, você e eu. Nós diríamos adeus."

Será possível que esse monólito que Peter sempre considerou seu casamento tenha sempre sido tão frágil? Será possível que todos os seus segredos, suas previsões, seus enganos e seduções foram desnecessários? Um deles tinha de simplesmente... cancelar o casamento e *puf*?

O rosto dele fica úmido. Ele luta para respirar.

"Rebecca", Peter diz. "Me explique isso. Está me dizendo que resolveu que devemos nos separar porque o imprestável do seu irmão mudou para São Francisco para trabalhar com computação gráfica?"

"Ele não vai trabalhar com computação gráfica", ela diz. "Ele só vai usar drogas em um novo lugar."

"Seja o que for."

Ela examina as pontas dos dedos. E então, de repente, enfia o indicador na boca e morde.

"Eu sou uma idiota completa", diz.

"Pare. Não diga isso."

O rosto dela assumiu um aspecto de pânico, feroz.

"Sempre pensei que estava construindo um lugar para onde

Mizzy podia vir", ela diz. "Já que ele era um menininho perdido. Sei que nossa família não consegue lidar com ele, sei que parecem românticos a uma certa distância, mas não conseguem lidar de verdade com muita coisa. E agora parece que não era realmente isso que eu queria. Eu queria *ser* Mizzy. Eu queria ser a perturbada. Eu queria ser aquela de quem alguém sempre vai cuidar."

Peter sente vontade de esbofeteá-la. Ele quer fazer isso.

Diz: "Eu não cuido de você?".

"Não tenho a intenção de ser cruel. Desculpe."

Tudo o que Peter consegue dizer é: "Não, me fale mais".

"Eu me sinto como uma estranha aqui, Peter. Chego em casa às vezes e penso 'quem mora aqui?'. Eu amo você. Eu amei você."

"*Amou*."

E todos aqueles jantares juntos, e todos os nossos domingos?

"Não, eu amo, amo você, mas eu... estou toda atrapalhada. Sinto como se estivesse caindo fora de tudo."

Ela morde o dedo outra vez.

"Não faça isso", Peter diz.

"Sou um horror de mãe. Para todo mundo. Não fui capaz de ajudar Bea, não fui capaz de ajudar Mizzy. Não passo de uma criança que aprendeu a fazer papel de adulto."

Peter batalha para continuar consciente. O que deveria dizer a ela, o que *quer* dizer a ela? Que todos os seus esforços para construir um santuário para o irmãozinho foram desmanchados pelo marido apaixonado que afastou Mizzy não com amor, mas com um segredo? Deveria contar a ela que muito provavelmente ela esteve errada todos esses anos, que o jovem príncipe, sinto dizer, é só um prostituto barato, que se contentava em armar fraudes longe do templo que ela construíra para ele?

Não é esse o caminho? Nós construímos palácios para os

mais jovens destruírem, pilharem as adegas e mijarem de cima de balcões enfeitados com tapetes.

Olhe para Bea. Eles não pensaram que ela ia adorar morar no SoHo; que ela iria crescer gostando de usar saias justas Chanel e tocar numa banda? Não imaginaram que seu desejo de torná-la feliz se revelaria um monstro arranhando a janela?

Será que jamais damos a alguém o presente que a pessoa efetivamente deseja?

Como ele esqueceu que Rebecca tem uma vida própria, e que o trabalho de ser Rebecca nem sempre gira em torno dele?

"Você não é um horror", ele diz. "Você é humana."

Ela diz: "Você não preferia ser livre?".

"Não. Não sei. Eu te amo."

"À sua maneira."

À sua maneira. Uma onda sobe em sua alma, uma vaga de intolerável tristeza. Ele falhou com todo mundo. Não viu, nem ouviu.

"Não devemos nos separar", ele diz. "Não agora."

"Acha que devemos simplesmente continuar?"

Ele se controla para não dizer: *É exatamente isso que nós devemos fazer. Devemos simplesmente continuar.*

Não bastaria um gesto de cabeça de Mizzy para ele deixá-*la*?

O que ele quer. Cuspir seja o que for que está alojado em suas entranhas, e ir para a cama. Acordar no fim para a sua velha vida impossível. É isso que ele quer.

Finalmente, ela diz: "Acho que devíamos tentar".

Ele concorda com a cabeça.

Então é isso? É compaixão pelo outro, é isso que efetivamente interessa? Amar, perdoar, conformar-se?

Não é tão simples. A habilidade de zelar por outro ser, de imaginar como será *ser* outra pessoa, faz parte do tombo. É algo essencial para um ou dois santos (se é que existem criaturas como santos), mas é apenas um aspecto da vida, uma grande, ambígua e dolorosa filha da puta de vida.

Mesmo assim. Não é nada.

Rebecca não é mais Galateia, não é mais Olímpia. O tempo nos rouba repetidamente e, quando imploramos misericórdia, ele nos rouba um pouco mais. Ali está seu rosto cansado. Ali está seu rosto futuro, encovado e pálido, que chega todo dia, um rosto que (como o de Peter) será sempre menos capaz de despertar o ardor até mesmo de um infeliz Mike Forth, ou de um desonesto e narcisista Mizzy. Ela está com uma mecha de cabelo escuro grudada na testa pálida.

No momento, eles parecem nada além de um casal anônimo num armazém em algum lugar, aconchegados um contra o outro, contentes ao menos pelo calor do quarto.

Pequenos flocos de neve cinzenta tombam e giram, giram em redemoinho e tombam contra a vidraça.

Peter olha a neve caindo lá fora. Ah, homenzinho. Você derrubou sua casa não por paixão, mas por negligência. Você, que ousou pensar em si mesmo como alguém perigoso. Você é culpado não da épica transgressão, mas de crimes minúsculos. Você fracassou do jeito mais baixo e humano: você não imaginou a vida dos outros.

Lá fora, além do vidro, Bette Rice está rindo com seu marido e um copo de vinho, Mizzy está voando, assistindo a uma comédia romântica no monitor com *A montanha mágica* aberto no colo. Bea está pegando gelo da geladeira atrás do balcão, pensando que está cansada do que está fazendo, talvez devesse viajar, talvez devesse... ir para algum lugar. Algum outro lugar. Uta está parada à janela de seu quarto, fumando um cigarro e pensando sobre uma tela branca em branco.

A neve está caindo em cima da urna no jardim de Carole Potter, caindo nos canteiros de ervas, nas bocas de pétalas das flores de orégano. Um lençol branco de neve sopra sobre o jardim vazio enquanto madeixas de neve giram e dançam no escuro prateado.

Não há ninguém lá para ver isso. O mundo está fazendo o que sempre faz, demonstrando-se para si mesmo. O mundo não tem nenhum interesse em pequenas figuras que vão e vêm, os fantasmas que se preocupam e veneram, que rastelam os caminhos de cascalho e constroem um fortuito jardim de rochas, o menino-homem de bronze, a taça marchetada em cujo interior a neve irá cair.

É a última neve do ano. Depois desta noite, os dias e noites vão ficar mais e mais quentes, os duros botões dos teixos dos Potter irromperão e florescerão.

E aqui, nesta fria noite, estão Peter e Rebecca, em seu quarto familiar.

Alguma coisa se ergue dentro de Peter, mais como uma planta sendo arrancada por uma mão invisível do que uma levitação da alma. Ele consegue sentir raízes como cabelos extraindo a si mesmas de sua pele. Está sendo erguido para fora de si mesmo, deixando sua casca, aquele triste homem esfaimado, o bonequinho com olhos pintados com indiferença e o terno de poliéster feito às pressas. Mas, se ele está fazendo papel de palhaço, fez também (graças a Deus) o papel de acólito, um amante do amor, e suas pequenas cabriolas terrenas tinham por finalidade aplacar uma divindade, por mais tola e inadequada que fosse sua oferenda. Ele vê a neve caindo e vê a sala do lado de fora da janela, uma câmara modesta afligida pelo tempo, mas segura por enquanto, um lar por ora, para ele e sua esposa, até que outros tomem seus lugares. Se ele morresse ou se simplesmente saísse andando para o escuro, Rebecca sentiria a continuação de sua presença? Sentiria. Eles foram muito longe juntos. Tentaram e falharam e tentaram e falharam e, no final das contas, não resta aos dois senão tentar de novo.

Ele olha para ela.

Ela está radiante em sua tristeza, abatidamente fabulosa, presente em todos os seus particulares, na largura pálida da testa e na saliência das sobrancelhas como de Atena, na vivacidade cinzenta dos olhos, na linha firme da boca decidida, no bulbo saliente do queixo quase masculino. Ela está ali, bem ali; ela é exatamente assim. Não é uma cópia fracassada de seu eu mais jovem. Ela *é* ela mesma, exatamente isso, arrebatada e arrasada, incomparável, singular.

"O que você acha?", ela pergunta.

Essa é a sua voz, grave para uma mulher, com uma pequena rouquidão, uma corrente subjacente de aspereza, como um graveto desenhando na areia. Ela ainda mantém, se você ouvir com cuidado, um traço do velho sotaque de Richmond, polido pelos anos passados longe e que surge numa pequena elevação que põe uma dura musicalidade na palavra "acha".

Ali está a obra de arte de Peter. Ali está sua vida (embora a esposa possa deixá-lo, embora ele tenha errado de tantas maneiras). Ali está uma mulher que continua mudando e mudando, impossível de se fundir em metal porque ela já não é mais quem era quando ele entrou pela porta, não é quem era dez minutos atrás.

Talvez não seja tarde demais. Talvez as chances de Peter não estejam todas perdidas.

Ele beija Rebecca, de leve, nos lábios ressecados.

"É", ele diz. "Acho que nós podemos tentar. Eu acho. Sim."

E começa a contar para ela tudo o que aconteceu.

Agradecimentos

Eu seria pouco mais que um capricho de minha própria imaginação sem minha agente, Gail Hochman; meu editor, Jonathan Galassi; e o amor da minha vida, Ken Corbett.

Se a representação do mundo das artes plásticas aqui contida é de alguma forma acurada, isso se deve a Jack Shainman e a Joe Sheftel.

Eu saberia muito pouco sobre Greenwich, Connecticut, sem a generosa ajuda de Constance Gibb.

Eu saberia muito pouco sobre quase tudo sem a assistência de Meg Giles.

Fico imensamente grato também a Amy Bloom, Frances Coady, Hugh Dancy, Claire Danes, Stacey D'Erasmo, Elliott Holt, David Hopson, Marie Howe, Daniel Kaizer, James Lecesne, Adam Moss, Christopher Potter, Seth Pybas, Sal Randolph e Tom Grattan.

ESTA OBRA FOI COMPOSTA PELO GRUPO DE CRIAÇÃO E IMPRESSA
PELA UMLIVRO EM PROCESSO DE IMPRESSÃO SOB DEMANDA SOBRE
PAPEL PÓLEN SOFT DA SUZANO S.A. PARA A EDITORA SCHWARCZ
A PARTIR DE SETEMBRO DE 2021